야운지천하

流雲天下

Fantastic Oriental Heroes

유운지천하 1

소보 新무협 판타지 소설

초판 1쇄 찍은 날 § 2005년 2월 21일
초판 1쇄 펴낸 날 § 2005년 2월 28일

지은이 § 소보
펴낸이 § 서경석

편집장 § 문혜영
편집책임 § 유경화
편집 § 장상수 · 서지현
마케팅 § 정필 · 강양원 · 이선구 · 홍현경

펴낸곳 § 도서출판 청어람
등록번호 § 제1081-1-89호
등록일자 § 1999. 5. 31
어람번호 § 제2-0536호

주소 § 경기도 부천시 원미구 심곡1동 350-1 남성B/D 3F (우) 420-011
전화 § 032-656-4452 팩스 § 032-656-4453
http://www.chungeoram.com
E-mail § eoram99@chollian.net

ⓒ 소보, 2005

ISBN 89-5831-446-X 04810
ISBN 89-5831-445-1 (세트)

流雲天下

소보 新무협 판타지 소설

Fantastic Oriental Heroes

도서출판 청어람

목차

<작가 서문>

　　　　　이 책을 사랑하는 아내와 두 아이에게 바칩니다.

　더불어 이 책이 세상의 빛을 보기까지 연재방을 내어주시고 조언을 아끼지 않으신 고무림판타지(www.gomufan.com)의 금강님께 깊은 감사의 말씀을 드립니다.
　또 청어람 식구들께도 감사의 마음을 전합니다.

　　　　　　　　　　　　　　　　　　　　　소보 배상.

제1장
남과 여

남과 여

      장강(長江) 줄기를 따라 항주(杭州)의 서호(西湖)와 더불어 빼어난 경치로 칭송이 자자한 해광농포(지금의 동호). 그 아름다운 호수가 자리하고 있는 무창(武昌)엔 교통과 물류의 중심지답게 넓은 대로변으로 상가와 객점들이 빼곡히 들어서 있었다.

    가끔씩 불어오는 바람이 제법 쌀쌀하게 느껴지는 가을 초저녁.

    한 청년이 한껏 멋을 부린 화복 차림으로 그 무창 거리를 느릿느릿 걷고 있었다.

    한 십칠팔 세나 되었을까?

    하얀 얼굴에 미공자 소리를 들을 만큼 잘생긴 얼굴이었으나 입술이 얇고 눈이 가늘어 전체적으로 날카로운 인상을 풍기는 청년이었다. 더구나 가끔 얼굴에 미소가 나타날 때면 뭔가 사악한 인상마저 풍겼다.

    건들거리며 여유있는 걸음으로 천천히 걸어가던 그 청년이 갑자기

걸음을 멈추며 뚫어지게 앞을 바라보았다. 바로 그의 눈은 맞은편에서 말을 탄 채 천천히 다가오고 있는 한 여인에게 고정되어 있었다. 그녀는 가벼운 경장 차림에 키도 크고 이목구비가 시원스러운 게 마치 한 떨기 야생화 같은 싱싱함을 풍겼다. 아무래도 탄력적으로 보이는 몸매하며 어깨 너머로 삐죽이 나와 있는 검자루를 보아 필경 무가의 여식인 듯했다.

가만히 넋을 잃고 그 여인을 바라보고 있던 청년은 슬쩍 길옆으로 물러났다가 그녀가 탄 말이 지나가자 몰래 뒤를 따르기 시작했다. 앞선 그녀는 급할 것이 없는 듯 이곳저곳을 기웃거리며 천천히 말을 몰다가 이곳 무창대로에선 제법 규모가 큰 무창객점 앞에 멈추었다.

"어서 옵쇼."

눈치 빠른 점소이가 재빨리 달려나와 말고삐를 잡자 그녀는 피식 얼굴에 웃음기를 띠며 객점 안으로 들어갔다. 그녀가 객점 안으로 사라지자 뒤따르던 그 청년은 초조한 듯 사방을 두리번거리다가 맞은편에 있는 풍양객점으로 달려갔다.

"아삼아, 쌍도끼 어디 있나?"

객점 앞으로 달려간 그 청년은 손님을 배웅하던 한 점소이의 머리를 쥐어박으며 급하게 물었다.

"아야! 어떤 놈이야?"

느닷없이 일격을 당한 점소이는 눈에 쌍심지를 켜며 소리를 질렀다. 그러나 그는 그 청년을 보자마자 얼른 호기를 감추며 아는 체를 했다.

"아, 석 공자님, 갑자기 쌍도끼 형님은 왜 찾으세요? 지금 안에 계시긴 합니다만……."

평소였다면 '어떤 놈이야?' 다음 한 대 더 쥐어박는 게 순서였지만 청년은 급한 마음에 일일이 대꾸할 수가 없었다.

"내가 보잔다고 빨리 좀 나오라고 해라."

숨넘어갈 듯이 서두르는 청년의 말에 아삼은 얼른 객점 안으로 뛰어 들어 가며 혼자 투덜거렸다.

'썩을 새끼, 오늘은 또 뭔 지랄을 하려고 저 난리람.'

이 청년은 바로 무창에서 제일간다는 거부 석가장의 삼남 이녀 중 막내인 석목영(石木英)이었다.

석가장은 대대로 이 무창에 뿌리를 내리고 커온 가문으로 석가표국 뿐 아니라 대금업을 하는 석가전장, 곡물과 비단 등을 취급하는 석가상회까지 여러 개의 사업장을 거느린, 전 중원에서 알아주는 거부였다. 그렇다고 항상 자신들의 치부에만 신경을 쓰지 않고 흉년이 들면 곳간을 열어 구휼미를 풀고 수해가 나면 수재민들을 도와 수해 복구에 힘을 아끼지 않으니 자연 무창에선 몇 안 되는 존경받는 가문이 되었다.

당대의 가주인 석중산(石中山)은 문무를 겸비한 신중한 사람으로 사업에도 수완을 발휘하여 석가장의 부를 더 더욱 공고히 하였으며 주원장이 명을 건국하는 전란 중에도 무리수를 두지 않아 결과적으로 나아 갈 때와 물러날 때를 아는 안목있는 사람이라는 좋은 평판을 듣고 있었다. 또한 자식들도 엄격하게 가르쳐 모두 반듯하게 성장해서 주위의 부러움을 사고 있었다.

그러나 이 막내 자식만은 좀 늦은 나이인 마흔에 얻은 데다 부인이 일찍 세상을 떠나 각별한 애정으로 그저 오냐오냐 키우다 보니 그는 버릇이 없을뿐더러 세상 사람들을 눈 아래로 보는 안하무인의 성격이 되어버렸다. 당연히 하루가 멀다 하고 사고를 치고 다녀 그야말로 이제 와선 석가장 최대의 난제가 되고 말았다.

"이게 누구야? 며칠 안 보이더니 오늘은 어쩐 일이냐?"

풍양객점을 나오며 쌍도끼가 반가운 기색으로 말하곤 잇새로 침을 찍 뱉었다.

쌍도끼는 두칠(斗七)이란 자로 무창 중심가를 장악하고 있는 흑사방(黑蛇幫)의 중간 간부였다. 힘이 장사인데다 두 자루의 도끼를 잘 다루어 무창에선 잘나가는 건달 중 한 명이었다.

그로서는 석가장의 막내공자와 친구처럼 지낸다는 것이 언감생심 바랄 수도 없는 일이었지만 한 일 년 전쯤 도박장을 찾은 그에게 도움을 준 일이 계기가 되어 몇 번 같이 술자리를 하게 되었고, 그때부터 친구처럼 지내며 그와 함께 주색잡기를 즐기게 되었다.

나이는 쌍도끼가 한 살이 많았지만 그런 것은 석목영이 뿌려대는 은자에 비하면 충분히 무시할 만한 것이었기에 둘은 자연스레 친구가 되었다.

목영은 연신 무창객점을 기웃거리다 두칠이 나오자 그에게 바싹 다가서며 낮은 목소리로 말했다.

"두칠아, 나 좀 도와줘야겠다. 저 앞의 무창객점 안으로 좀 전에 예쁜 여자애가 혼자 들어갔거든. 우리 동네 애가 아닌 것 같으니까 슬쩍 해치워도 별 탈 없을 것 같다. 그러니 네가 애들 좀 데려가서 적당히 겁 좀 줘라. 그때 내가 딱 나서면……. 흐흐, 알았지?"

그는 음흉한 웃음을 지으며 얼른 두칠이의 옆구리에 은자 두 닢을 찔러주었다. 돈을 보자 두칠은 실실 헤픈 웃음을 지으며 대답했다.

"하하하! 짜식, 알았으니 아무 걱정 말고 먼저 가 있어라. 내가 애들 모아서 바로 뒤따라가마."

그러면서 그는 걱정 말라는 듯이 목영의 어깨를 한 번 툭 치곤 다시 객점 안으로 들어갔다.

석목영은 벌써 여자를 품에 안은 듯이 입가에 미소를 흘리며 무창객점으로 향했다. 객점 안으로 들어가 휘 둘러보자 저녁때라 그런지 제법 많은 사람들이 자리를 메우고 있었다. 그를 본 점소이가 얼른 다가와 허리를 숙이며 말을 건넸다.

"아니, 석 공자님이 이 시간에 저희 객점엔 웬일이세요?"

의외라는 듯이 점소이인 덕칠이 눈을 크게 뜨며 말하자 그는 먼저 들어온 그녀를 찾느라 이쪽저쪽으로 고개를 돌리며 건성으로 말했다.

"이 녀석이, 내가 못 올 데라도 왔냐? 냉큼 자리나 안내하거라. 가만가만, 이층이 낫겠구나. 이층으로 안내하거라."

말하던 중 객점 후원의 연못이 잘 보이는 이층 창가에서 그녀를 찾아낸 목영은 앞장서서 이층으로 올라가 그녀가 잘 보이는 구석진 자리에 앉았다.

"오향장육하고 소흥주 한 병 가져오너라."

그는 덕칠에게 음식을 시키고선 느긋하게 의자에 기대앉아 힐끔힐끔 그녀를 바라보며 두칠이 나타나길 기다렸다.

'고것참, 아주 팔팔하겠구나. 흐흐.'

소면 먹는 모습도 그렇게 예쁘게 보일 수가 없었다.

잠시 후에 두칠은 두 명의 사내를 데리고 무창객점으로 들어섰다. 물론 그는 이미 객점 주인에게 사정을 설명하고 양해를 구해놓은 상태였다. 괜히 시끄러워져 흑사방에 알려진다면 방주에게 쓸데없는 일에 나섰다고 혼쭐이 날 일이었다.

　두칠이 좀 과장되게 거들먹거리며 둘러보다 목영을 발견하곤 이층으로 오르자 목영이 그에게 슬쩍 눈짓을 주었다. 그는 목영에게 한쪽 눈을 찡긋하며 여인에게 다가갔다. 여인이 느릿하게 눈을 들어 바라보자 두칠은 능글맞은 웃음을 흘리며 말했다.

　"어허, 이리도 예쁜 소저를 홀로 있게 하다니… 세상 남자들의 눈이 모두 삔 모양이오. 하하하! 한데 어디서 오는 길이시오?"

　두칠은 큰 소리로 웃다가 슬쩍 맞은편 의자에 앉으며 물었다. 그렇지만 그 여인은 대답을 할 생각이 없는 듯 가만히 두칠을 바라보다가 헛웃음을 흘리며 말했다.

　"풋, 그냥 조용히 꺼져라."

　두칠은 여인의 말에 어색하게 굳어진 표정으로 그녀를 바라보았다. 이쯤 되면 잔뜩 겁먹은 얼굴로 눈물을 글썽이든가, 그도 아니라면 최소한 바들바들 떨며 눈을 내리깔아야 하는데 빤히 바라보며 어이없는 웃음을 짓다니…….

　뭔가 꼬여도 크게 꼬이는 기분이었다.

　그러나 내친걸음이었다.

　그는 다시 한 번 웃음을 지으며 말했다.

　"하하하, 나도 알고 보면 괜찮은 사람이오. 무서워하지 말고 우리 좋은 시간을 가져봅시다."

　그러나 돌아온 대답은 똑같았다.

　"거참, 귀찮게 구네. 꺼지라니까."

　한마디로 무안을 당하자 두칠은 웃음을 지우며 소리쳤다.

　"이년이, 좀 맞아야 정신을 차리겠구나! 애들아, 손 좀 봐줘라!"

　아무리 뭐라 해도 여자 하나였다.

남자 셋이 당하지 못할까.

얼른 끝내고 돈도 생겼으니 취화루의 연화에게 갈 생각이었다. 그러나 그 말이 채 끝나기도 전에 그 여인은 탁자를 가볍게 뛰어넘으며 세 번의 발길질을 내질렀다. 정말 전광석화와 같은 몸놀림이었다.

퍼버벅!

두칠은 물론 같이 온 두 사내까지 우당탕 요란한 소리와 함께 구석으로 처박혔다. 주위에 있던 사람들은 갑자기 벌어진 싸움에 비명을 지르며 순식간에 주루를 빠져나갔다. 이제 이층엔 석목영만이 혼자 남아 잔뜩 목을 움츠린 채 그들을 힐끔거리고 있었다.

벽을 짚으며 일어난 두칠은 머리를 몇 번 흔들고 나서 그 여인을 향해 다가갔다. 조심스럽게 다가서는 그의 양손엔 어느새 손바닥만한 도끼 두 자루가 쥐어져 있었다. 함께 온 두 사내도 검을 빼 든 채 양쪽으로 나누어 섰다.

"이년이, 제법 한 수가 있었구나. 어디 내 쌍도끼도 한번 받아보거라."

이제 두칠은 석목영의 부탁 따위가 문제가 아니었다. 이대로 물러난다면 앞으로 이 무창대로에선 제대로 얼굴을 들고 다닐 수가 없게 될 터였다.

천천히 숨을 고른 그는 한순간 번개처럼 왼손의 도끼를 날리며 오른손의 도끼로 그 여인의 어깨를 내려쳐 갔다. 양쪽으로 나누어 선 사내들도 동시에 칼을 휘두르며 쇄도해 들었다. 그 여인은 먼저 가볍게 우로 한 걸음을 내디뎌 날아오는 도끼를 흘린 다음 두칠의 가슴으로 파고들며 내려오는 도끼의 옆면을 손바닥으로 때렸다.

땅!

　도끼가 확 옆으로 밀려나자 힘껏 내려치던 두칠은 제 힘을 이기지 못하고 순간적으로 휘청거렸다. 그 순간 두칠의 복부에 일 권이 꽂혔다.

　"으악!"

　쿠쿵!

　두칠은 허공을 날아 비명을 내지르며 다시 구석에 처박히고 말았다. 이어서 그 여인은 양 옆에서 날아오는 검날을 뒤로 일 보 물러나며 손쉽게 피하고는 훌쩍 뛰어오르며 양 발을 올려 찼다.

　빠박!

　"컥!"

　뼈 부서지는 소리와 함께 두 사내도 데굴데굴 굴러가 벽에 부딪치곤 정신을 잃었는지 더 이상 움직일 줄을 몰랐다. 그렇게 순식간에 상황은 끝이 났다.

　"흥!"

　널브러진 사내들을 보며 가소롭다는 듯이 콧소리를 낸 그녀는 얼빠진 표정으로 앉아 있는 석목영을 한 번 흘낏 쳐다본 후 일층으로 내려가 버렸다.

　잠시 뻗어버린 두칠과 일층으로 향한 계단을 번갈아 쳐다보며 어찌할까 망설이던 목영은 마음을 굳힌 듯 벌떡 일어나 서둘러 그녀를 쫓아 나섰다.

　장강 변으로 길을 잡아 천천히 말을 몰아가며 남궁아연(南宮娥燕)은 또 별일도 아닌데 너무 심하게 손을 쓴 게 아닌가 하는 생각을 했다.

　사실 어떻게 생각해 보면 괜한 화풀이 대상이었는지도 몰랐다.

남궁아연은 중원제일가인 남궁가의 여식이었다. 위로 두 오빠보다도 무에 대한 남다른 재질을 인정받아 전대 가주이자 할아버지인 남궁소천(南宮蘇天)에게서 여식에게는 전수하지 않는다는 창궁무애검(蒼穹無涯劍)까지 전수받았다. 그러다 보니 언제부턴가 남자를 우습게 여기는 마음이 싹터 웬만한 남자는 눈에 차지도 않았고, 마땅한 혼처라고 중매가 들어와도 비무라 칭하고 죽지 않을 만큼 죽사발을 만들어놓으니 그나마 안휘 일대에서는 혼사를 하겠다고 나서는 가문이 씨가 말라버렸다.

당연히 어머니 안씨는 하루에도 열두 번씩 아버님이 딸년을 다 망쳐놓았다고 울상을 짓고 앉았으니 자연 다툼만 늘게 되었다. 결국 어머니의 잔소리를 참지 못하고 며칠 전에 달랑 편지 한 통을 남겨놓고 무당(武當)의 청우자(淸牛子)를 만나러 간 할아버지를 찾아 나선 길이었다.

물론 처음엔 혼자 길을 가자니 행여나 무슨 일이 있을까 하여 두려운 것도 사실이었다. 그러나 하루 이틀 지나다 보니 아무 일도 없는데다 마음에 여유가 생기니 세상 풍경이 너무나 아름다웠다. 그래서 아예 유람 삼아 여기저기 둘러보며 천천히 장강을 따라 오는 길이었다. 그렇게 모든 게 순조로운 혼자 하는 첫 나들이였는데 오늘처럼 가끔씩 치근덕거리는 놈팡이들이 있어 문제였다. 그런 놈들치고 제대로 된 무공을 익힌 놈이 없으니 걱정은 안 되었지만 괜히 손을 쓰다 보면 자신도 모르게 심하게 손을 쓰게 되니 기분이 영 안 좋았다.

강변에 다다른 그녀는 한쪽 나무에 말을 매어놓고 무창의 명소인 황학루(黃鶴樓)로 향했다. 숲 위로 우뚝 솟은 지붕을 방향 삼아 황학바위에 올라보니 웅장한 누각이 서산의 스러져 가는 노을빛에 물들어 그야말로 한 마리 황학이 추녀 끝을 박차고 날아오를 것만 같았다. 삼층 누각의 한편에 홀로 앉아 도도히 흐르는 강물을 바라보며 그녀는 왠지 모를 처연한 슬픔에 빠졌다. 여기저기 쌍쌍이 정담을 속삭이고 있는 청춘 남녀의 모습에 부러움과 외로움이 뭉클 가슴속으로 스며들어 대상 없는 막연한 그리움만 생겼다.

'스무 살의 나이, 남들은 쉽게도 만나 혼인을 하는 것 같은데 왜 이렇게 나에겐 어렵기만 한 걸까?'

그렇게 한참을 앉아 있던 그녀는 이 생각 저 생각에 괜스레 마음만 심난해지고 밤늦게 누각에 여자 혼자 앉아 있다는 게 스스로 생각해도 좋은 풍경은 아닌 듯해서 자리를 털고 일어났다.

그런데 막 아래로 내려가려던 그녀는 따끔한 시선을 느끼고는 뒤를 돌아보았다. 짐짓 모른 체 딴청을 피워대는 한 청년이 있었다.

"풋."

그 청년을 바라보던 그녀는 작게 웃으며 다시 뒤돌아 계단을 내려가기 시작했다. 그는 아까 객점에서 두려운 눈빛으로 자신을 바라보면서도 끝내 떠나지 않고 남아 있던 그 청년이었다. 그때부터 자신을 따라온 모양이었다.

'바보 같은 자식, 말이나 걸어보지. 사내자식이 잔뜩 겁에 질려가지고.'

그러나 그녀는 금세 그에 대한 것을 잊어버리고는 근처의 깨끗해 보이는 강상객점으로 들어가 일찍 잠을 청했다.

밤이 깊어 이제 강가에서 노닐던 주객들도 모두 사라진 시간.

석목영은 살그머니 객방의 문을 열고 복도로 나섰다. 그녀를 따라

강상객점에 들어 지금까지 숨죽여 기다렸다.

이제 결단의 순간이 온 것이다.

무공을 생각한다면 감히 시도하기도 두려웠지만 약에 장사 없음을 믿는 수밖에 없었다.

'일을 끝내고 깨기 전에 달아나 버린다면 제까짓 게 어떻게 날 찾아? 얼굴도 모를 텐데.'

물론 이대로 물러나 기루로 간다면 품에 안길 여자는 많고 많지만 한번 품기로 마음먹었던 여자를 놓아준 적이 없는 그로선 어떻게 하든 포기할 수가 없었다. 아니, 오히려 어렵다 생각하니 더 더욱 마음속에 갈망이 일었다.

그녀가 든 방으로 조심스럽게 다가가 문에 귀를 바싹 대고 안의 소리를 들었다.

가느다란 숨소리 외엔 아무런 소리도 없었다.

그는 평소 이런 경우를 위해 가지고 다니던 몽환분(夢幻粉)을 꺼내었다. 무창에서 유명한 장약사에게 특별히 부탁해 수면약 육에 춘약 사를 섞어 만든 약이었다. 그는 비몽사몽 간에 자신도 모르게 흥분시키는 이 약의 효과를 믿었다. 직접 경험해 본 것이 한두 번이 아니질 않는가.

방문 틈으로 대롱을 밀어 넣고 한쪽 끝에 달린 통에 약을 넣고서 불을 붙였다. 이제는 방 안으로 약이 퍼지기만을 기다리면 될 일이었다. 초조하게 한참을 기다리다 아무 기척이 없자 그는 소도를 꺼내어 문고리를 벗겨냈다.

딸각.

문고리 소리가 마치 천둥 소리처럼 크게 귓전을 때렸다. 가슴은 두

근거리고 떨리는 두 손은 땀으로 홍건하였다. 손을 몇 번이나 바지에 닦아내고서야 그는 살그머니 방 안으로 들어갔다.

방 안은 벌써 후끈 열기가 달아올라 있었다.

'흐흐, 너라고 별수있겠느냐?'

그는 천천히 침상으로 다가갔다.

"아음."

무슨 기척을 느꼈음인가? 그녀가 콧소리를 내며 몸을 뒤척였다. 이미 땀으로 흠뻑 젖은 잠옷은 몸에 착 달라붙어 탱탱한 허벅지와 엉덩이의 선을 적나라하게 드러내고 있었다.

꿀떡.

입 안에 고인 침을 삼키고 그는 침상 위로 달려들었다.

다음날 이미 해가 중천에 오른 사시(巳時:오전9시~11시) 초 무렵.

남궁아연은 눈을 떴다. 모든 게 낯설고 이상했다. 정확한 기억은 나지 않지만 꿈인지 생시인지 모를 뭔가 끈끈함이 아직도 의식을 잡고 있었다. 몸을 일으키던 그녀는 옆의 낯선 남자 얼굴에 흠칫 놀라 그대로 딱 굳어버렸다.

'아니, 이 녀석은……?'

그녀는 지난밤에 자신을 은밀히 따라다니던 그 청년의 얼굴을 기억해 내곤 놀람과 분노의 감정에 휩싸였다.

이제 무엇이 어찌 된 일인지는 너무도 분명했다. 자신도 알몸이고 이불 밖으로 나와 있는 그 사내의 상반신도 알몸이었다. 그리고 몸 구석구석에서 느껴지는 시큰함과 나른함.

남자는 몸을 뒤척이며 모로 눕고 있었다.

‘어떻게, 어떻게 이런 일이…….’

다시 돌이킬 수 없는, 상상하기도 싫은 일이 자신에게 벌어진 것이었다.

그녀는 일단 천천히 제 옷을 찾아 입었다.

눈물이 볼을 타고 흘러내렸다. 스무 살의 순결이 이렇게 허무하게 날아가다니……. 옷을 다 입은 그녀는 검을 빼 들었다. 검을 치켜든 채 천천히 사내에게 다가갔다.

목영은 조바심이 났다. 목이 바싹 말라왔다.

잠에서는 벌써 깨어났다.

어젯밤에 일을 끝내고 가려 했을 때 춘약에 취해 있는 여인이 그를 놔주지 않았다. 아무래도 두려운 마음에 약을 너무 과하게 쓴 듯했다.

이제 목숨이 경각에 달린 순간이 된 것이다. 어제의 태도를 보아 저 여인은 망설이고 자시고 하는 성격이 아닌 것 같았다.

살기 위해선 가장 효과적인 방법을 찾아야 했다.

어떻게든 이 자리를 모면하고 볼 일이었다.

다행히 이런 순간에 여자를 어떻게 다루어야 하는지는 많은 경험을 통해 익히 알고 있는 자신이 아니던가.

‘그래, 첫째도 진심, 둘째도 진심, 셋째는 남자로서의 책임감이지.’

일단 상반신을 일으켜 앉으며 목영은 그녀를 바라보았다.

그녀는 활활 타오르는 눈빛으로 천천히 다가와 검을 치켜들었다.

“낭자, 나를 죽이려 하시오?”

그는 그녀의 눈을 바라보며 말했다.

“그럼 네놈이 살길 바랐더냐, 이 짐승만도 못한 놈아!”

잔잔하게 가라앉은 목소리가 더 더욱 공포를 자아냈다. 눈물을 흘리

며 살기등등한 기세로 검을 치켜든 여인의 눈빛을 바라보다가 그는 체
념한 듯이 두 눈을 감으며 말했다.

"나를 죽여 낭자의 눈물이 멈춰질 수만 있다면 그렇게 하시오. 그러
나 오해는 말아주시오. 나는 색에 굶주린 색마는 아니오. 나는 낭자를
보는 순간 첫눈에 반했소이다. 이렇게라도 낭자를 내 사람으로 만들고
싶었소. 미인의 사랑을 얻지 못한다면 그 미인의 손에 죽는 것도 나쁘
지는 않겠지요."

애써 태연한 척하려 했으나 심장은 가슴 밖으로 튀어나올 듯이 뛰고
있었다. 그리고 등줄기로 식은땀이 축축이 흘러내렸다. 그녀는 검을
비껴든 채 한참을 망설이고 있었다. 아직껏 사람을 죽여본 적이 없는
그녀로서는 강제로 자신의 순결을 가져갔지만 자신에게 반해서 그랬다
는 이 남자를 선뜻 한칼에 죽일 수가 없었다.

시간이 흐를수록 그에겐 자신감이 생겼다. 방망이질 치던 가슴도 진
정되어 갔다. 이제는 멋지게 마무리를 하고 며칠이든 몇 달이든 맘 내
키는 대로 가지고 놀다가 도망가 버리면 될 일이었다.

오히려 어젯밤의 일이 생각나 살짝 흥분까지 되었다.

가만히 눈을 뜬 그는 다시 그녀의 눈을 바라보며 진심 어린 표정으
로 말했다.

"낭자, 나에게도 기회를 주시오. 누군들 날 때부터 서로를 알았겠소.
모르는 사람끼리 서로를 알아가는 게 인생이라 하지 않습니까? 또 서
로를 알아가다 보면 좋은 점도 알게 될 테고 정도 쌓아갈 수 있지 않겠
소. 내 낭자를 위해 열심히 노력하리다."

"이, 이……."

선 채 사내를 내려다보며 망설이던 그녀는 이를 악물며 검을 내려

쳤다.

"헉!"

이젠 다 되었다 생각하며 느긋하게 얘기하던 목영은 목을 움츠리며 질끈 눈을 감았다.

쨍그랑!

"흐흐흑!"

그녀는 내려치던 검을 그대로 놓으며 바닥에 엎드려 흐느껴 울기 시작했다. 목영은 슬그머니 눈을 떠 엎드려 흐느끼는 그녀를 보곤 안도의 한숨을 내쉬었다. 아직도 가슴은 쿵쾅거리고 있었다.

'허, 정말 죽는 줄 알았네. 못된 년 같으니라고. 그나저나 이제 어찌하나.'

이젠 말을 걸 용기마저 잃어버린 그는 그녀를 바라보다가 주섬주섬 옷을 챙겨 입었다. 옷을 다 입은 그는 그때까지 흐느끼고 있는 여인에게 다가가 옆에 앉으며 최대한 처량한 목소리로 말했다.

"낭자, 이제 그만 진정을 하시오. 낭자의 말이라면 내 무엇이든 들어드릴 테니 내 마음을 좀 받아주시오. 낭자, 어찌하면 내 진심을 알아주시겠소."

한참을 울던 그녀가 좀 진정이 되었는지 몸을 일으켜 앉았다.

'이 사내를 어찌해야 한단 말인가. 단칼에 베어버리고 이대로 불문에 귀의하는 것이 최선의 선택이 아닐까? 아니, 나도 그냥 죽어버리는 것이……. 아, 그러면 아버님과 어머님은…….'

찰나에 오만 가지 생각이 아연의 머리 속을 스쳐 갔다.

그는 순간순간 제 목숨이 왔다 갔다 하는 것도 모르고 그녀가 자기를 빤히 바라보자 속으로 생각했다.

‘아무리 봐도 잘생겼지 뭐. 암, 그렇고말고. 아무튼 이제 한 고비는 넘긴 듯하구나.’

가만히 앉아 있던 그녀가 자리에서 천천히 일어났다. 그녀는 아무 말 없이 검과 짐을 챙기더니 방을 나갔다. 그도 엉거주춤 일어나 그녀를 따라나섰다.

객점을 나서서 그녀는 멍한 상태로 아무 생각 없이 발길따라 길을 걸었다. 그 뒤를 목영이 불안한 표정으로 뒤따르고 있었다.

‘아니, 갑자기 벙어리가 되었나? 무슨 말이든 해야 할 것 아냐? 거 참, 답답해 미치겠구나.’

어기적거리며 뒤를 따르던 목영은 그녀의 옆으로 다가서며 말을 걸었다.

“저, 낭자, 일단 아침이나 드십시다. 내 이곳에서 유명한 곳으로 안내하리다.”

목영은 최대한 부드러운 목소리로 그녀에게 말했다. 그러나 그녀는 그 말에 그저 날카로운 눈빛으로 그를 한차례 바라볼 뿐이었다.

‘헉!’

그녀와 눈이 마주친 목영은 머리칼이 곤두서는 듯한 서늘함에 헛바람을 삼켰다. 그녀의 표독스런 눈빛에는 살의와 원망이 가득했다. 아마도 눈빛만으로 사람을 죽일 수 있다면 바로 그런 눈빛이리라. 간이 콩알만해진 목영은 더 이상 말도 걸지 못하고 그렇다고 그대로 도망치지도 못하고 두려움에 휩싸여 그녀를 따를 수밖에 없었다.

‘이거 잘못 걸려도 한참 잘못 걸렸구나. 이제 이 일을 어떡한다? 도대체가 무슨 말을 해야 내가 사죄를 하든 보상을 하든 할 것 아냐? 에

라, 모르겠다. 될 대로 되라지.'

이제 목영도 더 이상 말하기를 포기하고 무작정 그녀의 뒤를 따랐다. 얼마 지나지 않아 그들은 황학루에 도착했다. 그녀는 망설임없이 삼층 누각에 오르더니 전날 앉았던 그 자리에 다시 앉았다. 목영도 그녀의 한 걸음 뒤에 앉아 손가락을 꼼지락거렸다.

'그래, 이왕 이리된 것 네가 어쩌겠느냐? 강물에 다 흘려보내고 나와 재미있게 놀아보자꾸나.'

그새 목영은 혼자 좋게 결론을 내리고 얼굴에 미소를 지었다. 그녀는 강물을 멍하니 바라보다가 무릎에 이마를 기댄 채 흐느끼기 시작했다. 그렇게 시간은 자꾸 흘러갔다.

유시(酉時:저녁5시~7시) 말쯤 되었을까? 벌써 주위엔 다시 저녁의 어스름이 몰려들고 있었다. 하루 종일 물 한 모금 입에 대어보지 못한 목영은 이제 몰려드는 허기에 죽을 지경이었다.

꼬르륵.

'이년이 이젠 나를 아예 굶겨 죽일 작정이구나. 아이구, 배고파라.'

목영은 주린 배를 움켜쥐고 속으로 그녀에게 욕을 해대었다. 그러나 말을 걸 용기가 나지 않아 오만상을 찡그린 채 그렇게 앉아 있었다. 그러나 그녀는 배고픔도 잊은 채 깊은 생각에 잠겨 있었다.

'어찌해야 할지를 모르겠구나. 나 하나의 문제라면 마음 가는 대로 결정을 하겠지만 난 남궁가의 여식이 아닌가? 아, 어쩌다 일이 이 지경까지 오게 됐는지. 하늘이 내게 왜 이런 시련을 준단 말인가.'

생각하면 할수록 서글픔이 밀려와 다시 두 눈에 눈물이 고였다. 고개를 약간 처들어 두 눈을 깜박이며 눈물을 삼킨 아연은 옆의 그를 슬쩍 돌아보았다.

태평한 표정으로 이리저리 시선을 돌리던 그는 그녀와 눈이 마주치자 화들짝 놀라며 시선을 내렸다.

'내 인생을 망쳐 놓은 놈이 저런 바보 같은 놈이라니.'

그녀는 더욱 그가 미워졌다.

'그래, 이러지도 저러지도 못할 바에야 차라리 네놈에게 실컷 복수나 하는 수밖에. 함께 살며 평생을 괴롭혀 주마. 네놈에게 죽는 것이 더 낫다는 것을 깨닫게 해주리라.'

하루 종일을 갈등하던 아연은 입술을 깨물며 마음을 굳혔다.

"일단 네 집으로 가자."

그녀를 따라 엉거주춤 일어나던 목영은 갑작스런 그녀의 말에 깜짝 놀랐다.

'헉, 이게 무슨 말이냐. 내 집에 가서 아예 눌러앉을 참인가? 정녕 무서운 여인이로고. 하루 저녁의 인연으로 나를 통째 먹겠다고? 안 될 말이지. 암. 그런데 이제 이 일을 어찌한다?'

목영은 그녀의 말에 눈알을 바삐 움직이며 대답했다.

"낭자, 뭐 그리 서두를 게 있겠소. 우선 밥이나 먹으면서 천천히 생각해 봅시다."

석목영은 입가에 미소를 지은 채 그녀를 바라보며 말했다.

"네놈이 스스로 한 일에 책임을 지겠다고 하였으니 어른들께 인사라도 드려야 하지 않겠느냐? 잔말 말고 앞장서거라."

그녀는 서늘한 눈빛으로 말했다. 어떻게 이 사내놈을 믿는단 말인가? 두말하지 못하도록 뉘 집 자식인지 확인을 하고 볼 생각이었다.

"그, 그래요? 그럼 가시지요."

그녀의 눈빛에 찔끔한 목영은 더 이상 핑계를 대지 못하고 앞서 걷기 시작했다.

'정 고집을 부린다면 할 수 없지. 며칠 더 데리고 놀고 싶지만 괜히 일이 틀어지면 칼 맞기 십상이니. 그래, 집에 가서 우리 아버님께 혼쭐이나 나봐라. 호호, 고것참, 보내려니 아주 아깝구나.'

석목영은 입맛을 쩝쩝 다시면서 그녀와 함께 어기적어기적 집으로 향하였다.

"뭣이라? 목영이 놈이 웬 여자를 데려와 뵙기를 청한다고? 이놈이 또 뭔 일을 저지른 모양이구나. 어허, 지난번엔 웬 기생 년이 찾아와 난리를 피우더니. 내 이놈을."

석중산은 마음을 단단히 먹고 집사를 따라 객청으로 향했다. 올라오는 화기를 견디지 못하고 씩씩거리며 객청으로 들어선 그는 곧 의아함을 감출 수가 없었다.

가벼운 경장 차림이었으나 반듯한 이목구비하며 풍겨지는 단정한 분위기가 예사롭지 않아 보였기 때문이다. 다소곳이 일어나 두 손을 모으고 가볍게 고개를 숙이는 모습이 명문의 교육을 받은 몸가짐이었다. 잠깐 마주친 눈빛도 부드러움과 자신감이 느껴지는 눈빛이었다.

석중산 못지않게 남궁아연도 놀랍기는 마찬가지였다. 막상 혼인을 하여 일을 마무리하고자 하였지만 이 사내가 하는 짓을 봐선 하오문 집안이 아니면 다행이다 싶었다. 그런데 제 집이라고 데려온 곳이 중원에 이름 높은 석가장이라니? 이만하다면 남궁가와 견주기에 부족함이 없으니 부모님께 누가 될 일은 없을 것이고 석가장의 자식이라니 버릇만 좀 고쳐 놓는다면 좋은 남편감이란 생각도 들었다.

"그래, 무슨 일로 날 보자 하였느냐?"

석중산은 퉁명스런 목소리로 물었다. 앞에 앉아 있는 여인이 괜찮아 보임에도 불구하고 사고뭉치인 막내 자식놈이 느닷없이 데려온 처자(處子)가 어련할까 싶어 애써 기대를 접은 것이다. 목영은 아버지의 목소리에서 벌써 일의 결말이 자신의 의도대로 될 것을 짐작하며 의기양양하게 대답하였다.

"예, 아버님. 제가 이 여인과 혼인을 하려 하니 허락해 주십사 하고 아버님께 청을 드리고자 합니다."

"혼인이라……. 허허, 혼인이 무슨 애들 소꿉놀이라도 되는 줄 아느냐? 쯧쯧."

석중산은 얼굴을 찡그리며 두어 번 혀를 찼다. 은연중 혹시나 하고 기대를 하였는데 다짜고짜 혼인 운운하는 것을 보니 여인의 내력이 보잘것없는 것이 분명하였다.

"아무튼 내 몇 가지 물어봄세. 처자(處子)의 이름과 나이가 어찌 되는가?"

그는 눈을 내리깔며 시큰둥한 표정으로 남궁아연에게 물었다.

"소녀는 안휘에 사는 남궁아연이라 하옵고 올해 스무 살이옵니다."

옆에 있던 석목영도 이름을 처음으로 듣게 되자 아직 이름도 묻질 못했구나 생각하며 되뇌어보았다.

'남궁아연, 남궁… 잉?'

어디서 많이 들어본 성씨가 아닌가.

갑자기 석중산이 놀란 표정을 지으며 물었다.

"안휘의 남궁아연이라……. 하면 천인검(天刃劍) 남궁소천 대협과는 어찌 되시는가?"

벌써 그의 목소리는 흥분이 배어 있었고 말투도 바뀌어 있었다.

“소녀의 할아버님이 되시옵니다.”

가볍게 고개를 숙이며 대답하는 그녀의 눈빛에는 자부심이 가득하였다. 그도 그럴 것이 남궁소천이라면 무당의 청우자와 더불어 현 무림의 최고고수로 칭송이 자자한 무림의 대들보라 할 수 있었다.

“으하하하! 이놈이 이제 솜 절이 느는 보양이구나. 내 남궁가의 여식을 부인감으로 데려오다니! 하하하! 네가 두 살이 아래지만 뭐 그 정도 나이 차이야 흠이랄 것이 있겠느냐? 하하하!”

석중산은 목영과 아연을 번갈아 바라보며 파안대소하였다. 그 순간 제일 황당한 사람은 바로 석목영이었다.

분명 아버님께 혼쭐이 난 후 울며불며 가내 무사들에게 쫓겨나는 것이 일의 순서인데 갑자기 일이 이상하게 돌아가는 것이 아닌가?

‘이, 이게 어찌 된 일이냐. 이런 독한 년과 내가 평생을……. 아, 안 돼!’

“아버님, 아…….”

당황한 목영은 말을 더듬으며 급히 일어나려 하였다. 그러나 서두르다 보니 의자가 말을 듣지 않았다. 결국 그는 중심을 잃고 의자와 함께 우당탕 뒤로 넘어지고 말았다.

“으악!”

그의 인생이 꼬이기 시작하는 순간이었다.

좀 이른 새벽.

아직 대로변의 상점들도 문을 굳게 닫은 채 새벽잠에 취해 미동조차 없는 고요한 거리를 멀찍이서 들리는 개 짖는 소리를 벗 삼아 한 사내가 어슬렁어슬렁 걷고 있었다. 가끔씩 멈춰 서서 하늘을 보며 한숨을 쉬곤 다시 걷기를 반복하는 사내의 얼굴엔 근심이 가득 배어 있었다.

'내 인생이 어쩌다 이렇게 되었는지. 잘못이라면 이 년 전 바로 이 무창대로에서 그녀를 보게 된 그 순간부터였으리라.'

사내는 바로 석가장의 막내인 목영이었다. 목영이 남궁아연과 혼사를 치른 지도 이 년이나 되어 육 개월 전에 사내자식까지 하나 보았다.

석무화(石茂華).

이젠 버젓이 한 아이의 아비가 되었지만 그는 혼인한 그 순간부터 지금까지 몸과 마음이 편할 날이 없었다.

혼인을 하고 얼마 후, 누가 무가의 자식 아니랄까 봐 느닷없이 새벽부터 깨워서는 함께 수련을 하자는 것이었다. 표국에 몸담고 있으니 무공이야 높을수록 좋은 것이겠지만 또 한편 생각해 보면 굳이 가주의 아들로서 꼭 무공이 높아야 하는 것은 아니었다. 표국에는 대주들을 비롯하여 실력있는 표사들이 부지기수인데 자신까지 칼을 들고 설칠 일이 얼마나 있겠는가?

그는 웃음으로 얼버무리려 하였다.

"하하하, 이 나이에 무슨 무공이란 말이오?"

그러나 그것은 너무도 큰 오산이었다.

"아니, 뭐요? 하자면 하는 것이지 뭔 말이 그리 많아요?"

그녀는 순간적으로 태도가 돌변하며 도끼눈을 해가지고 그의 손목을 잡아끌었다.

"아, 아야! 알았소, 알았어! 알았으니 이 손 좀 놓고 갑시다!"

어디를 어떻게 잡았는지 손목이 빠지는 것 같았다. 그는 결국 자신의 의지와는 상관없이 질질 끌려 나가 검을 잡을 수밖에 없었다.

그렇게 그날부터 새벽 수련이 시작되었다.

그래도 처음엔 마지못해 몇 번 칼질이나 하다가 들어오면 되었다.

한데 한 달여가 지나고부터는 갑자기 수련이란 서로 간의 대련만큼 좋은 것이 없다며 목검 대련을 청하였다. 거절할 명분도 배짱도 없으니 울며 겨자 먹는 심정으로 그리하자 했지만 돌이켜 보면 어떻게든 그 순간에 막았어야 했다. 그날부터 대련을 빙자한 구타가 시작되고 만 것이다.

그나마 고분고분 말 잘 듣고 별일없이 지나간 날에는 쉽게 넘어갔지만 술을 먹고 좀 늦게 들어오거나 도박장에 다녀온 날엔 여지없이 다시는 그러지 않겠다고 빌고 또 빌며 그녀의 분이 풀릴 때까지 맞을 수밖에 없었다.

처음에는 한 번 이겨보겠다는 오기가 생겨 정말 난생처음 밤을 새워가며 무공에 매달려도 보았다. 두 형과 누나들 모두 무당파에서 사오 년씩 수련을 하였으며 가내 무사들도 거의가 무당 속가들이었으니 아무나 붙잡고 물어보면 절초 한두 수는 얻어 배울 수 있었지만 어찌 된 게 단 일 초식도 견디질 못하고 나가떨어졌다.

결국 이겨보겠다는 결심은 포기하고 순종의 길로 들어설 수밖에 다른 도리가 없었다. 그러자니 자연 좋아하던 모든 일을 그날로 접어야 했다.

정말 낙없고 지루한 하루하루의 연속이었다.

아버지는 남의 속도 모르고 이제 혼인을 하더니 철이 들기 시작한다며 흐뭇해하고 있으니 더 더욱 미치고 환장할 노릇이었다.

엊그제 일만 해도 그렇다.

큰형인 석인영(石璘英)이 무창상회의 비단을 운송해 준 일이 마무리되었다고 목영에게 대금을 받아오라 시켰다. 그는 저녁때가 다되어서 일을 시킨다고 투덜거리면서도 할 수 없이 무창상회로 갔다.

무창상회의 고(高) 총관을 만나 오십 냥의 전표를 받은 데까지는 일이 순조로웠는데 막 돌아오려 하는 순간에 회주의 아들인 황두식(黃珝殖)을 만난 게 화근이었다.

"어, 목영이 아니냐? 야, 오랜만이다. 그래, 요즘 어떻게 지내냐?"

이놈은 한창 놀던 시절에 어울리던 친구였는데 혼인 후 목영이 시간 내기가 어려워지자 뜸해진 친구였다.

"응, 표국 일로 좀 바빠서 정신없는 것 빼고는 별일이 있겠냐? 너도 잘 지냈지?"

"그럼. 그런데 여긴 어쩐 일이냐?"

"형 심부름 왔지 뭐."

"그래, 볼일은 다 본 거냐?"

"응, 이제 돌아가려던 참이다."

"그럼 오랜만에 한잔 해야지 가긴 어딜 가. 요즘 취월루에 예쁜 애들이 왔다던데 거기로 한번 가보자."

당연하다는 듯 어깨동무까지 척 하고 나오니 목영은 바로 거절하지 못하고 뭉그적거렸다.

"어, 어? 그, 그게… 오늘은 얼른 들어가 봐야 되니 다음에 하지 뭐."

"엥? 네가 술자리를 다 마다하다니 이거 소문이 사실인 모양이구나?"

"소문? 무슨 소문?"

"몰랐냐? 네 녀석이 마누라가 무서워서 꼼짝을 안 한다는 소문이 무창에 파다한데."

"무섭긴 누가 무섭다고 그래?"

놀리는 듯한 녀석의 눈빛에 발끈한 목영은 목청을 높이며 말을 이었다.

"좋아, 오늘 코가 삐뚤어지도록 한번 마셔보자."

목영이 호기롭게 말하자 황두식이 맞장구를 쳤다.

"그럼, 그래야 너답지. 자, 가자."

그렇게 시작된 술자리가 결국 밤늦게까지 이어지고 말았다.

어떻게 표국의 내원으로 돌아왔는지도 모르게 들어와 푹 잠에 빠져들었는데 잠결에 누군가 부르는 소리가 들렸다.

"음, 음."

입맛을 다시며 돌아눕는데 몸이 붕 뜨는 기분이 들더니 잠시 후 느닷없이 차가운 물 세례가 쏟아졌다.

"헉! 뭐야, 뭐!"

정신이 번쩍 난 목영이 두리번거리며 둘러보니 자신은 이미 우물가에 나와 있는 게 아닌가? 슬그머니 위를 올려다보니 거기에 눈을 부릅뜬 아연의 얼굴이 있었다.

"어서 따라오세요. 아침 수련 시간이에요."

"여, 여보, 오늘은 좀 건너뛰면 안 되겠소?"

"흥! 밤새 술 먹을 기운은 있고 수련할 힘은 없나 보죠? 남자가 되어 아녀자와의 약속을 어기려 하세요?"

"으음."

목영은 신음을 흘리며 아연을 따라 일어설 수밖에 없었다.

연무장에 도착하자 아연은 번쩍이는 눈빛으로 바로 달려들기 시작했다.

"일파만파(一波萬波)!"

화가 나도 단단히 난 모양이었다. 처음부터 창궁검의 초식을 불러대는 날은 쉽게 끝나지 않는 날이었다. 그는 잔뜩 몸을 웅크리며 목검을 머리 위로 쳐들어 휘둘렀다.

한 대라도 덜 맞으려는 몸부림이었지만 탁 소리와 함께 목검은 멀리 날아가 버리고 말았다. 부딪치는 검력을 이기지 못해 검을 놓았지만 한참 동안 오른팔의 뼈까지 쩌릿하게 울렸다.

그러나 그 아픔 정도야.

"미궁현로(迷宮現路)!"

뒤이은 외침과 함께 오른쪽 허벅지가 화끈했다.

"아악!"

비명과 함께 목영은 쓰러졌고, 그 이후는 너무나 뻔했다. 목영은 바닥을 이리저리 굴러다니며 근 일각(15분)여나 매 타작에 시달렸다.

이미 익숙할 대로 익숙해진 가솔들은 그의 비명 소리에 단 한 사람도 나와 보는 이가 없었다.

큰형이야 밤에는 본가로 돌아가니 당연히 알지도 못할 테고.

"여보, 내가 죽일 놈이오. 잘못했소, 잘못했어. 내 다시는 그러지 않을 테니 한 번만, 한 번만 용서를 해주구려."

결국 목영이 아연의 두 발을 붙들고 사정사정을 해서야 아연의 목검이 멈추어졌다.

"흥! 당신은 좀 더 무공 수련에 힘을 쓰셔야겠어요! 엉뚱한 데만 신경을 쓰시니 도대체가 무공이 늘질 않잖아요!"

그 말을 끝으로 아연은 휙 돌아서 가버렸다. 그는 천천히 일어나 온몸을 살펴보았다. 정말 희한한 것은 그렇게 맞았는데도 어디 한 군데 부러진 곳은 고사하고 피가 튀긴 곳도 없다는 것이었다.

'참으로 간교하고 무서운 년이구나.'

그가 할 수 있는 일이란 그저 속으로 열심히 욕이나 해대는 것뿐이었다.

"휴우."

다시 한 번 한숨을 몰아쉬며 터벅터벅 걷던 목영은 풍양객점이 보이자 문득 두칠이 생각났다. 사내자식을 보고 나서 축하주를 마신다고 어울렸다가 술김에 기루까지 가게 되었는데 그 일로 두칠은 아연에게 다리 한쪽이 부러지도록 맞았다.

그 이후로 서로 서먹해져서 슬슬 피하다 보니 얼굴을 보지 못한 지가 벌써 여러 달이었다.

표사들이 떠나기 전 다시 한 번 물목을 맞추려 석가상회로 가는 길이었지만 아침부터 가봐야 기다려야 할 게 뻔하기에 두칠이나 잠시 보고 가자는 생각으로 객점의 옆길을 돌아서 뒷문으로 들어갔다.

"두칠아, 두칠이 있냐?"

"새벽부터 누구냐?"

"목영이야! 별일없냐?"

문을 열고 방으로 들어가며 석목영은 반가운 웃음을 지었다.

"네가 웬일이냐?"

놀라 일어나며 두칠은 재빨리 방 밖을 살폈다.

'자식, 놀라기는.'

뭐 마려운 강아지처럼 호들갑을 떠는 두칠의 행동에 슬그머니 웃음을 지으며 그가 물었다.

“몸은 괜찮으냐?”

“네가 지금 남 걱정할 때냐? 맞고 산다는 소문이 성내에 파다한데.”

실실거리는 게 비웃음을 그대로 드러내고 있었다.

“맞긴 누가 맞는다고. 대련을 하다 보면 그럴 수도 있지.”

‘병신, 변명이라도 좀 그럴듯하게 해야지.’

두칠은 그렇게도 거들먹거리던 놈이 풀 죽은 모습으로 나타나자 내심 흐뭇한 기분이 들면서도 안쓰러운 생각이 들었다.

오랜만에 만나 서로 간에 별로 할 얘기도 없어 멀뚱거리며 앉았다가 눈이 마주치자 목영이 심각하게 물었다.

“무슨 좋은 수가 없을까?”

“글쎄, 집을 떠나보는 건 어떠냐?”

두칠이 버릇처럼 손톱을 뜯으며 생각에 잠겼다가 무슨 묘수라도 되는 듯이 말했다.

“아니, 집 나오면 내가 무슨 재주로 살아가라고.”

말도 안 된다는 듯이 목영이 두 눈을 크게 떴다.

“뭔가 구실을 만들면 되잖아. 표행을 따라가든지, 아니면 어디 무공 수련이나 가든지.”

그러나 그의 말에 목영은 더욱 풀이 죽어 중얼거렸다.

“야, 내가 표행에 따라가겠다고 하면 아마 모든 집안 식구들이 말리고 들걸?”

목영이 체념 어린 말에 두칠은 자기가 더 답답한 듯 좀 짜증스런 목소리로 대답했다.

“그럼 그냥 내 복이려니 하고 살든가.”

“휴우, 그냥 살려니 그것도 쉬운 게 아니거든.”

그는 천장으로 긴 한숨을 뱉어냈다.

'내가 돌았지. 도대체 뭐가 예쁘다고 그 난리를 피웠는지, 참내.'

그는 더 이상 앉아 있기가 불편하였다. 위로는커녕 자신만 더 초라해지는 것 같았기 때문이다.

"나 갈게. 나오지 마라."

그가 일어나 방을 나오자 두칠이 문가에 선 채로 말했다.

"그래, 잘 가라! 힘내고!"

객점을 나와 길을 가며 가만 생각하니 그래도 마누라 치마폭을 벗어나려면 무공 수련을 하러 간다는 게 제일 그럴듯한 핑계가 될 것 같았다. 형들과 누나들이 모두 무당에서 무예를 사사하였으니 좀 늦은 나이라도 무공을 배우겠다고 막무가내로 나간다면 가능할 것 같았다.

'그래, 아버님께 떼를 써보자.'

그는 주먹을 불끈 쥐었다. 갑자기 서광이 비치는 듯했다.

막상 결심을 하고 나니 왜 그동안 그 생각을 못했지 하는 생각이 들었다. 그는 힘찬 걸음으로 상회를 향해 발걸음을 옮겼다. 오랜만에 입가에 웃음도 맺혔다.

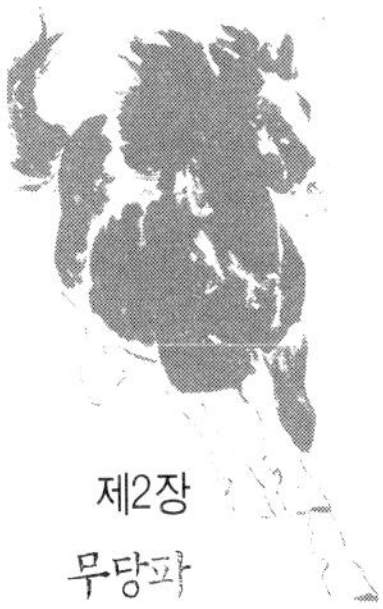

제2장
무당파

멀리 무당산의 칠십이봉이 바라다 보이는 조그만 마을의 객점으로 이십여 기의 말을 탄 사내들과 마차 한 대가 다가와 멈추어 섰다. 맨 앞에서 말을 달리던 한 청년이 말에서 내려 마차로 다가갔다.

"아버님, 진 대주께서 오늘은 예서 쉬고 날이 밝은 후에 산에 오르시는 것이 좋겠다 하십니다."

청년이 말하며 마차 문을 열었다.

"그렇게 하자꾸나."

열린 마차 문으로 풍채 좋은 초로의 노인이 나왔다. 마차를 타고 오며 꽤나 피곤했던지 노인은 두 팔을 천천히 휘두르며 큰 숨을 두세 번 몰아쉬었다.

제법 바람이 매서운데도 주인으로 보이는 듯한 중년인이 밖으로 나와 공손히 인사를 하며 맞았다.

"석 장주님, 정말 오랜만에 오셨습니다. 어서 안으로 드시지요."

"자네는 여전하구먼. 변한 것이 없는 것 같네그려."

노인이 아는 체를 하며 안으로 들어갔다.

이 일행은 바로 무당산으로 향하고 있는 석중산과 석목영, 그리고 호위대 무사들이었다. 결국 아버지와 부인을 설득하여 석목영은 무당파에 입문을 하게 된 것이다. 아들이 무당으로 떠나게 되자 석중산도 더 늙기 전에 장문인을 한번 찾아뵈어야겠다고 함께 길을 떠나왔다.

석가장의 사업은 이제 장남인 석인영(石璘英)이 맡아서 실수없이 잘 운영을 해 나가고 있으니 며칠 집을 비운다 해도 아무 문제 될 것이 없었다. 모든 것이 순조로웠는데 오직 하나, 바로 앞에 있는 이 막내자식이 걱정이었다.

당차고 가문 좋은 며느리가 들어와 자식놈의 부족함을 잘 채워주겠거니 했더니 며느리가 너무 강하여 자식놈이 아예 기를 못 펴니 아비 눈에 안타까울 때가 한두 번이 아니었다. 그래서 무공을 배운다 하기에 차라리 잘되었다 생각하고 얼른 허락한 것이다.

"목영아, 무당에 들거든 너의 말대로 늦었다 생각될 때가 가장 빠른 때라는 것을 잊지 말고 열심히 해보거라. 무공을 떠나서 무당산의 호연지기를 가슴에 담을 수만 있다면 앞으로 남은 인생에 커다란 도움이 될 게다."

웃으며 하는 얘기였지만 속으로야 부인의 치마폭을 벗어나 보거라 하는 말이었다.

'아버님, 소자의 근심 걱정은 모두 집에 있는데 여기에서 무슨 걱정이 있겠습니까. 그저 무당산에 오래오래 머무른다면 그야말로 남은 인

생의 홍복이지요.'

참으려 해도 절로 나오는 웃음을 감추며 아비의 뜻은 헤아리지 못하고 목영이 건성으로 대답했다.

"예, 아버님. 너무 걱정 마십시오. 소자 열심히 할 것입니다."

다음날 일행이 막 출발 준비를 서두르고 있을 때 세 명의 도사가 다가왔다. 한 중년 도사와 두 명의 청년 도사였다. 중년 도사는 후덕한 얼굴에 몸집도 좀 뚱뚱해 보여 도사라기보다는 객점의 주인이 딱 어울릴 듯한 인상이었다. 다만 눈빛이 충실하여 공부가 경지에 이르렀음을 나타내 주고 있었다. 두 청년 도사는 가벼운 발걸음과 단정한 태도로 명문의 제자임을 은연중 내보이고 있었다.

"무진(無盡)이 장주님을 뵈옵니다. 장문인께서 장주님이 오신다는 전갈을 받으시고 소제로 하여금 마중케 하셨습니다. 먼 길에 별고는 없으셨는지요."

무진이라 자신을 밝힌 도사가 포권을 취하며 석 장주에게 인사를 건넸다. 이 도사는 바로 현 무당 장문인의 대제자이자 일검진천(一劍振天)으로 무명을 얻고 있는 무진이었다.

"아, 무명이 자자한 일검진천께서 이렇게 직접 나와주시다니 고맙습니다. 그래, 장문인은 건강하신지요?"

석 장주가 마주 인사하며 물었다.

"예, 모두가 장주님의 은혜이옵니다. 같이 온 제자들은 본산의 이대 제자로 옥인(玉人)과 옥소(玉簫)라 하옵니다."

무진의 뒤에 서 있던 두 청년 도사도 앞으로 나서며 석 장주에게 인사를 건넸다. 일행과 세 도사가 서로서로 인사를 주고받은 후 드디어 무당산을 향해 길을 출발했다.

무진의 안내에 따라 무당산의 초입에 세워진 거대한 무당산문을 지나 천주봉의 상청궁에 오르자 당대의 무당 장문인인 송천(松天) 진인과 그의 사제들인 오(五)장로가 함께 나와 일행을 맞이했다.

때는 주원장이 명을 세운 지 십육 년째가 되는 홍무 16년. 전란의 피해로 무당의 도관들도 많이 소실되었다가 어느 정도 자리를 잡아가는 때였다. 이 전란 복구에 가장 큰 힘이 된 것이 석가장의 힘이었으니 석중산은 그야말로 무당의 귀빈 중의 귀빈이라 할 수 있었다.

"어서 오십시오, 석 장주님."

송천 진인이 반색을 하였다.

"이렇듯 환대를 해주시니 몸 둘 바를 모르겠습니다. 그간 별고없으셨는지요?"

석중산 또한 공손히 인사를 건넸다.

이어 나머지 장로들과 두루 인사를 나눈 석중산은 무당산에서 하루를 머물며 장문인께 막내자식을 부탁한 후 호위무사를 대동하고 다시 석가장으로 길을 떠났다. 물론 하산하기 전에 은자 일백 냥의 기부금을 내놓아 장문인과 장로들의 입을 찢어지게 만들고서.

장문인은 석목영의 공부를 장로들 중 막내인 송우자(松愚子)에게 맡겼다. 석가장의 막내이다 보니 특별히 대우할 수밖에 없었고 다른 자제들도 모두 명목상으론 장로들에게 사사(師事)하였으니 그렇게 하는 게 적당하다는 판단에서였다.

송우자는 석목영을 데리고 진무관으로 갔다.

진무관은 이대제자들과 속가들이 무예를 사사하고 수련을 하는 곳이었다. 천주봉의 옆에 좀 낮고 평평한 봉우리인 일주봉에 위치한 진무관에 도착하자 넓은 연무장엔 속가와 이대제자들로 나뉜 두 무리가 수련에 열중하고 있었다.

이대제자들의 수련을 돕고 있던 무진이 송우자를 보곤 다가와 인사를 건넸다.

"제자가 사숙님을 뵙습니다."

"수고가 많구나. 목영이 앞으로 진무관에서 수련을 할 것이니 네가 잘 보살펴 주도록 하여라. 그리고 목영이는 사형의 가르침을 잘 따라서 열심히 노력하도록 하여라."

송우자는 목영을 무진에게 맡기곤 휭하니 돌아가 버렸다. 석가장의 체면을 보아 명목상 송우자가 사부가 되었지만 문 내의 일로 바쁜 장로의 신분으로 갓 입문한 제자에게 직접 무예를 가르칠 순 없으니 다른 속가제자들처럼 실질적인 수련은 일대제자의 몫이 돼버린 것이다.

일단 무진은 목영의 수준을 가늠해 볼 요량으로 물었다.

"가내에 무당의 속가제자가 많으니 배움이 적지 않을 터, 너는 어디까지 공부를 하였더냐?"

그러나 말하는 무진의 표정은 결코 밝지 않았다. 아무리 석가장의 자제라 하나 입문하자마자 장로의 제자가 되는 특혜를 받는 것이 못마땅했기 때문이다.

생각 같아서는 다른 제자들처럼 호되게 다루어 정신이 번쩍 들도록 만들고 싶었지만 장문인을 비롯한 장로들이 모두 필요 이상으로 신경을 쓰고 있으니 그럴 수도 없지 않은가? 그렇다고 네 하고픈 대로 하라고 방치해 둘 수도 없으니 아주 난감할밖에.

거기다가 눈알을 굴리는 품새를 보아하니 소문처럼 석가장의 망나

니가 분명해 보였다. 이래저래 심기가 불편한 무진이었다.

"예, 소제(少弟)는 삼재기공(三才氣功)과 태극권(太極拳)을 익혔습니다."

무진은 쳐다보지도 않은 채 이곳저곳을 기웃거리며 건성으로 대답하는 석목영의 태도가 불손하기 짝이 없었다. 이제 집을 벗어난 그는 자기도 모르게 다시 예전처럼 안하무인하고 오만한 태도를 보인 것이다.

"끙……."

무진은 순간적으로 화가 치솟았지만 헛기침으로 마음을 가라앉히며 목영에게 말했다.

"무당의 모든 무공이 이 삼재공과 태극권으로부터 시작된다 해도 과언이 아니다. 그만큼 본 문의 정화를 담고 있음이니 너는 이후로도 이 삼재공과 태극권을 소홀히 해서는 아니 될 것이다. 그럼 태극권을 한 번 시전해 보아라."

무진의 말에 목영은 남 앞에서 제 무공을 보이는 게 좀 쑥스럽다는 듯이 씩 웃으며 머리를 긁적이다가 미적미적 앞으로 나서서 태극권을 펼치기 시작했다.

제일초 기세(氣勢)에 이은 제이초 우람작미(右攬雀尾).

좌우로 발을 놀리며 그는 힘차게 권을 내질렀다.

처음엔 그렇게 한 수 한 수 천천히 권을 펼치던 그였지만 초수가 진행될수록 자신감이 생겼는지 점점 몸놀림을 빨리하기 시작했다. 그러던 어느 순간 그는 마치 무아지경 속에서 노닐 듯 손발을 어지럽게 놀리는 것이 아닌가? 그 모습을 보는 무진의 표정이 놀라움으로 가득 찼다.

‘이럴 수가! 정녕 이것도 태극권이란 말인가? 정말이지, 혼자 보기 아깝구나. 그런데 저 표정은 또 뭐란 말이냐? 스스로 아주 흐뭇해하다니……. 자화자찬도 정도가 있어야 하거늘. 쯧쯧.’

이런 놈을 데리고 무당검을 수련해야 한다니 무진은 눈앞이 캄캄해짐을 느꼈다. 어쨌든 목영은 태극권을 마치고 가쁜 숨을 몰아쉬며 무진을 빤히 바라보았다. 마치 내 권법은 이 정도다 하고 뽐내는 듯한 태도에 다시 한 번 절망에 빠지며 무진 또한 멍한 눈빛으로 목영을 마주 보았다. 무엇을 어디에서부터 손을 대야 할지 도무지 감을 잡을 수가 없었기 때문이다.

우선 태극권의 형을 제대로 가르치자니 그러다 하산해 버린다면 무당에 올라 아무것도 배운 게 없다고 할 테고 상승의 무공을 전수하자니 기초가 부실하여 알아듣지도 못할 테니 난감할 수밖에 없었다.

더군다나 전란 후에 각 문파에서는 속가들에게도 그동안 개방하지 않던 문파의 비전절기들을 암암리에 전수하고 있었다. 전쟁으로 소진된 문파의 힘을 키우기 위해 본산과 속가를 가리지 않고 고수를 배출하려다 보니 자연스런 현상이라 할 수 있었다. 따라서 석가장의 자제인 목영에게도 본산 무공을 한두 가지라도 가르쳐야 서로의 체면에 어울린다 할 수 있는 것이 아니겠는가?

그렇게 한참을 고민한 끝에 무진은 결국 한 가지 묘안을 생각해 내고는 자신도 모르게 손뼉을 마주쳤다.

‘옳거니!’

그가 생각해 낸 묘안이란 바로 유운공(流雲功)과 유운검(流雲劍)이었다.

무당의 공부는 처음 삼재, 구궁공(九宮功)을 거쳐 태청(太淸)과 대라에 오르면 드디어 양의와 태을에 입문하게 되는 것이 순서였다. 이러한 단계를 밟아 무당 무공의 정수인 이유제강과 사량발천근의 원리를 검에 담게 되는 것이다.

그런데 장삼봉조사 이후에 무당검의 오의를 깨달아 진정한 무당검을 얻은 이가 없었다. 처음엔 그저 제자들의 자질 문제라 여겼으나 세월이 흘러도 진전됨이 없자 무당의 원로들과 장로들은 심각한 고민에 빠지게 되었다.

양의와 태을에 이르러 강을 유에 담고 양을 음에 담아야 하거늘 도저히 태을진결상의 이유제강을 이루어낼 수가 없는 것이었다. 연구에 연구를 거듭하던 무당의 원로와 장로들은 결국 조사께서 남긴 유운공에 주목하게 되었다.

그동안 유운공은 너무 부드럽기만 한 심결공부여서 소홀히 대해온 것이 사실이었다. 그러나 태을진결의 대성을 위해서는 바로 이 부드러움이 필요하다는 것을 깨닫게 된 것이다. 그래서 매 단계의 심법을 연마하여 일정한 성취를 보고 나선 이 유운심결로 그동안 쌓은 내공을 이끌어 무당 제자들은 강함 속에 부드러움을 담는 데 결국 성공하게 되었다.

그러다 보니 이 유운공의 공부는 처음 삼재와 구궁을 이룬 후에 접했을 때와 다시 태청과 대라에 올라 접했을 때가 같은 사람일지라도 그 해석과 얻는 바가 다르게 되었다. 이렇듯 이 유운공은 쉬운 듯하면서도 어렵고 어려운 듯하면서도 쉬운 심결공부였다.

또한 유운검도 초식마다 부드러움을 담아 진정한 사량발천근의 묘용을 응용할 수 있도록 만들어진 검법이었다. 그러다 보니 처음부터 끝까지 모든 초식이 다가오는 검을 비껴내고 흘려내는 검로(劍路)로 이루어져 있었다. 당연히 공격은 할 수 없고 상대의 공격을 막아내는 데에 치중할 뿐이니 무당의 제자들은 그 원리만을 이해하고 가볍게 넘어가는 검법이었다. 더구나 이 검법은 유운공을 운용해야 진정한 힘을 발휘하게 되니 누구도 힘써 익히려 하지 않았다.

그러나 이제 이 유운공과 유운검을 목영에게 사사한다면 삼재공을 제대로 이루었든 아니든 제 수준에 맞게 성취를 이룰 테니 지도에 고심할 필요가 없고 또 누가 저에게 잘했다 잘못했다 얘기할 수 없을 것이었다. 더불어 속가이면서도 특별히 대우해야 할 석가장의 공자에게 정심한 무당 본산의 무공을 사사했다 할 수 있을 것이니 석가장에게도 좋은 것이었다. 다시 말해 무당과 석가장 모두가 체면치레를 할 수 있는 방법이었다.

"목영아, 이제 이 사형이 너에게 전수하고자 하는 것은 무당의 진정한 무공이라 할 수 있는 유운심결과 유운검법이니 겸손한 마음으로 최선을 다하도록 하거라. 그 어떤 절정의 무공이라도 뼈를 깎는 노력 없이는 아무것도 이룰 수 없다는 것을 명심하고 노력하고 또 노력하도록 해야 할 것이다."

이렇게 너의 성취가 보잘것없다면 그것은 모두 너의 잘못이란 것을 은근히 덧붙여 놓고 나서 무진은 심결을 불러주기 시작했다.

석목영은 솔직히 마누라를 피해 도피하고자 한 무당행이었기에 무공에 대한 관심은 전혀 없었다. 그런데 이 순간 대뜸 사형이 본산의 무공을 가르쳐 준다 하니 설렘과 호기심에 사형의 말에 열중하였다.

"구름은 한곳에 머무르지 않고 그저 흘러갈 뿐이니 잡으려 해도 잡을 수 없다. 흐르면서 머무를 수 있는 것이 곧 원이니 몸 안에 하나의 원을 만든다면 능히 구름을 품을 수 있으리라. 원이 또 하나의 원을 낳아 원 밖에 원이 있고 원 안에 원이 있어 서로가 상응한다면 삼라만상의 태동과 소멸이 여기에서 비롯됨이니 이것이 곧 태극이요, 무극이리라."

눈을 감고 천천히 무진이 불러준 심결은 도가의 무공답게 지극히 도도하면서도 현묘로웠다. 당연히 글줄이나 읽은 그에게도 그저 무슨 주술처럼 다가올 뿐이었다.

"네가 유운심법을 공부함에 있어 지금 불러준 구결의 의미를 생각하고 또 생각하여 한 자락의 깨달음이라도 얻을 수만 있다면 선인의 경지를 엿볼 수 있을 것이다."

이어서 무진은 심결의 운용 요결을 알려주었다.

"자, 다음은 수련법을 설명해 줄 테니 주의해서 기억하도록 해라. 무릇 심법이란 자칫 잘못하면 폐인이 되는 수가 있으니 막히는 곳이 있거든 서둘지 말고 꼭 다시 이 사형에게 확인한 다음 수련해야 함을 명심하거라."

무진은 그에게 심법공부를 알려주며 이놈이 과연 수련이나 제대로 할까 의구심이 들었지만 그래도 혹시 발생할지 모를 불상사를 방지하고자 꼼꼼하게 주의점을 일러주었다.

"먼저 정신을 집중하여 깊은 명상에 들어 심신을 고요히 한 다음 들숨과 날숨을 가늘고 길고 깊게 하여 그 숨의 기운을 단전에 모으면 부드럽고 따스한 기운이 느껴질 것이다. 그 기운을 단전에서 천천히 돌려 기해와 회음과 음교를 왕복하는 원을 만들면 첫 단계를 마치게 되는데 이는 순수하게 음유한 기를 모으기 위한 단계이니라."

무진은 운용 요결을 알려주며 힐끔 그를 바라보았다. 제법 관심있는 눈빛으로 그가 자신의 말에 집중하고 있자 내심 '제법 심각한 척한다

마는 기초도 부실한 놈이 유운공에 대성했다는 얘기는 내 들어보질 못했다' 하고 생각하며 계속해서 설명해 나갔다.

"이제 이렇게 단전에 모은 기를 천천히 중정, 옥당, 대추를 거쳐 명문혈에 이르게 한 다음 회음혈을 통해 다시 단전에 이르도록 하면 바로 유운공에 따른 일 주천을 하게 되는 것이다. 이때 반드시 단전의 기와 앞으로 나가는 기는 가는 실처럼 처음과 끝이 연결되어 있어야 하느니라. 이것이 바로 유운심공의 운용 요결이니 너는 하루라도 거르지 말고 열심히 수련하도록 하여라. 그 이후의 성취는 오직 너의 노력 여하에 달렸느니라."

무진은 일일이 혈을 짚어 알아듣도록 설명을 해준 후 목영이 가부좌를 하고 명상에 들자 자리를 떴다.

목영이 눈을 감고 사형이 알려준 심결을 곰곰이 생각해 보니 기해, 회음, 음교를 잇는 조그만 원과 중정, 대추, 명문을 잇는 큰 원을 만들어 나가는 과정이 과연 원이 또 하나의 원을 낳아 서로 상응한다는 심법의 원리에 부합되는 듯하여 뜬구름 같기만 하던 심결이 조금 이해가 되었다. 그러나 그의 공부는 일천하기 그지없으니 기를 느끼는 것조차 쉽지 않았다. 그래도 호기심이 일어 매일매일 수련을 거듭하자 심법공부를 시작한 지 세 달 후부터는 단전에서 서서히 기의 흐름을 감지할 수 있게 되었다.

사실 이미 토납법과 삼재기공을 익힌 후에 또는 태청과 대라공을 익힌 후에 이 유운심결을 시작하는 것이니 다른 무당의 제자였다면 흐름에 중점을 둘 것인데 석목영의 경우 처음 기를 모으는 것부터 시작해야 하는 데다 늦은 나이 탓에 혈도는 굳을 대로 굳어서 제대로 심법을 수련하기엔 준비가 부족한 상태였다.

다만 오직 유운심결로만 기를 모으니 부드럽기 그지없는 정순한 기운이어서 굳은 혈도를 풀어주는 데는 오히려 효과가 있었다. 아무튼 이렇게 수련을 하다 보니 거의 일 년여가 다 되어서야 단전에 미미한 원 하나를 만들 수 있었다.

그사이 무진은 그에게 유운검을 전수하였다. 유운검법은 모두 십육 초식으로 간단한 검로를 가지고 있어 쉬운 듯 보이나 한 초식 한 초식이 모두 붙이고 당겨서 밀어내거나 밀어서 흘려 튕겨내는 사량발천근의 묘용이 숨어 있어서 오의를 깨달아 운용하기엔 까다롭고도 심오한 검법이었다.

그러나 배우는 사제나 가르치는 사형이 모두 열의가 없으니 제대로 될 리가 없어 그저 수박 겉 핥기 식이 되어버렸다. 그런데도 사형은 사형대로, 사제는 사제대로 제 할 일을 다했다 생각하니 더 이상 진전이 있을 수 없었다. 상황이 이렇다 보니 무진은 서서히 관심을 잃어갔고 어서 이 녀석이 집으로 돌아가기만을 마음속으로 간절히 바라고 있었다.

이때에 이 장로인 송현자(松賢子)와 함께 소림에 다녀올 일이 생기자 무진은 막내사제인 무애(無崖)에게 그를 맡기고 도문을 나서 버렸다.

이렇게 직접 가르치는 무진도 포기한 듯하자 무당에서 목영은 골칫덩이가 되었다. 성취는 형편없는데다 그저 대충대충 수련에 임하니 혹시라도 그의 태도가 다른 제자에게 영향을 미칠까 걱정하기에 이른 것이다. 그렇다고 하산을 강요할 수도 없고 어떤 제재를 가할 수도 없는 형편이어서 무당의 장로들은 생각다 못해 그의 거처를 진무관의 뒤편에 따로 마련하여 다른 제자와 격리하게 되었다.

목영은 오히려 누구 눈치 볼 것 없이 이제부턴 제 하고픈 대로 해도 되겠다고 속으로 쾌재를 불렀다. 혼자 있는 것이 외로우면 가끔 산을 내려가 주루에 들러 술과 고기도 먹고 세상 돌아가는 얘기도 듣곤 하였다. 새로 옮긴 초옥으론 무진마저 출문한 후엔 그 누구도 발걸음을 하지 않으니 목영은 그저 편안히 하루하루를 지낼 뿐이었다.

오늘도 어제 늦게까지 마신 술로 숙취에 시달리며 눈을 뜬 목영은 일단 계곡에 가서 찬물로 목욕을 하곤 거처로 돌아왔다.

심심하던 차여서 오랜만에 유운검이나 수련해 볼까 하고 막 목검을 치켜드는데 한 번도 본 적이 없는 빼빼 마른 중년 도사가 다가왔다. 잘 벼려진 칼 같은 인상을 풍기는 그 도사가 흉흉한 눈빛을 빛내며 그에게 물었다.

"네가 석목영이냐?"

목영은 그동안 모든 도사들이 말은 그럴듯하게 하지만 모두 마음속으론 자신에게 함부로 대하지 못한다는 것을 알기에 뻣뻣하게 말했다.

"그런데… 요……."

말을 길게 끌며 무슨 일이냐는 듯이 눈빛에 의문을 달고 말하자 그 도사가 어처구니없다는 듯 혀를 차며 말했다.

"허허, 이놈이 건방지기 이를 데 없구나. 나는 무당의 일대제자 중 아홉째인 무애라 한다. 예를 갖추지 못할까?"

목영은 큰 소리에 깜짝 놀라 얼른 포권을 취하며 사형에 대한 예를 갖추었다.

"사제 목영이 무애 사형을 뵙습니다."

그제야 표정을 풀며 무애가 말했다.

"무진 사형의 부탁으로 내가 네 녀석의 수련을 보아주기로 하였다.

다만 며칠간 내가 이대제자들의 공부를 보아주느라 너에게 와보질 못
했는데 네 녀석은 수련할 생각은 않고 어딜 그렇게 싸돌아다닌단 말이
냐? 어제도 와서 한 시진이나 기다렸거늘 네놈은 코빼기도 보이지 않
더구나. 앞으로 또다시 이런 일이 일어난다면 내 오늘처럼 그냥 지나
치진 않을 것이니 명심하거라. 자, 그럼 어디 너의 성취를 한번 보자.
너는 검을 어디까지 익혔더냐?”

무애가 표정을 풀자 목영은 안도하며 본연의 자세로 돌아와 자신있
게 대답했다.

“예, 소제는 유운검법을 모두 익혔습니다.”

“태도를 보아하니 아주 자신만만한데 너의 경지가 아주 궁금하구나.
어디, 나와 대련을 해보자.”

무애는 검집째 검을 올려 하단세의 자세를 취하며 목영이 공격하기
를 기다렸다. 무지하면 용감하다고 목영은 무애의 자세에서 피어오르
는 기세를 읽지 못하고 목검을 들어 유운검의 일초식 유운일로(流雲一
路)를 전개하여 공격해 갔다.

그러나 그 순간 무애의 검이 어떻게 움직이는지도 모르게 순간적인
떨림을 보이더니 딱 소리와 함께 석목영의 검이 하늘 높이 솟아올랐다.
석목영은 마치 신기한 것을 본 듯이 입을 헤벌린 채 하늘 높이 날아간
목검의 궤적을 따라 눈을 돌렸다.

그런데 그 순간 다시 한 번 딱 소리와 함께 밀려드는 머리의 통증.
그는 ‘아얏’ 하고 소리를 지르며 머리를 감싸고 주저앉아 사형을 바라
보았다. 순간적으로 마누라의 얼굴과 무애의 얼굴이 겹쳐졌다.

‘이놈의 말코가 사람을 잡는구나. 내가 무엇을 잘못했다고. 아니,
그럼 속가인 내가 일대제지라는 제놈을 이겨야 한단 말인가?’

샐쭉한 표정으로 목영이 머리를 비비며 슬쩍 무애를 바라보자 무애는 화가 잔뜩 난 표정으로 호통을 쳤다.

"이런 못난 놈을 보았나? 어찌 수련을 했기에 무공을 익힌다는 놈이 검을 놓친단 말이냐! 당장 검을 잡지 못할까!"

무애는 무 자배의 제자 중 가장 막내였다. 그러다 보니 아직은 누군가를 가르친다는 것에 많은 기대와 열정을 가진 나이였다. 그런데 이 대제자도 아닌 자신의 사제라는 놈이 제가 무엇을 잘못했는지도 모르겠다는 표정으로 쳐다보고 있으니 순간적으로 화가 치밀어 오른 것이다.

물론 무애는 이 년 전에 무당산의 가장 깊은 곳에 위치한 연무동에 들어 무공 수련에 전념하다가 출관한 지 얼마 아니 되어 석목영에 대해서는 알지 못하는 상황으로 그저 황당한 놈이라는 생각뿐이었다.

목영이 슬금슬금 눈치를 보며 다시 목검을 들고 자세를 잡자 무애는 다시 다가들며 검을 수직으로 내려쳐 왔다. 검집째인 검이었으나 목영은 순간적으로 더럭 겁이 나 목을 움츠리며 목검을 들어 막았다. 막 검끼리 부딪치려는 순간에 무애는 검로를 비틀어 원을 그리며 목영의 장딴지를 후려쳤다. 다시 한 번 비명을 지르며 목영은 주저앉고 말았다. 무애는 주저앉은 목영을 바라보다 크게 숨을 내쉬고는 차분한 목소리로 말하였다.

"너는 그야말로 유운검을 헛배웠구나. 사형이 그리 알려줄 리는 없으니 너의 수련이 미천할 뿐 아니라 유운검에 대해 깊이 생각해 보지도 않은 듯하구나. 무릇 무공이란 몸에 대한 체득 이전에 바른 뜻과 묘용을 이해해야 한다. 잘못된 무리(武理)를 가지고 몸에 체득시킨다면 나중엔 고치기도 힘들고 상승의 검로는 아예 포기를 해야 할 것이다."

목영은 또 어떤 불호령이 떨어질까 전전긍긍하다가 의외로 무애가 차분하게 설명해 주자 다리의 아픔을 참으며 얼른 일어나 사형의 얘기에 귀를 기울였다.

"이 유운검은 이유제강과 사량발천근의 원리를 가지고 만든 검법이다. 따라서 힘으로 검을 막아가는 게 아니라 상대의 검로를 사선으로 비껴 쳐서 흐름을 내가 원하는 곳으로 유도해 내는 것이다. 그러니 상대의 검이 찔러오면 너는 찔러오는 검을 상하, 또는 좌우로 방향만을 바꿔주면 되는 것이다. 또한 상대가 검을 수직으로, 또는 횡으로 베어온다면 그 힘에 맞서고자 하지 말고 검끝을 슬쩍 건드려서 검의 궤적이 의도에서 벗어나게 하면 되는 것이다. 당연히 유운검의 검로는 둥근 원을 형성해야 하는 것이다. 원이란 모든 직선을 흘리기에 가장 적합한 모양이다. 또한 그때그때 기를 검에 실어 접(接), 인(引), 탈(脫), 탄(彈)의 기를 적절히 운용해야 할 것이다."

그리고선 유운검 십육식을 일일이 다시 보여주며 상대에 따른 검의 운용을 자세히 설명해 주었다.

그날부터 석목영에겐 행복 끝, 불행 시작이었다. 무애 사형은 오랜만에 찾아와 몇 마디를 지껄이고 가던 무진과는 모든 것이 달랐다. 아침부터 저녁까지 그저 수련뿐이었고 그것도 몸소 검을 맞대는 수련이었다. 목영은 정말 죽을 맛이었지만 한 대라도 덜 맞으려면 막고 또 막는 수밖에 없었다.

그러다 보니 자신도 알지 못하는 사이 자연 유운검의 묘리를 체득해 가기 시작했다. 또한 매일매일 지친 몸을 풀어주기 위해 유운심법도 거르지 않고 운공을 해 나가니 몸 안의 기도 충만해져 갔다.

그렇게 목영은 무애 사형과 유운검을 수련하며 하루하루를 보냈다.

　물론 사형인 무진은 벌써 돌아왔으나 무애가 열심히 가르치고 있자 그는 은근슬쩍 목영의 수련을 무애에게 맡겨 버리고 전혀 신경을 쓰지 않았다.

　모두가 별 신경을 안 썼기에 의아하게 생각하는 사람은 없었지만 사실 이해가 가지 않는 것은 석목영의 태도였다. 이쯤 됐으면 집으로 돌아갔어도 열 번은 더 돌아갔을 텐데 항상 구시렁거리면서도 열심히 무애의 지도에 따르는 것이었다. 지금까지 목영을 조금이라도 아는 사람이 보았다면 그야말로 기절초풍할 일이었다.

　그러나 거기엔 목영조차도 알지 못하는 이유가 있었다.

　그는 지금까지 살아오면서 스스로 힘써 노력하여 얻는 성취감이란 것을 한 번도 느껴본 적이 없었다. 그런데 사형의 지도에 따라 열심히 수련을 하다 보니 하나하나 무공의 이치를 깨우쳐 가게 되고 그로 인하여 얻는 기쁨이 정말 큰 기쁨이라는 것을 은연중 느끼게 된 것이다. 그랬기에 스스로가 알지 못하는 사이 더 열심히 수련에 매달리며 이해가 가지 않는 부분은 스스로가 숙고해 보곤 하게 된 것이었다.

　봄볕이 따사로운 사월 초순.

　숲들이 이제 긴 겨울잠에서 벗어나 막 기지개를 켜며 새순을 피워내고 있는 무당산의 한 중턱에서 두 사내가 비무에 열중하고 있었다. 도사 복장의 한 중년인과 가벼운 흑의 무복을 입은 한 젊은이였다.

　비무라 하지만 흐르는 분위기는 조금의 허점도 찾을 수 없는 팽팽한 긴장이 흐르고 있었다. 중년 도인의 검이 사선으로 베어오면 젊은이의 검은 아래에서 위로 올라가며 검끝을 살짝 밀어 튕겨내고 중년인의 검이 다시 허공을 돌아 횡으로 베어오면 젊은이는 슬쩍 몸을 회전시켜 물러나며 상대의 검끝을 내리눌렀다.

중년인이 누른 검을 떨쳐 내곤 검을 찔러오면 젊은이는 우로 반보 움직이며 상대의 검끝을 좌측으로 밀어내었다. 가만 보면 둘이서 무슨 짜 맞춘 검무라도 추는 듯 보이나 중년인의 검에 어린 푸르스름한 기운은 날카로운 검기임이 분명하니 검무라 하기엔 너무 위험해 보였다.

벌써 비무를 한 지 꽤나 오래된 듯 두 사람 모두 비 오듯 땀을 흘리고 있었다. 한참을 그렇게 어우러져 검을 휘두르던 중년인은 한순간 연속해서 오검을 휘두르곤 훌쩍 뒤로 물러나 호흡을 고르며 말했다.

"이제 그만 하자꾸나."

젊은이가 검을 검집에 넣고 포권을 취하자 중년 도인 또한 검을 갈무리하며 흐뭇한 표정으로 젊은이를 바라보았다.

처음엔 정말 뭐 이런 놈이 무당의 제자가 되겠다고 하는지 한심하기 이를 데 없더니 언제부턴가 훌쩍 성장하여 이제는 자신의 내공이 실린 검기를 어렵지 않게 일일이 풀어내는 경지에 이르러 누가 누구를 가르치는지 분간이 안 될 때도 있었다.

그동안 이 사제를 가르치면서 자신의 배움도 깊어졌으니 말로 표현은 안 했지만 정말이지, 자신을 채찍질해 준 고마운 사제였다.

"목영아, 이제 너와 내가 함께 수련을 한 지도 오 년이나 흘렀구나. 그동안 나를 믿고 잘 따라주어 고맙다. 나는 내일부터 다시 연무동에 들어 양의검의 수련에 들고자 한다. 내가 대라검의 성취를 이렇게 빨리 이룰 수 있었던 데는 너의 도움이 적지 않다 할 것이니 이 점 또한 고맙게 생각한다."

무애는 따듯한 눈빛으로 목영을 바라보며 말을 이었다.

"그런데 너도 알다시피 유운검은 사량발천근의 원리를 깨닫게 하고

자 만든 검법으로 모두가 수비 위주의 초식뿐이어서 실전에서 적을 물리치기엔 부족한 면이 많은 검법이다. 그러니 너도 이젠 다른 무공을 배워보는 것이 좋을 듯하구나. 무진 사형에게 부탁하면 네 사부님이신 송우 장로님과 상의하여 너를 인도해 주실 게다. 그럼 나중에 또 보자 꾸나."

무애는 두어 번 목영의 어깨를 두드린 후 돌아서려 하였다.

"사, 사형, 절 받으세요."

목영은 무애 사형에게 큰절을 올려 진심으로 그동안의 가르침에 감사하며 헤어짐을 아쉬워하였다. 무당산에 올라 만난 사람 중에 진심으로 그를 대해준 사람은 이 무애 사형밖에 없었으니 어찌 섭섭하지 않겠는가? 눈물까지 글썽이며 그는 멀리까지 무애를 배웅하였다.

그렇게 무애가 떠나간 후 목영의 일상은 예전으로 돌아갔다. 여전히 무진은 한 달에 한 번 정도 잠깐 들러볼 뿐 도통 그에게 관심을 보이지 않았다. 그것은 무진이 목영의 변화를 알지 못하고 예전의 그 모습으로만 생각하고 있었으니 당연한 결과였다.

목영은 그래도 홀로 수련을 게을리 하지 않고 해 나갔다. 달리 아는 무공도 없고 그렇다고 관심도 없는 무진 사형에게 고개 숙여 다른 가르침을 청하기도 자존심이 상하는 일이어서 계속 유운검과 유운심결을 연마해 나갔다.

그러던 어느 날, 그날도 홀로 힘든 수련을 마치고 석목영은 저녁 운공에 들었다.

요즘 목영은 유운심결에 하나의 커다란 의혹을 가지고 있었다.

그것은 처음 기해, 음교, 회음을 지나며 생긴 작은 원이 중정, 염천, 명문을 지나는 큰 원을 이루고 나자 마치 강물이 대해로 스며들 듯 사라져 버린 때문이었다. 원이 원을 낳는다는 유운결의 원리에 부합된다 생각하고 그냥 쉽게 흘려버렸는데 요즘 들어 심결 중 상응이란 말이 자꾸만 마음속에 걸렸다.

"원이 또 하나의 원을 낳아 원 밖에 원이 있고 원 안에 원이 있어 서로가 상응한다면 삼라만상의 태동과 소멸이 여기에서 비롯됨이니 이것이 곧 태극이요 무극이리라."

'상응이라 한다면 서로 존재하는 상태에서의 서로 간의 반응이란 말이 아닌가? 그런데 어찌 하나 안에 하나가 흡수되어 하나가 된단 말인가? 그렇다면 지금의 원이 심결 중의 하나의 원이고 또 하나의 원을 다시 또 어딘가에 만들어야 하는 것일까?'

아무리 생각해도 실마리를 풀 수가 없었다. 그렇다고 누구에게 속 시원히 물어볼 수도 없었다. 그는 답답한 마음에 밤공기나 마셔보자는 생각에 운공을 중단하고 밖으로 나왔다. 달빛 속에 주위의 숲을 거닐다 풀밭에 벌렁 드러누웠다. 달 밝은 하늘에 까만 구름들이 흘러가고 있었다. 멍하니 하늘을 보고 있자니 구름이 꼭 부인을 닮은 듯했다. 한참을 그렇게 누워 있는데 앞선 부인을 닮은 구름 뒤에서 다시 한 덩이의 구름이 몰려와 서로 합쳐졌다가 다시 나뉘어져 두 덩이가 되었다 하며 흘러가는 것이었다.

그 순간, 하나의 영감이 머리 속을 스쳐 지났다.

'혹시 또 하나의 원이란 몸 밖에 존재하는 기를 말하는 게 아닐까?'

목영은 얼른 가부좌를 취하고 운공에 들어갔다. 몸 안의 기를 혈을 따라 흘러 원을 이룬 다음 서서히 기를 세혈로 흘러 몸 전체에 채워 나

갔다. 이제 유운심결을 수련한 지도 육 년에 이르러 몸의 중심에 원을
두고 몸의 구석구석으로 기를 보내고 거두어들임에 아무런 제약이 없
었다.

이제 자신의 생각이 맞는지 틀리는지 한번 확인해 보기 위해 전신으
로 흘러들어 간 기를 서서히 몸 밖으로 보내어 몸 주위를 돌게 하다가
흩어지려 하면 다시 거두어들이곤 하기를 반복해 나갔다.

밤이 새는 줄도 모르고 계속해 나가자 과연 몸 주위로 휘돌며 미미
하게 모여드는 기를 느낄 수 있었다. 그 어떤 것을 깨우쳤을 때보다 몸
과 마음이 상쾌하고 기분이 좋았다. 그날부터 목영은 유운심결의 수련
에 박차를 가하였다.

그렇게 몸 밖의 기를 모아 몸속의 원과 반응하도록 수련한 지 삼 년
여가 흘렀다. 이제 몸 밖의 기는 항상 주변에 흩어져 있다가 내기를 일
으키면 자연스레 몸 주위로 모여들었다. 그리고 점점 외기가 미치는
범위도 넓어지기 시작했다.

결국 심결상에 있던 두 개의 원을 이루어낸 것이다.

그런데 한 가지 이상한 점은 몸 주위의 기가 많아질수록 검로가 점
점 느려진다는 것이었다. 외기가 일 장까지 미치게 되자 유운검 십육
초를 펼치는 데 한 시진이나 걸리니 누가 보면 만검(晩劍)을 시전한다
할 만했다.

언젠가 무진은 오랜만에 왔다가 이 광경을 보고 말했다.

'이 녀석은 어찌 검로가 더 빨라지는 게 아니라 더 느려진단 말인가.
내 유운검에 만검의 묘리가 있다는 말은 들어본 적이 없거늘. 이젠 별
짓을 다 하는구나.'

무진은 그대로 돌아가 버리고 말았다.

이미 사제의 성취가 높은 경지에 들어서고 있음을 알지 못한 채.

석목영이 무당에 온 지도 구 년이 흘렀다. 나이 스물에 무당산에 올랐으니 이제 스물아홉이 된 것이다. 물론 그렇다고 내내 산에만 머무른 것은 아니었다. 이삼 년에 한 번씩은 꼭 산을 내려가 집에 다녀오곤 하였다.

작년엔 아버님이 돌아가셔서 세 달이나 집에 머물렀었다. 집에 머무르다 보면 부인도 이젠 중년의 나이가 되어 성격도 많이 유순해졌고 말은 안 하지만 남편이 곁에 머물러 주기를 은근히 바라는 듯해서 이 참에 그만 하산을 할까 하는 생각도 드는 것이 사실이었다. 그럼에도 불구하고 아직은 뭔가 부족하단 생각을 떨치지 못해 한 번만 더 하는 심정으로 결국 다시 무당에 오르곤 하였다.

처음에 무당 도사들은 다시 온 석목영을 보고는 '쟤가 왜 또 왔단 말인가?' 하는 이상한 눈초리로 쳐다보았다. 무도에 목숨을 건 것도 아니고 그렇다고 상승의 무공을 배울 수 있는 것도 아닌데 산을 내려갔던 그가 다시 나타나자 놀랄 수밖에. 그러나 그것도 몇 번 반복되자 가면 가는가 보다, 오면 오는가 보다 할 뿐이었다.

그렇게 모두의 관심에서 멀어진 채 목영은 혼자만의 수련을 계속해 나갔다. 구 년 동안을 오로지 유운심공과 유운검에만 매달린 것이다. 이제 유운공을 끌어올리면 몸 밖의 외기가 삼 장에 이르렀다. 그리고 자신의 뜻대로 그 외기를 집중시킬 수 있는 방법을 터득하게 되었다.

자연히 그의 검도 다시 빨라지기 시작했다. 그동안 외기에 눌려 검의 속도가 느릴 수밖에 없었는데 외기를 뜻대로 움직일 수 있게 되었으니 검이 빨라지는 것은 당연한 일이었다. 그래도 남들이 보기엔 결코 빠른 검놀림은 아니었지만.

오늘도 수련을 마치고 답답한 마음에 자주 가던 자묘봉으로 길을 잡았다. 답답함의 원인은 바로 반쪽의 검이었다. 수비만 해야 하는 검이라니…… . 정말이지, 아무리 수련을 하고 궁리를 해보아도 그로서는 유운검의 초식을 마땅한 공격 검초로 변형시킬 수가 없었다. 공격을 할 수 없다면 실전에선 아무런 쓸모가 없지 않은가? 그저 막고 또 막으며 상대가 지치기만을 기다려야 한단 말인가? 정말 답답한 노릇이었다.

"휴우."

그는 긴 한숨을 뱉어내며 터벅터벅 느린 걸음으로 자묘봉을 향했다. 자묘봉은 천주봉에서 서쪽으로 세 번째에 있는 산봉우리였는데 우연히 주변의 산들을 돌아다니다가 발견한 곳이었다. 그곳은 석양을 볼 수 있는 좋은 구릉이 있어 답답함을 홀로 달래기에는 안성맞춤이었다. 그런데 막 보아둔 구릉지에 오르려다 석목영은 흠칫 몸을 굳혔다.

한 노인이 이미 자리를 잡고 앉아 술 한 동이를 옆에 끼고 석양을 바라보고 있는 게 아닌가? 아무도 없을 줄 알았는데 먼저 자리를 차지한 사람이 있으니 깜짝 놀랄 수밖에. 그런데 참으로 노인의 모습이 범상치 않았다. 왜소한 모습 때문인지, 아니면 인생의 황혼기를 맞았기 때문인지 노을과 너무도 자연스럽게 어우러져 있었다.

목영은 그냥 돌아갈까 망설이다가 기척을 내며 다가섰다.

"영감, 술이나 한잔 얻어먹읍시다. 원래 술이란 누구와 함께 마셔야 제 맛이 아니겠소?"

어찌 보면 초면에 기분이 나쁠 수도 있을 텐데 노인은 무표정하게 목영을 한 번 쳐다보더니 아무 말 없이 술잔을 내밀었다. 그렇게 주거니 받거니 하다 보니 순식간에 한 동이의 술이 사라졌다.

술이 떨어지자 노인은 자리를 털고 일어나며 말했다.

"이보게, 공짜 술을 먹었으니 술값을 해야 하지 않겠는가?"

그리고선 다짜고짜 일장을 날려왔다.

이 노인은 바로 무당제일검인 청우자였다. 그는 느닷없이 나타난 이 사내가 꽤나 의심스러웠다. 본산제자라면 자기가 자묘봉 너머의 무무관(無無館)에 머물고 있음을 알 터이니 영감 어쩌고 하진 않을 것이고 본산제자가 아니라면 이곳 자묘봉에 나타날 까닭이 없지 않은가? 그는 우선 이 사내의 무공 내력을 알아보고자 손을 쓴 것이다.

물론 속가제자라면 자신의 거처를 모를 수도 있으나 그렇게 생각하기엔 고수라 해도 알아채기가 힘들 정도로 언뜻언뜻 느껴지는 부드러운 기운이 속가로서는 보여주기 힘든 성취였다.

석목영은 급히 기를 끌어올리며 옆에 차고 있던 검을 빼 들어 장력에 마주쳐 갔다. 직선으로 뻗어가던 목영의 검끝이 한순간 빙글 원을 그리자 장력이 슬쩍 비켜 흘렀다.

유운검 제이초식인 유운만변(流雲萬變)이었다.

청우자는 의아한 눈으로 바라보다 바닥에서 나뭇가지를 하나 집어 들었다. 이제까지와는 또 다른 부드러움 가운데 날카로움을 담은 예기가 석목영에게 몰려들었다. 이제 청우자가 목검까지 들고 나오자 목영은 바싹 긴장하며 기를 최대한 끌어올렸다. 결코 빠르지 않게 노인이 목검을 찔러왔다. 아니, 목검보다도 먼저 목검에서 발출된 기운이 다가왔다.

‘아니, 이 노인이 미쳤나? 술 몇 잔 값으로 목숨을 내놓으라 하는구나.’

다시 한 번 목영의 검이 비스듬히 호선을 그리며 목검의 옆면을 밀어갔다. 그러나 노인의 목검은 오히려 목영의 검을 강하게 튕겨내며 흔들림없이 밀려왔다.

“이, 이런.”

당황한 목영은 급히 뒤로 물러나며 유운검 이초식인 유운만변(流雲萬變)에서부터 오초식인 무변창공(無變蒼空)까지 연속으로 사 초식이나 펼쳐 내었다. 다행히 중첩된 검의 힘으로 겨우 노인의 검로에서 벗어났지만 그것도 완전하지 못하여 결국 한쪽 옷자락이 부욱 찢겨져 나가고야 말았다.

청우자는 한동안 말없이 목영을 바라보다 물었다.

“너는 누구냐?”

목영은 아직도 등줄기로 식은땀을 흘리며 괜히 말 한번 잘못하여 다시 칼을 맞대고 싶지 않아 공손히 말했다.

“저는 석목영이라 하옵고 무당의 속가제자이옵니다.”

“하면 무슨 공부를 하였느냐?”

딱딱하던 표정을 풀며 청우자가 다시 물었다.

“제자는 오직 유운심공과 유운검만을 배웠습니다.”

이쯤 되자 목영도 앞에 있는 노인이 사문의 어른이 아닐까 하는 생각이 들었다. 그래서 슬쩍 제자라는 말을 해보았다. 노인은 고개를 끄덕이며 잠깐 생각하다 따라오라 하곤 앞서 걸어가기 시작했다.

노인을 따라 산 하나를 넘자 자그마한 도관이 하나 나왔다. 이미 시간은 술시(戌時:저녁7시~9시)에 접어들어 사위가 어두운데도 노인은 별 어려움 없이 무무관(無武觀)이란 편액(扁額)이 걸려 있는 도관으로 들어가 등불을 밝혔다. 목영이 조용히 뒤따라 들어와 마주 앉자 노인은 먼저 자신의 도호를 밝혔다.

"노부는 청우자라 하며 현 장문인의 사숙이 되는 사람이다. 너는 혹시 석은진과 어떤 사이냐?"

목영은 이제 보니 이 노인이 사숙조가 되는지라 얼른 일어나 예를 갖춘 후 대답했다.

"그분은 저의 돌아가신 조부님이 되십니다."

"역시 석가장의 자제였구나."

청우자는 혼잣말을 하듯 작게 중얼거리며 석가장이 이제는 무가로도 이름을 떨칠 날이 멀지 않았다는 생각을 하였다. 그에게서 대성의 싹을 본 때문이었다. 한데 석가장이라는 말에 퍼뜩 떠오르는 것이 있었다.

"가만 있자, 내 오래전에 석가장이 남궁가와 사돈지연을 맺었다 들었는데, 하면 너는 혹시 남궁소천을 아느냐?"

"예, 제 아내의 조부님이 되시옵니다."

"뭣이라고? 네가 소천이의 손녀사위란 말이냐? 하하하!"

청우자는 목영의 말에 호탕하게 웃고 나서 덧붙였다.

"반갑구나, 반가워. 소천은 노부의 둘도 없는 지기란다. 예서 너를 만나다니 세상이 정말 넓고도 좁구나. 그런데 너는 오직 유운공만을 배웠다 했는데 그 말이 사실이더냐?"

"예, 소손은 진정 유운공만을 수련해 왔습니다."

목영은 청우자가 남궁소천과 친구라 하자 괜스레 청우자가 친근감 있게 느껴졌다. 해서 부드럽고 정감 어린 목소리로 답했다.

"하면 지금까지의 수련 과정을 말해 보거라."

석목영은 그간 자기가 수련한 과정과 그에 따라 일어난 변화 등을 간략하게 얘기해 주었다. 중간중간 청우자는 궁금한 점을 물어보며 진지하게 목영의 얘기를 듣더니 한동안 눈을 감고 생각에 빠졌다. 한참이 지난 후에 청우자는 눈을 뜨고 목영에게 말했다.

"어쩌면 무당은 지금까지 유운공에 대해 잘못 알고 있었는지도 모르겠다. 후일 너는 더욱 정진하여 얻은 깨달음을 후학들이 배울 수 있도록 꼭 무당에 남겨주길 바란다. 사실 네가 계속 유운공을 수련해서 어디에 이를 수 있을지 나도 짐작하지 못하겠구나."

청우자가 대견하다는 눈빛으로 목영을 바라보며 말했다.

목영은 그렇지 않아도 제 성취가 어디쯤인지 궁금하던 차에 사문의 최고 어른으로부터 칭찬을 듣자 꿈속을 헤매듯 몽롱한 기분에 빠졌다.

'그럼 그렇지 내가 누군데…….'

그러나 그 순간 청우자의 말이 목영의 마음을 찔렀다.

"한데 네가 오직 유운검만을 익혔다니 공수(攻守)의 조화에 문제가 있겠구나. 다른 검법을 알려주고 싶다만 소청, 태청검을 익히기 위해서는 태청기공을 연마해야 하고 대라검을 익히기 위해서는 대라기공을 익혀야 하니 네가 지금까지 성취해 온 유운공이 변질될까 두렵다."

'괜찮습니다, 사숙조님. 좀 변질되면 어떻습니까? 그렇다고 싸움에 임하여 죽어라 수비만 하고 있어야 합니까?'

목영은 간절한 눈빛으로 청우자를 바라보았다. 눈빛의 뜻이 전달됐음일까? 청우자는 잠시 궁리하는 듯 천장으로 눈길을 돌렸다가 다시 말했다.

"내 너에게 유운심공과 어울리는 장법과 보법을 하나 알려줄 테니 너는 이후로 다른 심공은 익히지 말고 유운공을 더 더욱 발전시켜 나가도록 하거라."

목영은 자신의 무공을 보완할 수 있는 장공을 가르쳐 준다는 말에 크게 기뻐하며 대답했다.

"사숙조님의 은혜에 깊이 감사드립니다. 소손은 사숙조님의 말을 각골 명심하겠습니다."

기뻐하는 목영의 모습에 청우자 또한 흐뭇한 표정을 지으며 자신이 전수해 주고자 하는 무공에 대하여 설명해 나가기 시작했다. 목영은 한마디라도 놓칠세라 눈빛을 빛내며 귀를 기울였다.

"이제 내가 너에게 사사하려는 장공은 십단금(十段錦)이란 것이다. 무릇 비단은 부드럽고 쉽게 찢어지는 성질을 가졌으나 그 부드러운 비단도 겹겹이 포개지면 결코 찢을 수 없는 큰 힘을 발휘하게 된다. 그런데 이 장공은 비단으로 몸을 묶는 듯이 강한 압력으로 근골을 상하게 하면서도 안으로 스며들어 내기 또한 손상시키는 성질이 있으니 너는 이후로 반드시 죽여야 할 악인이 아니라면 손에 사정을 두어야 할 것이다."

청우자는 내공이 이미 경지에 이른 목영이 혹시라도 무고한 사람을 상하게 할까 봐 한마디를 덧붙인 다음 계속 말해 나갔다.

"그리고 또 네가 배울 보법은 칠성둔형(七星遁形)이란 것이다. 칠성둔형은 북두칠성의 움직임을 본따 창안된 보법으로 이 보법의 묘용은 항상 목표 지점에서 일정한 거리를 두고 나아감과 물러남이 엄정하여 어떤 방위의 공격일지라도 작은 움직임으로 능히 피할 수 있다는 데 있다. 아마도 너의 유운검과는 둘도 없이 잘 어울릴 게다. 그럼 이제 십단금과 칠성둔형의 구결을 불러줄 테니 잘 듣고 이해가 되지 않는 부분은 다시 묻도록 하여라."

　그날부터 청우자의 지도에 따라 목영은 장력을 연습하기 시작했다. 일 장 앞에 나무토막을 세워놓고 쓰러뜨리는 연습을 통하여 우선 기의 운용 방법을 터득한 후 점차 그 거리를 멀리하여 장력의 힘을 키워 나갔다. 물론 장력이 자신의 외기와 부딪치지 않도록 외기를 다른 곳으로 집중시키며 장력을 발출시키곤 하였다.

　그렇게 꾸준히 연습을 해 나가자 처음엔 그저 발출된 장력에 나무토막이 멀리 튕겨져 나갈 뿐이더니 어느 순간부터는 나무토막에 손 모양이 남기 시작하였다. 그리고 그 모양이 점점 뚜렷해지기 시작했다.

　십단금과 칠성둔형을 수련하며 유운심공에도 더욱 정진했다. 청우자의 말에 자신의 유운심공에 대한 자신감이 생겼으니 고된 수련을 하면서도 흥이 절로 났다. 이제 점점 외기(外氣)도 충만해져 집중력도 더욱 높아졌다. 이 단계에 이르자 목영은 자기의 성취를 이용할 좋은 방법이 없을까 하는 고민을 하게 되었다. 외기 자체로는 상대에게 큰 타격을 줄 수 없으니 뭔가 외기를 이용한 공격법을 찾고자 한 것이었다.

　그때 자신이 파락호 시절 항상 이용하던 소도(小刀)가 생각났다. 급히 방구석에 처박아놓았던 짐 꾸러미에서 소도를 찾아내어 그는 비도술을 연마하기 시작했다.

　목영이 생각해 낸 비도술은 외기의 힘을 이용해 비도의 방향을 바꾸는 것이었다. 날아가는 비도를 중간에서 자신의 의도대로 방향을 바꿀 수 있다면 큰 위력을 발휘할 수 있지 않겠는가? 실전에서도 유용한 한 수가 될 것 같았다.

　연습에 연습을 거듭하여 결국 외기를 비도의 한쪽 편에 집중시켜서 양 옆으로 가해지는 힘의 차이를 이용해 자신의 생각대로 날아가는 비도의 방향을 바꿀 수 있게 되었다.

'됐구나, 됐어. 하하하! 나도 이제 무공을 창안할 수 있는 경지에 이르렀으니 가히 무림의 종사라 할 만하구나.'

정말 스스로가 생각해도 대견한 노릇이었다.

이에 더해서 비도에 회전을 주어서 땅을 스치듯 날아가다 튀어 오르며 과녁을 명중시키는 또 하나의 비도술도 체득하게 되었다. 해서 처음 것에는 일도류(一刀流), 다음 것에는 회도류(廻刀流)라는 멋진 이름도 붙여주었다.

비도술을 더욱 정교하게 다듬으며 십단금과 칠성둔형의 수련도 계속해 나갔다. 그러자 어느 순간부터 십단금을 발출하면 압축된 손 모양을 남길 뿐 아니라 나무가 부러져 나갔다. 부러진 나무 속이 푸석하게 변한 것이 마치 나무껍질 안에 나무 가루를 담아놓은 듯하였다. 내가중수법을 담은 진정한 십단금을 이루게 된 것이다.

칠성둔형에 따른 움직임도 어느 정도 성취에 이른 듯하자 목영은 이제 하산하기로 결심하고 청우자에게 그간의 가르침에 감사하며 작별을 고하였다. 그러고 나서 이즈음 아예 목영에게 발길을 끊은 사형인 무진을 찾아갔다.

"그래, 이제 그만 하산을 하겠다고?"

무진이 심드렁한 표정으로 물었다.

"예, 오랜 세월이 지났으니 그만 하산하여 세상으로 나가볼까 합니다."

"그러면 내일 하산식을 할 수 있도록 내 송우 장로님께 고해놓으마. 내일 모든 준비를 갖추어 진무관의 연무장으로 나오너라."

인사를 하고 물러나는 목영을 보며 무진은 생각했다.

'흥! 무당이 무슨 제 놀이터요, 무당검이 무슨 제 심심풀이인 줄 알더니 이제야 싫증이 난 게로군. 내일 망신이나 당해봐라.'

그는 하산식에서 목영이 톡톡히 망신을 당할 것을 믿어 의심치 않았다. 그동안 무당산에 머무르며 허송세월만 보냈으니 장로와 동문들이 지켜보는 앞에서 보여줄 것이 아무것도 없으리라 여긴 것이다.

속가제자의 하산식은 전란 후에 생긴 무당파의 고유한 행사였다.

속가에게도 본문의 절기를 전수하다 보니 예전처럼 간단히 사부의 허락만으로 하산시키지 못하고 여러 존장과 동문들을 모아놓고 자신의 배움을 보여 자격이 되는 제자는 조사전에 예를 올리고 무당의 송문검을 하사받았다.

그렇게 함으로써 속가제자들의 수련을 자극할 수 있고 또한 속가고수에 대하여 사문과의 관계를 더욱 강하게 유지함과 동시에 강호상에서 활동 시 무당의 제자라는 것을 널리 알리려는 목적이 있었다. 그리고 서로 알지 못하는 제자끼리의 충돌을 방지하기 위한 목적도 있었다.

다음날 목영이 하산 준비를 모두 마치고 연무장에 나가자 이미 이대제자와 수련 중인 속가제자들이 모두 모여 있었다. 그중 안면이 있는 옥인과 옥소를 비롯하여 이대제자들과 인사를 나누고 또 속가제자들과도 서로서로 통성명을 하고 잠시 기다리자 오늘 하산식의 참관인인 이장로 송현 진인을 필두로 사부인 송우자가 연무장으로 들어섰다. 그 뒤를 일대제자 아홉 명이 따라 들어와 양 옆으로 도열하였다. 무진과 무애의 얼굴도 보였다.

송현자가 나서서 연무장 앞에 마련된 제단에 향을 올리고 원시천존께 오늘의 행사를 고한 후 제단 아래의 자리에 착석하자 송우자가 일어나 외쳤다.

"오늘 무당의 제자인 석목영이 삼가 원시천존 앞에서 여러 어른과 동문 제자들이 지켜보는 가운데 그동안 무당에서 닦은 무공의 성취를 보이고 세상에 나가 널리 그 힘을 바르게 쓰겠다는 맹세를 하고자 하니 여기 모인 무당의 동도들은 그 중인이 되어 앞길을 축복하고 서로가 무공의 고하를 떠나 무당의 동문임을 자각하는 자리가 되도록 하기 바란다! 석목영은 앞으로 나서라!"

앞줄의 중앙에 서 있던 목영이 앞으로 나서자 송우자가 물었다.

"너는 비무 상대로 누구를 청하겠느냐?"

하산식에서는 본산의 제자 중 한 사람을 청하여 비무를 하게 되며 그 승패를 떠나 참관인의 판결로 정식 속가에 오를 수 있는지가 결정되는 것이다.

"예, 무진 사형에게 감히 비무를 청하겠습니다."

목영은 주저없이 무진을 비무 상대로 청하였다. 그동안 자신을 업신여긴 빚을 오늘 모두 갚아줄 작정이었다. 그러나 연무장에 모인 이대제자와 속가제자들은 목영이 무진을 지목하자 저마다 비웃음을 담아 한마디씩 늘어놓았다.

"하하하! 무진 사형에게 비무를 청하다니?"

"쟤가 정신이 없는 모양이야."

"어차피 질 것, 차라리 무 자배 중 제일고수인 무진 사형에게 지는 게 낫다고 생각한 모양인데, 그것참."

그도 그럴 것이 무진은 일대제자 중에서도 대제자이며 이미 일검진천이란 자자한 무명을 얻고 있는 무당의 대들보가 아닌가? 그런데 속가제자가, 그것도 거의 무진에게 무공 지도를 받은 목영이 무진을 비무 상대로 청하니 놀랄 수밖에.

송우자마저 얼굴을 찌푸리며 목영을 잠시 쳐다보다가 무진을 향해 고개를 돌렸다.

'흥, 건방진 놈. 네놈이 아무리 석가장의 자제라 하나 내 오늘 네놈에게 단단히 쓴맛을 보여주마.'

무진은 속으로 칼을 갈면서도 겉으로는 송우자의 눈빛에 공손히 고개를 숙이며 자리에서 일어섰다. 두 사람이 마주 서자 이대제자와 속가 수련생들이 일제히 뒤로 물러나 넓게 두 사람을 둘러쌌다. 그리고 한쪽에 서 있던 제자가 뛰어와 두 사람에게 각각 비무용 목검을 건네주었다. 목검을 받은 목영은 먼저 두 장로에게 인사를 하고 무진을 향해 포권을 취했다.

"소제가 사형께 감히 가르침을 청하옵니다."

그 말에 무진은 점잖은 한마디 훈계로 대답하였다.

"너는 무당산을 떠나는 것이 곧 시작임을 잊지 말고 무공에 정진하여 사문에 누가 되는 일이 없도록 최선을 다해야 할 것이다."

"예, 명심하겠습니다."

"그럼 윗사람의 도리로 삼 초를 양보할 테니 먼저 손을 쓰도록 하거라."

말을 마친 무진은 소청검의 기수식인 중단세를 취했다.

'흥, 윗사람의 도리 좋아하네. 네놈이 내게 언제 사형의 도리를 보여주었단 말이냐? 그나저나 이거 큰일인데……. 유운검으로는 공격하기가 마땅치 않으니. 에라, 모르겠다.'

잠시 고민하던 목영은 한 소리 기합성과 함께 발을 튕겼다.

"차앗!"

몸을 날리며 목영은 검을 휘둘렀다. 적당한 초식이 없으니 마구잡이 식으로 검을 휘두른 것이다.

"허허."

"하하하!"

준비 자세인 기수식이 흠잡을 데 없이 깔끔한 것을 보고 혹시나 하며 목영을 주시하던 장내의 사람들은 엉성하게 검을 휘두르는 그를 보고는 웃음을 터뜨렸다.

"후후."

무진 또한 실소를 흘리며 슬쩍 좌로 한 걸음을 옮기며 검을 피했다.

획획!

목영은 다시 달려들며 검을 휘둘렀다. 그러나 역시 목영의 검은 애꿎은 허공만 베고 말았다.

"이젠 내 차례다."

순식간에 삼 초가 지나 버리자 피하기만 하던 무진이 발을 팅겨 앞으로 쇄도했다.

'이놈, 어디 맛 좀 봐라.'

무진은 단번에 끝낼 심산으로 검을 찔러갔다. 파르르 떨며 목을 노리던 검이 한순간에 뚝 떨어지며 허벅지를 향했다.

"앗!"

"역시!"

바라보던 장로들과 제자들은 탄성을 토했다. 그만큼 그의 검은 빠르고 그 변화가 정확했다. 이제 비무는 여기에서 끝난 듯했다. 한데 그 순간 목영의 검이 어깨 위에서 아래로 뚝 떨어지며 무진의 검끝을 살짝 밀었다. 바로 유운검법의 운변풍우(雲變風雨)였다.

"앗?"

무진는 전혀 예상치 못한 목영의 반격에 깜짝 놀랐다. 허둥지둥대며 마구잡이로 검을 놀리던 놈이 자신의 일검을 막아내다니. 그러나 놀라고 있을 수만은 없었다. 지금은 흐트러진 몸의 중심을 바로 하는 것이 급선무가 아닌가? 그는 왼발을 축으로 빙글 몸을 돌리며 검을 휘둘렀다.

딱!

두 사람의 검이 다시 한 번 부딪쳤다. 그 힘에 밀려 무진의 검은 허공을 베고 말았다.

'이, 이런.'

그는 재빨리 발을 튕겨 일단 뒤로 물러섰다.

"후우."

무진이 물러서자 목영은 깊은 숨을 뱉어내며 다시 하단세를 취했다. 사실 목영은 호기롭게 나섰지만 내심은 무척 긴장한 상태였다.

두 손이 땀으로 축축이 젖을 정도였다.

몇 년 전 무애 사형과의 비무를 제외하곤 누구와도 상대해 본 적이 거의 없는 그는 여러 사람 앞에서 긴장하는 것이 당연한 일이었다.

무진 또한 몸에 팽팽한 긴장감이 흐르는 것을 느꼈다. 쉬우리라 생각했던 비무였는데 막상 부딪쳐 보니 목영의 방어가 만만치 않았다. 이러다가 지기라도 한다면 이런 개망신이 어디 있겠는가? 그는 이제 조금도 방심하지 못하고 목영을 노려보며 검을 천천히 들어 올렸다.

한데 갑자기 뭔가 부드럽고 끈끈한 기운이 서서히 무진의 주위를 휘돌기 시작했다. 목영이 내기를 끌어올리며 무진에게 집중하자 자연스럽게 그의 외기가 무진의 주위로 모여든 것이다.

'이, 이게 뭐지?'

무진은 알 수 없는 기운이 전신을 감아오자 이상하게 생각하며 내력을 더 끌어올렸다. 그래도 그 기운의 끈적이는 힘은 사라지지 않았다.

"차앗!"

그는 알 수 없는 끈끈함에 초조한 심정이 되어 서둘러 목영을 향해 발을 튕겼다. 가슴을 향해 일직선으로 다가오는 검을 본 목영은 자신의 검을 마주 뻗어 빙글 원을 그렸다.

포운지세(包雲之勢).

순간적으로 상하의 압력을 달리해 검을 밀어내는 초식이었다. 무진의 검이 바람에 날리는 낙엽처럼 순간적으로 위를 향해 들려졌다. 그러나 역시 무당검을 오랫동안 수련해 온 무진의 대응도 만만치 않았다.

면면부절(綿綿不絶).

끊일 듯 끊이지 않고 이어지는 검이 바로 무당검이 아닌가?

무진은 비껴난 검을 다시 아래로 당기며 손목을 돌렸다.

"이얏!"

목영이 기합성을 토하며 검을 내려쳤다. 무진의 검은 또다시 밖으로 밀려날 수밖에 없었다.

그렇게 두 사람의 비무가 이어졌다.

무진은 끊임없이 목영의 주위를 휘돌며 검을 찔러 넣었고 목영은 제자리에서 빙글빙글 돌며 하나하나 무진의 검을 풀어내었다.

"역시 무진 사형이구나."

"정말 대단하지?"

주위에 둘러선 이대제자들은 넋을 놓고 두 사람의 비무를 지켜보며 고개를 끄덕였다. 그들의 눈에는 무진이 일방적으로 몰아붙이는 것처럼 보인 것이다. 그러나 앞쪽의 단 아래에서 바라보는 두 장로의 표정엔 긴장감이 가득하였다. 그들은 무진의 최선을 다한 공격을 목영이 여유있게 막아내고 있다는 것을 한눈에 알아본 것이다. 한참을 말없이 바라보던 송현자가 결국 참지 못하고 송우자에게 고개를 돌렸다.

"네가 그에게 유운검을 가르쳤느냐?"

"아닙니다. 그를 가르친 것은 무진입니다."

"허, 정말 모를 일이구나."

송우자의 대답에 송현자는 더욱 오리무중에 빠졌다. 그는 고개를 가로저으며 다시 장내로 시선을 돌렸다.

무진은 이제 앞뒤로 움직이며 단순하지만 힘을 배가시킨 대라검법을 펼치기 시작했다. 자신의 장기인 소청검의 빠른 변초를 목영이 모두 막아내자 내공의 우위를 이용하여 힘으로 밀어붙이기로 작정한 것이다. 그러나 그것은 더욱 사태를 악화시키는 선택이었다. 목영의 유운검은 바로 작은 힘으로 큰 힘을 막아내는 사량발천근의 수법을 극대화시킨 검법이 아닌가?

휘익!

머리 위에서부터 바람 소리를 내며 무진의 검이 목영의 어깨를 노리고 떨어져 내렸다.

'하하, 안 되겠으니까 힘으로 밀어붙여 보시겠다? 미련한 놈, 이쯤에서 끝내 버려야겠구나.'

이제 목영은 한껏 자신감이 붙었다. 막상 부딪쳐 보니 일대제자 중

맏이라는 무진이 별것 아니질 않는가. 자신의 비도술인 일도류와 회도류를 사용한다면 아마 벌써 결판을 낼 수도 있었을 것 같았다.

"차앗!"

목영의 검이 허공을 뱅글뱅글 맴돌았다.

유운검 제이초식인 유운만변이었다. 접(接)과 탄(彈)을 번갈아가며 사용하여 상대의 중심을 무너뜨리는 초식이었다.

결국 상하로 밀려드는 서로 다른 기운에 있는 힘껏 내려친 검이 미끄러지듯 좌측으로 휘어져 버리자 무진은 휘청, 좌측으로 몸이 기울어지고 말았다.

그 순간, 목영의 왼손이 뒤쪽으로부터 빙글 돌아 뻗어 나왔다.

십단금.

마지막 회심의 일타였다.

"앗!"

"저런!"

그 모양을 본 송현자와 송우자가 자리에서 벌떡 일어섰다. 그들에겐 무진의 패배란 있을 수도 없고 있어서도 안 되는 일이었다. 본산의 제자가 속가에게 패한다면 본산의 권위가 산산이 부서지는 것이 아닌가? 더구나 대제자인 다음에야 무슨 말을 더 하리요.

그 마음을 아는지 모르는지 목영은 입가에 한가득 웃음을 띠었다.

'이제 끝장을 내주마.'

그런데 막 장력을 내쏘려던 목영이 주춤했다. 두 장로의 뒤쪽에서 일어선 무애의 간절한 눈빛을 본 때문이었다.

'그래, 지금까지 내게 잘 대해준 무애 사형과 청우 사숙조를 보아 내가 이번에는 참도록 하마.'

마지막 순간에 목영은 손목을 비틀었다.

팡!

목영의 장력이 방향을 틀며 바닥을 때렸다. 그사이 무진은 펄쩍 뛰어 얼른 뒤로 물러섰다.

그때 송현자가 손을 빈쩍 들어 올리며 비무를 중단시켰다.

"그만 비무를 중단하도록 해라! 석목영은 정식 속가로서 배움이 충분하니 조사전에 들 준비를 하거라!"

송현자는 급히 비무를 중단시키며 안도의 한숨을 내쉬었다. 이 정도에서 끝난 것이 천만다행이었다. 구경하던 제자들도 자세한 내막은 눈치채지 못한 듯하니 더 더욱 잘된 일이었다.

물론 그들은 무진이 일방적으로 몰아붙인 한 판으로 여기고 있었다. 마지막에 목영이 장력을 날렸지만 그 또한 무진이 쉽게 피해내지 않았는가? 다만 그래도 목영이 한참 동안 무진의 공세를 어렵게라도 막아냈으니 정식 속가에 오르는 것에는 무리가 없다고 생각하고 있었다.

어쨌든 이렇게 해서 목영은 조사전에 인사를 올리고 송문검 한 자루를 얻었다. 이제 그는 무당파의 정식 속가제자가 된 것이다. 그는 당당히 장문인인 송천 진인에게 작별을 고하고 드디어 무당산을 내려가기 시작했다.

떠나가는 목영을 보며 송현자와 송우자는 입가에 흐뭇한 웃음을 띠었다. 본산의 일대제자와 비슷한 실력의 속가제자가 강호로 나가니 무당의 이름을 더욱 빛내주리라 기대한 것이다. 더구나 그는 석가장의 자제가 아닌가?

목영은 산을 내려와 먼저 가까운 대장간에 들러 날이 얇은 소도 열

자루를 구입하였다. 자신은 이제 일도류와 회도류라는 비도술을 체득하였으니 그에 걸맞는 무기를 갖추어야 하지 않겠는가? 그는 새로 구입한 소도와 송문검을 옆구리에 차고 말을 장만하여 무창을 향해 달리기 시작했다. 스무 살에 무당산에 올라 서른다섯이 되었으니 십오 년의 세월을 무당산에서 보낸 것이다. 이때가 주원장이 죽고 적손(嫡孫)인 건문제가 십육 세의 나이에 황위에 오른 바로 그 해였다.

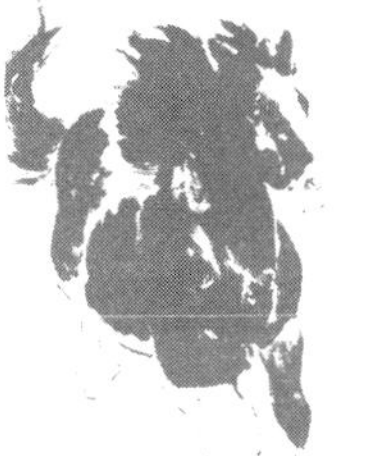

제3장
표행

무창의 장강 포구에서 대로를 따라 걷다가 왼쪽으로 돌아가면 만나는 큰 호수인 사호(沙湖). 그 사호 변가에 중원에서도 열 손가락 안에 든다는 석가표국이 자리하고 있었다. 사두마차 두 대가 너끈히 드나들 만한 널찍한 대문을 들어서면 넓은 안마당과 양 옆으로 들어선 창고 건물이 도열하듯 자리하고 있고 중앙의 국주 집무전인 표심전(鏢心殿)은 십여 계단 위에서 위용을 뽐내고 있었다.

하루 해가 저물어가는 시간.

마당엔 오늘 들어온 표물과 내일 떠나야 할 표물들을 분류하여 창고로 나르는 인부들과 서기들의 외침에 후끈 열기가 피어오르고 있었다.

대문을 막 들어선 한 사내가 쌓여 있는 짐들과 분주히 오가는 사람들 사이를 지나 마당으로 들어서자 물목과 표물을 장부와 맞춰보며 이것저것 지시하던 석가표국의 총관인 양춘식(梁春植)이 허리를 펴며 말을 건넸다.

"아, 방 대주, 어인 일인가? 자네는 아직 휴가 중일 텐데. 술 생각이라도 났는가?"

"그런 게 아니라 집에 있으려니 좀이 쑤셔서 참을 수가 있어야죠. 차라리 표행길이 있으면 다시 나서볼까 해서 왔습니다."

방 대주라 불린 사십 줄로 보이는 사내가 겸연쩍은 표정으로 말했다.

"원 사람하곤. 쉴 땐 좀 쉬어야지 그렇게 자꾸 밖으로만 돌면 제수씨가 좋아하겠는가?"

양 총관이 사람 좋은 웃음을 지으며 말했다.

"총관님도 참. 국주님은 안에 계시지요?"

"그래, 부국주님과 함께 있다네. 어서 들어가 보게."

"예."

방 대주는 슬쩍 고개를 숙이며 표심전을 향해 걸음을 옮겼다.

석가표국엔 열두 명의 대표두 위에 세 명의 대주가 있었다. 방 대주를 비롯하여 이대주 곽상철(郭相哲)과 삼대주 하일도(河一道)였다. 모두가 무당의 속가로서 출중한 무예와 뛰어난 임기응변으로 실질적인 석가표국의 힘이라 할 수 있었다.

"국주님, 방일량이옵니다."

방 대주가 표심전 앞에서 옷매무새를 단정히 하며 안에 고하였다.

"들어오세요."

약간은 피곤이 배어 있는 목소리가 안에서 늘려왔다.

표심전 안으로 들어가자 탁자 위에 수북이 쌓인 서류 더미 사이에서 한 사내가 고개를 들었다. 맞은편에 앉아 있던 여인도 고개를 돌려 반가운 표정을 지었다.

"국주님과 부국주님을 뵙습니다."

방일량은 가볍게 인사를 올린 후 권하는 의자에 앉았다.

"그래, 휴가는 잘 보내고 계시지요?"

그 사내가 눈을 마주치며 물었다.

"예. 그나저나 두 분의 오붓한 시간을 제가 방해한 건 아닌지 모르겠습니다."

"하하하, 오붓한 시간이라니요? 하루 종일을 제가 시달리고 있는 참입니다. 아, 방 대주도 집에 있어봐서 알 것 아닙니까?"

사내가 능청스런 웃음을 지으며 말했다.

"아니, 당신은 무슨 말을 그렇게 하세요? 누가 들으면 제가 옆에서 바가지나 긁고 있는 줄 알겠네요."

옆에 있던 여인이 눈을 흘기며 말하곤 방 대주를 돌아보며 덧붙였다.

"글쎄, 국주께서 표국 일에 게으름을 피우시니 이것저것 산적한 문제들이 쌓이기만 하잖아요. 신입 표사 채용부터 신규 지국 개설 문제까지 일이 산적해 있는데……. 해서 오늘은 제가 옆에서 재가를 받고 있는 중이랍니다."

"아, 그런 문제는 부인 뜻대로 하시라는 데도 그러십니다."

사내가 귀찮다는 표정으로 부인에게 말했다.

"엄연히 국주가 있는데 제가 왜 결정을 한단 말이에요? 그리고 언제까지 남에게만 미룰 생각이세요? 좀 책임감을 갖고 일을 하셔야죠."

부인이 정색을 하고 말을 하자 분위기가 좀 냉랭해졌다. 무안한 듯 사내가 두어 번 헛기침을 하곤 방 대주에게 물었다.

“참, 어쩐 일이십니까?”

“예, 이제 쉴 만큼 쉬었으니 다시 표행에 나서볼까 해서요.”

“아니, 벌써요? 나야 방 대주가 나서준다면야 좋지만, 허참. 그럼 제가 마땅한 표행을 골라 기별을 드리지요.”

“감사합니다, 국주님.”

“아, 감사는 내가 해야지요. 하하하!”

방 대주와 사내는 얼굴 한가득 웃음을 지었다.

그때 밖에서 기척이 들리더니 시비의 목소리가 들렸다.

“국주님, 소연이옵니다.”

“무슨 일이냐?”

방문을 열고 들어온 시비는 문가에 공손한 자세로 서서 고했다.

“예, 본가에서 기별이 왔사옵니다. 부국주님과 함께 건너오시랍니다.”

여인이 궁금증을 담은 얼굴로 물었다.

“무슨 일이라더냐?”

“예, 중요한 회의가 있다는 것 외엔 따로 들은 얘기는 없사옵니다.”

“일단 가보면 알겠지요.”

사내가 일어나자 부인과 방 대주가 일어나 뒤를 따랐다.

이 사내는 무당산을 내려온 석목영이었다. 석중산은 유언으로 이 석가표국을 목영에게 물려주었다. 무당산에서 십 년이 넘도록 무예를 닦았으니 표국을 잘 이끌 것이라 여겼으며 며느리 또한 무가의 자손이니 내조도 잘하리라 생각해서였다.

사실 목영이 내려오기 전 몇 년 동안 남궁아연은 석가표국의 명성에 걸맞게 무리없이 표국을 잘 이끌어 주위의 인정을 받고 있었다. 그것은 남궁이란 가문의 힘도 있었으나 남궁아연의 무공과 거친 사내들 속에서도 기죽지 않는 대찬 성격 때문이기도 하였다.

아무튼 그녀는 이제 표국 내의 모든 사람들의 존경 속에 실질적인 국주로 대우를 받고 있었다. 목영이 산을 내려온 지 삼 개월이 지났으나 모두가 국주의 말보다는 부인의 말에 더 신경을 쓰고 신뢰하니 아직도 여러 대소사는 부인의 뜻에 따를 수밖에 없는 처지였다.

목영 부부가 해광농포변에 자리잡은 본가에 당도하여 성심전(誠心殿)으로 들어가 보니 벌써 모두들 도착해 조용히 자리에 앉아 있었다. 목영은 부인과 함께 좌중을 향해 목례로 가볍게 인사하며 한쪽에 비어 있는 자리를 찾아 앉았다. 아직 가주인 석인영은 나오지 않았지만 석가장의 모든 사업장의 대표들과 다섯 명의 장로들이 참석하고 있는 것으로 보아 가내에 중요한 일이 생긴 모양이었다.

"제수씨는 목영이 오고 나서 다시 신혼을 맞이해 그런지 더욱 예뻐지셨습니다그려. 허허허."

두 사람이 자리에 앉자 목영의 형인 석수영(石秀英)이 아연을 향해 농을 건넸다.

"아, 형님도 부러우면 한 십 년 집 떠났다 오시구려."

"하하하!"

목영이 대꾸하자 좌중에 한바탕 웃음이 터졌다.

"목영아, 사실 너 없는 동안 제수씨가 고생 많았다. 이제부터라도 잘해 드려라. 그래, 남편 멀리 보내놓고 여자의 몸으로 십오 년을 가장으로 산다는 게 어디 보통 일이냐? 잊지 말아야 할 것이야."

웃음 끝에 수영이 그동안 고생한 제수씨를 위해 한마디 하자 모두들 고개를 끄덕였다.

"아주버님도 참, 갑자기 무안하게 왜 그러세요?"

아연은 수영의 칭찬이 부끄러운 듯 얼굴에 홍조를 띠며 고개를 돌렸다.

"하하하, 제수씨도 부끄러워할 때가 다 있구려."

"하하하!"

좌중에 다시 한 번 웃음보가 터졌다. 목영도 덩달아 웃으며 슬쩍 그녀를 돌아보았다. 홍시처럼 붉어진 얼굴이 더욱 돋보였다.

'그 나이에도 참으로 예쁘긴 예쁘구나. 그런데 성격은 어째 그 모양인지.'

아직도 목영에겐 부인이 사랑스럽다기보다는 부담스런 존재였기에 입가엔 미소를 지었지만 마음속은 그리 편하지만은 않았다.

그때 석가장주인 석인영이 총관인 민취영(閔就永)과 함께 들어섰다.

"장주님을 뵙습니다."

모두가 일어나 인사하자 인영은 자리에 앉으며 답례하곤 모두가 자리에 앉기를 잠시 기다렸다가 좌중을 돌아보며 말했다.

"오늘 모임은 우리 석가장의 운명을 좌우할 수 있는 큰 제의가 있어 모두의 의견을 듣고자 하니 이 자리에 계신 여러분은 기탄없이 의견을 말하도록 하시오. 그럼 먼저 민 총관이 이번 안건을 정리하여 말해 보게."

민 총관은 목소리를 한 번 가다듬은 다음 대답했다.

"예, 이번에 응천부의 대화장(大華莊)으로부터 쌀 만 섬과 황(黃) 만 관을 구입히겠다는 제의가 왔습니다. 물론 때가 때이니만큼 가격은 두 배를 쳐주겠다 합니다. 이 제의는 표면상으로는 대화장과 거래를 하는 것입니다만 실질적으로는 황궁과 거래를 하는 것이라고 봐야겠지요.

이제 이 제의를 받아들여 거래를 할 것인지, 아니면 잠시 뒤로 물러설 것인지 오늘 이 자리에서 결정을 해주시기 바랍니다."

"허, 성사만 된다면 막대한 이문을 볼 수 있는 게 아닌가?"

"지금 같은 시국에 황궁과의 거래는 너무 위험합니다."

"그렇다고 물러선다면 어느 세월에 대륙삼대상가로 올라서겠는가?"

민 총관의 말에 저마다 한마디씩 해대니 순식간에 장내가 소란스러워졌다. 그만큼 쉽게 결정할 수 없는 중요한 일이기 때문이었다.

현 대명의 황제는 태조에 이어 등극한 건문제였다. 황태자였던 의문태자가 병사함으로써 십육 세의 어린 나이에 황제의 위에 오른 것이다. 상황이 그렇다 보니 자연 권력은 건문제가 의지하는 한림학사 황자징 대감의 손에 넘어가게 되었다. 그는 문관인 방효유, 그리고 병권을 장악하고 있는 병부상서 제태대감과 함께 뜻을 모아 모든 국정을 좌지우지하는 핵심적인 인물로 부상을 하게 된 것이다.

당연히 황제의 여러 숙부들의 반발이 심하였는데 그중 태조 홍무제의 총애를 받던 순천부 연왕의 반발이 가장 심하였다. 이에 황 대감은 연왕을 비롯한 각 봉왕의 세력을 약화시키고자 고심 끝에 삭봉책을 제안하게 되었고 결국 정국은 전란의 분위기에 휩싸이게 되었다.

이미 그 조짐이 여기저기에서 연왕 측의 기찰대와 황제 측의 도찰원이 충돌함으로 표면화되고 있는 가운데 장강에서의 주도권 싸움이 암암리에 가장 치열하게 전개되는 중이었다.

"제가 한말씀 드리겠습니다."

좌중이 소란한 가운데 누구 한 사람 먼저 나서는 사람이 없자 석가장의 오대장로 중 한 사람인 진철승(陳徹昇)이 나섰다.

"이번 거래는 욕심이 나는 것이 사실이나 또한 위험 부담이 너무 큰 것 같습니다. 성공을 한다 해도 연왕부에서 알게 된다면 차후 만약 연왕이 득세한 후에는 불이익을 당할 수도 있습니다. 더구나 이미 파양호엔 연왕부에서 파견된 기찰대가 활동 중이라는 소문입니다. 이런 상황에서 은밀하게 파양호를 통과하기란 거의 불가능할 것 같습니다. 다음 기회를 보시는 게 나을 듯합니다.”

“그렇습니다. 저도 다시 기회를 보는 게 나을 듯합니다. 앞으로의 정세가 너무 불투명한 상태입니다. 이런 시기에는 직접적으로 관련이 있는 거래는 가급적 피하는 것이 낫지 않겠습니까?”

석가전장의 부전주를 맡고 있는 셋째 석소연(石瀟淵)의 남편인 나종삼(羅種森)이 진 장로의 말에 동의하며 나섰다. 석가전장은 석가장의 모든 자금이 드나드는 중요한 사업장으로 가주인 인영이 전주를 겸임하고 있었다.

“저도 한말씀 올리겠습니다.”

석가상회의 회주를 맡고 있는 석수영이 회의가 주로 부정적으로 흐르자 답답한 듯 목소리를 키우며 나섰다.

“흠, 제 생각은 좀 다릅니다. 이 기회가 아니면 앞으로 저희 석가장은 삼대상가 안으로 진입하기가 쉽지 않을 것입니다. 또한 지금 모두들 움츠리고 있는 시기에 우리가 과감하게 거래를 성사시킨다면 앞으로 실제 전란이 일어났을 때 우리의 입지를 더욱 굳힐 수도 있을 것입니다. 그렇게만 된다면 대륙 최고의 상가라는 게 단순히 남의 일만은 아닐 것입니다. 이 기회를 놓치지 말아야 합니다. 우리가 그동안 황을 꾸준히 모아온 것도 전란에 높은 가격으로 거래하기 위함이 아니었습니까? 그렇다면 위험을 감수해야 합니다.”

찬반 양론이 팽팽하게 맞서자 가주인 인영은 쉽게 결정을 내리지 못하고 고민하였다. 자칫 잘못하다가는 지금까지 쌓아온 기반을 송두리째 날려 버릴 수도 있으니 어찌 고민이 되지 않겠는가? 그때 아무 말도 없이 멀뚱멀뚱 앉아 있는 목영이 눈에 들어왔다. 그는 이런 일일수록 여러 사람의 의견을 모두 들어보고 결정을 내려야 실수가 없을 것이라는 생각에 목영에게 말했다.

"표국주는 어찌 생각하는가? 아무래도 일의 성패에 표국의 역할이 가장 중요하니 국주도 의견을 말해 보라."

가주의 지목에 목영은 화들짝 놀라며 눈을 크게 떴다.

'젠장, 왜 하필 내게 묻고 지랄이야? 일이 어떻게 돌아가는 건지 하나도 모르겠는데. 어쨌든 일을 하자 해놓고 실패하는 것보다는 무조건 하지 말자고 하는 게 낫겠다. 그러면 실패하더라도 내 애초에 하지 말자 하지 않았습니까 하는 핑곗거리라도 있으니……. 흐흐흐.'

목영은 스스로의 결정에 만족하며 헛기침으로 목소리를 가다듬었다.

"에헴, 그럼 제가 한말씀 올리겠습니다."

목영이 가주의 말에 대답을 하고 나서자 모두가 숨죽이며 그를 주시했다. 그의 의견이 그만큼 중요한 비중을 차지하기 때문이었다. 누가 뭐래도 직계는 단 세 사람뿐이 아닌가? 이제 그중 한 사람인 수영이 거래에 찬성을 하고 나섰는데 목영마저 찬성을 한다면 결론은 찬성으로 거의 기울었다고 봐야 했다. 좌중의 모든 사람들이 귀를 기울이는 가운데 그의 말이 이어졌다.

"제 생각으로는 이번 거래는 하지 않았으면 합니다."

"옳소."

"그럼 그렇지."

처음부터 반대하고 나섰던 사람들이 목영의 말에 반색을 하였다.

"아아, 좀 조용히 해보시오. 끝까지 그의 얘기를 들어봅시다. 그래, 너는 왜 그리 생각하느냐?"

가주인 인영은 그가 그리 결정한 이유를 물었다. 자신이 결정을 내리는 데 참고를 하기 위함이었다.

"예, 이유는 간단합니다. 누구든지 도박장에서 도박을 할 때 가진 것을 몽땅 거는 경우는 단 두 가지뿐입니다. 하도 많이 잃어 이제 더 이상 조금씩 걸어서는 만회하기가 힘들 때나 상대방의 자금이 거의 없어져 끝을 내고자 할 때만 전부를 거는 것입니다. 지금 우리 석가장의 상황은 그 어느 쪽도 아니니 건곤일척의 승부를 할 필요가 없지요. 아니 그렇습니까, 여러분? 하하하!"

그러나 그를 따라 웃는 사람은 아무도 없었다. 이런 중요한 자리에서 도박 운운하다니? 두 형은 못마땅한 표정으로 얼굴을 찌푸렸고 장로들은 무안한 얼굴로 연신 헛기침을 해대었다. 자형(姊兄)들은 킥킥거리며 웃음을 참느라 고개를 숙였다. 목영만 큰 소리로 웃다가 아무도 따라 웃는 사람이 없자 슬그머니 웃음을 그치며 천장으로 시선을 피했다.

'내가 뭘 잘못 말했나?

잠시 멋쩍은 침묵이 흐르는데 남궁아연이 그 침묵을 깨고 나섰다.

"제가 한말씀 드려도 될는지요?"

"오, 그래, 부국주가 의견을 말해 보게."

가주는 흐트러진 분위기를 바꾸며 나서주는 아연이 고마워 얼른 표정을 바꾸며 말했다.

"모두들 아시다시피 이번 거래는 저희 석가장이 도약할 수 있는 절호의 기회입니다. 따라서 파양호만 무사히 통과할 수 있다면 거래를 반대할 이유가 없겠지요. 그렇다면 지금부터는 거래를 하자, 하지 말자 할 것이 아니라 파양호를 통과하기 위한 묘책에 대해 서로 의논해 보는 게 좋지 않겠습니까?"

그러자 넷째 석미화(石美花)의 남편으로 상회의 부회주인 이광욱(李光旭)이 남궁아연의 말에 즉각 반박하고 나섰다.

"부국주의 말이 백번 옳습니다만 도대체 어떻게 황을 싣고 파양호를 통과할 수 있겠습니까? 먼저 진 장로도 지적했듯이 파양호엔 연왕 측의 세력이 이미 파양호파와 연합하여 드나드는 배를 감시하고 있다 들었습니다. 물건을 빼앗기면 우리는 곱으로 배상을 해야 할뿐더러 상가의 입지도 크게 약화되어 다시 복구하자면 한 세대는 지나야 할 것입니다. 실패했을 때를 생각해야 합니다."

"그렇습니다. 실패했을 경우도 생각해야지요."

침묵을 지키던 손 장로도 이광욱의 말을 거들었다. 그러나 아연은 이미 생각해 둔 바가 있었는지 곧바로 방책을 내놓았다.

"그동안 저희 석가표국과 파양호파는 서로 간에 큰 마찰 없이 잘 지내왔습니다. 표물이 응천부로 가는 것이 아니라 무호쯤으로 가는 것으로 서류를 위조하고 두 척의 배에 쌀을 나누어 실은 후 아래쪽으로 황을 숨기고 다른 비단과 약재 등의 품목을 추가하면 들킬 염려는 없을 것입니다. 품목에 대해서는 철저히 비밀을 유지하여 같이 가는 표사들도 모르도록 하고 제가 직접 운송에 나선다면 큰 문제는 없을 것입니다."

남궁아연이 직접 표행에 나선다 하자 그동안 반대하던 사람들은 입을 다물었다. 직접 위험을 감수하겠다는데 뭐라 말할 수 있겠는가?

목영만 못마땅한 표정으로 입맛을 쩝쩝 다셨다.

‘아니 그럼 결국 잘못되면 표국에서 옴팡 뒤집어쓰게 생겼잖아? 가
만히 있으면 중간은 간다는데 왜 나서서 책임을 지겠다고 난리야. 그
런데 명색이 국주라는 사람이 모른 척할 수도 없고, 이것 참.’

그는 생각 끝에 할 수 없이 자신도 표행에 동참하겠다고 말하려 했
다.

“그렇다면 저도 직접 표행을…….”

그러나 목영은 말을 끝까지 할 수가 없었다. 갑자기 가주가 말을 자
르며 나섰기 때문이다.

“여러 의견들을 잘 들었습니다. 모두가 석가장을 위하는 마음이야
한결같을 것입니다. 이제 부국주가 총책임을 지고 직접 나서신다 하니
이번 거래를 잘 마무리할 수 있도록 모두가 아낌없는 도움을 주시기
바랍니다. 부국주는 필요한 것이 있으면 주저하지 말고 요구하시고 이
번 표행의 표사들도 표국에 한정하지 말고 가내의 무사들 중 고수급들
로 구성토록 하시오. 이상 회의를 마치겠소이다.”

가주가 일어나 나가자 모두들 남궁아연에게 다가와 염려와 기대 섞
인 인사를 건네며 이런 저런 이야기를 나누었다.

‘에이, 나를 아주 무시하는구나. 차라리 잘됐다. 나는 굿이나 보고
떡이나 먹어야겠다.’

목영은 잔뜩 심통이 나서 아무 말도 하지 않은 채 먼저 회의장을 나
와 버렸다.

중원의 젖줄인 장강.

오늘도 무창의 선착장엔 여러 척의 배들이 정박하여 짐을 부리고 있
었다. 선착장으로 향하는 대로변에 길게 늘어선 노상 객점 중에 그래

도 제법 규모있고 번듯한 한 객점에 부부로 보이는 사내와 부인, 그리고 한 십오륙 세쯤 되어 보이는 사내아이가 한 식탁에 앉아 소면과 유작귀(油炸鬼)를 먹으며 담소를 나누고 있었다.

목영과 아연, 그리고 아들인 무화였다.

"어머님이 먼 길을 다녀오신다 하니 평소에 맛있게 먹던 유작귀도 맛이 없는 것 같습니다. 제가 그동안 아버님 없이 크느라고 고생이 많았는데 이제는 어머님이 멀리 떠난다 하십니까?"

제법 어른스런 흉내를 내며 장난기 섞인 표정으로 무화가 말했다.

"예끼 이 녀석, 이제 이 아비를 놀리는구나. 허허허, 고생이야 네 녀석 때문에 네 엄마가 했지 네가 무슨 고생이냐?"

목영이 흐뭇한 시선으로 아들을 바라보다 부인에게 말했다.

"당신은 정말이지, 나서지 않아도 될 일인데 괜한 고생을 사서 하는구려. 어쨌든 기왕지사 이리되었으니 하는 데까지 해보고 혹여 잘못되더라도 사람이나 상하지 않도록 신경 쓰시오. 그나저나 나도 함께 가면 좋을 텐데……."

목영의 심드렁한 말에 아연은 기분이 상하여 눈을 치켜떴다.

'남편이란 작자가 한마디라도 격려는 못해줄망정 벌써부터 잘못될 것을 걱정하다니……. 내가 나 혼자 잘되자고 이렇게 나서는 건가? 고맙다고 눈물을 흘려도 시원치 않을 판인데. 흥.'

당연히 아연의 입에선 말이 곱게 나오지 않았다.

"표국에 일이 산더미인데 가긴 어딜 간다고 하세요? 그리고 당신이 간다고 뭐 크게 도움이 되겠어요?"

머쓱해진 목영이 화제를 바꾸고자 아들에게 물었다.

"네 녀석은 요즘 무공 연마를 열심히 하는 게냐?"

“예, 아버님. 지난달부터 신 장로님께 신문십삼검(神問十三劍)을 배우고 있습니다.”

눈치가 빠른 무화는 얼른 밝은 목소리로 대답했다.

“그래? 열심히 하거라. 그런데 너도 이젠 무당 본산에 한번 올라야 되지 않겠냐?”

“와, 정말요?”

무화가 신이 난 목소리로 말했다.

“흥! 아서라, 무화야. 네 아버지 좀 보렴. 십오 년을 무당산에서 보냈지만 대청검은 고사하고 소청검마저 구경도 못했다 하질 않더냐? 그저 어디서라도 제대로 열심히 하는 게 중요하단다.”

옆에서 듣고 있던 아연이 목영을 빗대어 아들을 타이르고 나섰다.

‘이놈의 여편네는 십오 년 전이나 지금이나 나를 무시하는 건 변함이 없구나.’

“에험. 그런데 여보, 어째서 연왕이 파양호채와 손을 잡는단 말이오? 파양호채는 그야말로 수적들이 아니오?”

목영은 하고 싶은 한 소리를 속으로 삭이며 이번 표행과 관련하여 궁금한 점을 물었다.

“그러니 이젠 당신도 세상일에 관심 좀 가지세요. 그렇게 세상일을 몰라서야 어디 표국의 국주라 하겠어요?”

아니나 다를까, 또 핀잔으로 시작하는 아연이었다.

“사실 파양호채가 속해 있는 장강십팔채는 수적이지만 지금에 와선 그 누구도 무시를 못한답니다. 명의 건국에 일조한 공으로 장강의 이권을 차지한 십팔채는 장강의 질서 유지와 상단의 보호라는 거창한 기치를 내걸었지만 결국은 통행세 징수였지요. 그렇게 대놓고 거둬들인

돈이 쌓이자 조직을 정비하고 채의 인원을 늘리기 시작해서 현재 십팔
채의 인원이 일만 오천을 헤아립니다. 그러니 누가 감히 시비를 걸 수
있겠어요? 당연 건문제와의 싸움에서 세불리를 느낀 연왕 측이 군침을
흘릴 만하지요.”

아연의 말에 목영은 문득 생각하였다.

‘그렇다면 내가 장강십팔채나 한번 접수해 볼까? 까짓것, 총채주라
는 놈만 때려잡으면 안 될 것도 없지.’

목영은 이미 일만 오천 명의 수하를 거느린 듯 흐뭇한 표정을 지었
다. 목영의 얼굴을 바라보던 아연은 의아할 수밖에 없었다.

‘아니, 내가 지금 파양호파와 일전을 할지도 모르는 상황인데 십팔
채의 얘기를 듣더니 왜 이리 흐뭇한 표정을 짓는 것이지?

“음, 그럼 군산에 있다는 그 총채만 때려잡으면 장강을 접수할 수 있
는 것이오?”

혼자 흐뭇한 표정을 짓던 목영이 대뜸 물었다. 그 말에 아연은 실소
를 흘릴 수밖에 없었다.

“푸훗, 십팔채가 왜 십팔채겠어요? 그들은 열여덟 개의 독립된 수채
의 연합체예요. 물론 총채의 입김이 강하다 하나 그 총채 또한 십팔채
중 하나에 불과하지요. 현재의 총채주는 원강의 반선룡(半仙龍) 조민
영(趙旻榮)이 맡고 있지만 모든 일은 합의에 의한답니다. 그렇게 상하
관계가 불분명하니 동정호파와 파양호파가 서로 대립 관계에 있게 된
것이구요.”

“흠, 그렇구려.”

목영은 한순간에 부풀었던 꿈이 부질없이 되자 당연히 관심도 없어
져 이젠 건성으로 물었다.

“그런데 동정호파와 파양호파의 대립은 또 뭐요?”

“아까도 말했다시피 장강채는 관의 인정을 받는 무리랍니다. 당연히 관과 사이가 좋고 현 황제와 한통속이지요. 그런데 이권이 커지면서 동정호파와 파양호파가 서로 대립하는 형국이 되어버렸지요. 지금은 동정호파에서 총채주를 배출했으니 당연 이권이 동정호파에 집중되지 않겠어요? 그러다 보니 파양호파의 반발을 사게 됐고 그것을 이용하여 연왕 측에서 파양호파에 접근하여 장강에 교두보를 확보하려는 것이지요.”

“참 복잡하기도 하구려. 아무튼 당신은 이번 표행에 각별히 조심해서 괜히 황제나 연왕의 일에 엮여들지 않게 조심하구려.”

목영은 장강의 사정이 단순히 수적과의 관계뿐 아니라 정치적인 일이 개입되어 있으니 사소한 마찰이나 오해로 인해 일이 커질까 은근히 걱정이 되어 아연에게 주의를 주었다.

“이미 황제 측과 거래를 하는 것 자체가 천하 쟁패에 끼어든 일인데 더 커질 일이 무엇이겠어요? 그리고 관과의 관계를 회피해선 결코 큰 상단으로 커 나갈 수가 없습니다. 천하제일이라는 대륙상가는 오직 소금 전매권 하나만으로 그 자리에 올랐지요.”

‘그렇게까지 안 해도 우리 석가는 나름대로 잘해왔는데……. 뭐, 꼭 삼대상가가 되어야 하는 건가?’

목영은 아연의 말에 반박하고 싶었지만 길 떠나는 사람에게 할 소리가 아닌 듯하여 말을 삼켰다.

“이제 그만 가야겠어요. 아마 모두들 선착장에서 기다리고 있을 거예요.”

아연이 일어서자 목영은 아들인 무화의 머리를 쓰다듬으며 일어났다.

"자, 그만 일어나자. 선착장에 가서 엄마 배웅해야지?"

선착장에 도착해 보니 이미 모든 준비는 끝난 상태였다.

배에 걸쳐진 오름판 아래로 이번에 아연을 수행해 같이 길을 떠나는 두 명의 장로와 방 대주, 그리고 사남호(司湳湖) 대표두와 뱃길을 책임진 노(盧) 선장이 서서 아연을 기다리고 있었다. 그 맞은편으론 석수영을 위시한 석가장의 수뇌부가 환송을 위해 나와 있었다. 가주는 선착장으로 오기 전 들러 인사를 하고 오는 길이었기에 예까지 나오지는 않았다.

"제가 좀 늦었습니다."

아연은 그들과 일일이 인사를 나누고 나서 장로 일행과 함께 배에 올랐다. 곧이어 오름판이 치워지고 닻줄이 감기자 배는 서서히 강심으로 나가기 시작했다. 목영과 무화는 멀어지는 배를 향해 손을 흔들며 무사 귀환을 마음속으로 빌고 또 빌었다. 이윽고 두 척의 배는 강심으로 나가 돛을 높이 올리고 점점 속력을 높여 멀어져 갔다.

밤이 깊었음에도 잠을 못 이루고 뒤척이던 목영은 쓴웃음을 지으며 자리에서 일어났다. 같이 지낸 지 삼 개월. 옆에 있을 때는 면박만 주니 따로 떨어지면 편하겠다 싶었지만 그새 습관이 들었는지 홀로 누운 자리가 영 불편하였다. 문을 열자 여름밤의 습한 공기가 훅 밀려들었다. 그래도 한낮의 열기를 많이 식힌 듯 제법 시원하게 느껴지는 바람이었다.

방을 나서 마당에 섰다.

까만 밤에 노란 달빛.

목영은 문득 흥에 겨워 춤을 추기 시작했다.

북두칠성의 일곱 개의 별.

그 별의 방위를 밟아나가며 앞으로 갈 듯 뒤로 가다 뒤로 갈 듯 다시 앞으로 가며 커다란 원을 그려 나갔다. 하산 후 가장 심혈을 기울이고 있는 칠성둔형이었다. 콧등에 땀이 맺히도록 한참을 보법에 몸을 맡기던 목영이 한순간 우뚝 멈춰 선 채 생각에 빠졌다.

'이게 아닌데. 이게 아니야. 왜 이렇게 부드럽기만 하고 빠름이 없단 말인가?

목영이 이 칠성둔형을 수련한 지도 어느덧 칠 년째.

이젠 눈을 감아도 보법에 따른 길을 선명하게 그릴 수 있었지만 도무지 몸놀림이 빨라지지가 않았다.

시범을 보여주던 청우자의 그 빠름.

마치 사라졌다 다시 나타난 듯한 착시 현상을 일으키는 그 빠름.

자신이 무엇을 놓치고 있는지…….

아무리 용천혈에 내공을 실어보아도 외기와 어우러진 내공은 탄력 있게 바닥을 박차지 못하고 슬쩍 자리를 내어주는 외기 속으로 섞여 들어갈 뿐이었다. 외기가 검을 수련할 때는 검의 속도를 방해하더니 이젠 보법의 빠름을 방해하고 있었다.

"뭐, 또 방법이 있겠지."

잠시 고민하며 서 있던 목영이 혼잣말을 중얼거리며 뒤꼍의 가산으로 갔다. 땀이나 식힐 겸 해서였다. 단아한 정자(亭子)와 그 주위로 작은 연못이 무척이나 운치있는 곳이었다. 연못을 가로지른 다리를 지나 정자로 오르려던 목영은 다시 뒤로 돌아 연못가의 바위 위에 걸터앉았다. 연못 위에 둥실 떠 있는 달이 너무나도 아름다웠기 때문이다. 연못

속의 잉어들은 모두 잠들었는지 잔잔한 물결 위로 풀벌레 소리만이 스쳐 지나갔다.

버릇처럼 아무 생각 없이 작은 돌멩이를 주워 들어 퐁당퐁당 연못 속에 던져 넣었다. 그렇게 한참을 퐁당퐁당 하는 소리에 귀를 연 채 멍하니 앉아 있었는데 갑자기 이느 한순간 퐁당 떨어지는 돌멩이가 거대하게 확대되어 눈에 들어왔다. 아니, 정확히는 돌멩이가 튕겨 올린 물방울들이 목영의 뇌리에 섬전처럼 꽂힌 것이다.

'그래, 저것이다. 내기와 외기의 충돌에 의한 반발력.'

목영은 얼른 앞마당으로 가 섰다. 그리고는 서서히 기를 끌어올려 외기를 나가고자 하는 반대 방향으로 집중시킨 후 내기를 뿜어내었다. 순간적인 강한 반발력에 '어' 할 새도 없이 '쿵' 소리와 함께 담벼락에 부딪친 목영은 부딪친 어깨의 아픔도 잊은 채 웃기 시작했다.

"으하하하!"

그날 밤 표국에 머물던 일꾼들과 시비들, 그리고 표사들은 모두들 이렇게 생각했다.

'아니, 겨우 삼 개월 같이 지내고선 마누라가 떠나자마자 저리도 좋아하다니. 아마도 마누라가 죽고 나면 뒷간에 가서 웃을 놈이 바로 저 놈이구나.'

그날 이후 목영은 표국의 일은 양 총관과 하 대주에게 맡겨놓고 칠성둔형의 수련에 몰두하였다.

외기와 내기의 충돌에 따른 힘을 적절히 이용하기 위해서 내력의 조절과 변화를 체득하기 위함이었다.

또한 같은 원리를 적용하여 신법도 자연스럽게 터득하게 되었다.

신법의 이름은 사문의 제운종을 본따 환운종(幻雲踪)이라 지었다. 그는 그렇게 신법과 보법에 빠져 하루하루를 보내고 있었다.

두 척의 배가 돛 한가득 바람을 싣고 강물 위를 빠르게 달리고 있었다. 바로 무창을 출발해서 응천부를 향해 가고 있는 석가표국의 배였다.

"부국주님, 이제 한 시진만 더 가면 파양호의 초입에 들게 됩니다."

방 대주가 다가와 말했다. 뱃전에서 무심히 강물을 바라보고 섰던 아연이 돌아서며 말했다.

"선상 경계 인원을 두 배로 늘리고 선실의 표사들도 모두 무기를 소지하고 대기하라 하세요. 그리고 노 선장에게 일러 만약 전투가 시작되면 배를 전속력으로 출발시키라 하고 뒷 배의 척(拓) 장로에게도 일러놓으세요."

파양호가 가까워지자 평온하던 선상이 부산하게 움직이며 긴장감이 돌기 시작했다. 잠시 후에 아연의 곁으로 신(申) 장로가 다가왔다. 무당의 속가 중에서 열 손가락 안에 드는 고수로 소청검법에 정통하다는 평을 듣고 있었다.

"부국주님, 다행히 파양호의 수적들만 만난다면 별문제는 없겠지만 만약 소문대로 연왕부의 기찰대가 개입되어 있다면 쉽지 않을 것입니다. 이런 말씀 드리기는 뭣하지만 혹시라도 싸움이 벌어져 전황이 불리하게 돌아가면 부국주님은 탈출하십시오. 강변까지 십 장 정도 되니 부국주님의 신법이면 가능할 것입니다. 누군가는 석가장으로 돌아가 상황을 알리고 대책을 세워야 하지 않겠습니까?"

"아니 될 말씀입니다. 저는 이 배와 운명을 같이할 것입니다. 그러니 신 장로께서 탈출하세요."

아연은 말도 되지 않는 소리라는 듯 정색을 하며 말했다.

"저야 이미 늙은 몸이니 무슨 일을 당한다 해도 상관없으나 부국주님은 가족을 생각하셔야죠. 그리고 나중에 파양호채와 협상을 한다 해도 부국주께서 자유스러운 것이 훨씬 유리합니다. 그리고 혹시라도 부국주께서 잘못되신다면 남궁가와 연왕 측이 충돌할 수도 있습니다. 그리되면 남궁가에도 큰 화가 미칠 수 있으니 고집 부리지 마십시오."

아연은 신 장로의 논리 정연한 말에 고개를 끄덕일 수밖에 없었다.

"알겠습니다, 신 장로님."

그러나 진심으로 승복한 것은 아니었다. 그녀에게는 무슨 일이 있더라도 이번 표행을 반드시 성사시키고야 말겠다는 일념뿐이었다.

파양호 감강채의 부채주인 오승섭(吳昇涉)은 뱃전에 서서 뒷짐을 진 채 잔뜩 찌푸린 얼굴로 저물어가는 어둠 속에서 파양호의 물결을 바라보고 있었다. 파양호의 총채라 할 수 있는 무하채에 머물고 있는 연왕의 기찰대 놈들이 영 못마땅했기 때문이다.

사실 연왕의 사병이지만 거의 관군이나 마찬가지인 그들과 장강수채의 수적들은 그저 불가원불가근(不可遠不可近)의 공생 관계일 뿐이었다.

그러던 것이 건문제와 연왕의 대립이 시작되면서 연왕 측에서는 장강의 효율적인 통제와 금릉으로의 물류 흐름을 파악하고자 파양호파에 연합을 요청해 왔다. 조건은 파양호파의 총채 격인 무하채의 구미룡(九尾龍) 구염(具炎)이 동정호파를 누르고 장강십팔채의 총채주가 되도록 힘을 실어주겠다는 것이었다.

물론 장강의 패권을 놓고 동정호파와 일전을 해보자면 꼭 필요한 후

원자였으나 벌써부터 무하채에 진을 치고서 주인 행세를 하려 드는 놈들의 태도에 배알이 꼴리는 건 어쩔 수 없었다. 놈들은 잔뜩 거들먹거리며 파양호의 다섯 수채를 마치 수하 대하듯 하고 있었다. 더구나 매일 돌아가며 파양호를 밤낮없이 순찰하고 아침이면 꼬박꼬박 어제 지나간 배들의 목록과 목적을 낱낱이 보고해야 하니 상전도 이런 상전이 없었다.

애초에 제 꼴리는 대로 살고자 수적의 길을 택했는데 이제 와서 생판 알지도 못하는 상전을 모시게 생겼으니 오승섭은 채주인 방연(方然)처럼 실실거릴 수가 없었다.

'언제까지 이 짓을 해야 하는지, 나원참.'

서서히 나아가는 뱃전에 서서 승섭은 생각에 잠겨 있느라고 앞쪽에서 물 위로 불쑥불쑥 솟아오르는 일단의 무리들이 있음을 알지 못했다. 이미 어둠이 내린 뒤여서 세심하게 살핀다 해도 알아볼 수가 없었을 것이다.

그들은 몸에 착 달라붙는 검은 수피를 머리까지 뒤집어쓰고 손에는 밧줄이 매여진 갈고리 하나씩을 들고 있었다. 한 오십여 명은 될 듯한 수피인들은 양 옆으로 갈라져 다가오는 배를 주시하고 있었다. 뒤쪽에 따라붙고 있는 감강채의 또 다른 배에도 이미 오십여 명의 수피인들이 접근해 있었다.

배가 수피인들 사이로 들어서자 수피인들은 배의 옆면을 향해 일제히 갈고리를 던지며 물 위로 솟구쳐 올랐다.

타다닥!

난간에 걸린 갈고리를 당기며 배 위로 도약한 수피인들은 아무런 말도 없이 수적들의 목을 베어나갔다.

"으아악!"

비명이 울려 퍼지자 상념에 잠겨 있던 오승섭은 뒤늦게 도를 빼어 들며 외쳤다.

"웬 놈이냐?"

오승섭의 호통 소리에 대답하듯 한 수피인이 협봉검으로 공격해 왔다. 오승섭은 화가 머리끝까지 치밀어 올랐다. 누가 감히 미치지 않았다면 파양호에서 감강채의 배에 다짜고짜 공격을 해온단 말인가?

승섭은 도에 잔뜩 힘을 실어 마주쳐 갔다.

땅!

그러나 협봉검에 실린 힘은 오승섭의 상상 이상이었다. 다섯 걸음이나 뒤로 물러나 겨우 멈춘 승섭은 아직도 떨리는 칼날을 좌우로 털어내며 다시 다가들었다. 수피인은 협봉검을 앞으로 쭉 뻗으며 오승섭의 목 어림을 빠르게 찔러왔다.

오승섭이 도를 들어 막 쳐내려는데 검을 뒤로 거둔 수피인이 거둘 때보다 빠르게 아랫배를 공격해 왔다. 승섭이 급히 도의 방향을 틀어 막으려 하자 또다시 검을 뒤로 뺐다가 이번엔 다리를 찔러왔다. 마치 뱀이 헛바닥을 날름거리는 듯한 빠른 공격이었다. 승섭이 어쩔 수 없이 뒤로 물러나며 막으려 하는데 이번엔 검을 거두지 않고 갑자기 위로 쳐 올렸다.

"으윽!"

오승섭은 좌측 어깻죽지에 화끈한 통증을 느끼며 비틀거렸다. 협봉검에 베인 어깨에서 피가 뿜어져 나왔다.

'어디에서 온 놈들인지는 모르나 도저히 상대가 안 되겠다. 어떻게든 빠져나가서 채에 이 사실을 알려야겠다.'

승섭은 도망칠 궁리를 하며 다시 한 번 수피인에게 쇄도해 들었다. 도를 내려쳐 가다 수피인이 옆으로 피하며 다시 협봉검을 빠르게 찔러오자 상대의 검을 무시한 채 좌우로 힘껏 칼을 휘둘렀다.

초식에 구애받지 않은 채 그저 막무가내로 휘두른 것이다.

수피인은 좌우로 피해가며 오승섭의 도가 지나가는 사이사이로 협봉검을 찔렀다가는 또 물러나곤 하였다. 얼마 지나지 않아 승섭의 전신은 피로 물들어갔다.

그러나 오승섭은 기회를 엿보며 계속 막무가내로 도를 휘둘렀다.

그러던 중 수피인이 협봉검을 찔렀다 빼내며 뒤로 물러나는 순간 승섭은 발을 튕겨 뒤로 물러나며 수피인에게 도를 힘껏 내던졌다. 그리곤 몸을 돌려 난간을 향해 달렸다.

그러나 수피인은 만만치 않았다.

던져진 도를 몸을 비틀며 흘려낸 후 승섭의 등을 향해 일장을 내질렀다.

푸른 장심 속에 푸른 구슬이 맺힌 장력이 날아오자 승섭은 더 이상 머뭇거리지 않고 그대로 일장을 등에 맞으며 물속으로 뛰어들었다.

"으악!"

비명과 함께 울컥 핏물을 토해내며 승섭은 정신을 잃은 채 물속으로 잠겨들었다.

수피인은 승섭이 떨어진 물속을 잠시 응시하다가 몸을 돌렸다. 이미 선상의 전투는 모두 끝나 있었다. 한 수피인이 이것저것 여러 수피인들에게 지시를 하곤 승섭과 싸우던 수피인에게 다가왔다.

"황기당주님, 모두 제압했습니다."

"뒤쪽은 어찌 되었느냐?"

“그쪽도 상황이 완료된 듯합니다. 이미 신호를 보내왔습니다.”

“그럼 두 분 호법님께 신호를 보내라.”

“예.”

명령을 받은 수피인이 난간으로 다가가 횃불을 흔들자 곧 한 소선이 다가왔다. 그 소선에 타고 있던 두 노인 중 깡마른 노인이 가볍게 소선의 바닥을 차고 날아오르더니 갑판 위로 내려섰다. 소리없는 움직임이 그의 높은 무공을 말해 주었다. 소선에 타고 있던 다른 한 명의 노인은 뒤의 배로 올라갔다.

“황호법님을 뵈옵니다.”

당주라 불린 수피인이 한쪽 무릎을 꿇으며 부복했다. 그러자 깡마른 노인은 흉흉한 눈빛을 빛내며 당주에게 물었다.

“차질없이 모든 준비가 되었느냐?”

“예, 배를 완전히 장악했습니다.”

“그럼 모든 불을 끈 채 대기한다. 곧 있으면 도착할 것이니 미리 발각되지 않도록 주의해라.”

“예.”

석가표국의 배가 서서히 파양호로 진입하고 있었다. 이미 사위는 어두워져 선상에 밝혀진 횃불 주위만 조금 밝게 빛나고 있을 뿐이었다.

이제 이 표행의 성패를 좌우하는 파양호로 들어선 것이다.

이십여 명의 무사들이 선상에 올라와 사방을 경계하고 있었으며 남궁아연과 신 장로도 배의 앞쪽에 서서 긴장감을 늦추지 않았다. 그러나 한참 동안 아무 일 없이 시간만 흘러가자 선상의 긴장도 점점 수그러들었다. 오랫동안 지속된 긴장감에 피곤했음인가? 여기저기 경계를 서던 표사들이 하나둘 하품을 하며 졸린 눈을 비볐다.

시간은 이제 자시(子時:밤11시~새벽1시)에 접어들고 있었다.

바로 그때,

갑자기 뒤편으로부터 빠른 속도로 두 척의 배가 다가왔다. 어둠 속에서 달빛에 의지해 보니 감강채의 깃발이 돛대 위에서 펄럭이고 있었다.

방 대주가 남궁아연에게 급히 다가왔다.

"부국주님, 아무래도 감강채의 배인 듯하옵니다. 어찌할까요?"

잠시 생각하던 아연은 방 대주에게 지시를 내렸다.

"우리 배는 속도를 늦추고 뒤의 배는 계속 앞서 나가라 하세요."

"예, 알겠습니다."

남궁아연이 타고 있는 주선이 서서히 속도를 늦추어 뒤의 배를 먼저 보내고 감강채의 배가 다가오기를 기다렸다. 곧 감강채의 배가 옆으로 다가왔다. 그러나 감강채의 앞선 배는 주선을 무시한 채 척 장로가 탄 배를 따라잡았다. 그리고 또 한 척의 감강채의 배가 주선으로 다가왔다.

서로서로 나란히 정렬하게 되었을 때 갑자기 감강채의 배에서 아무런 경고성이나 신호도 없이 갈고리가 날아들어 배의 옆면에 박혀들었다.

타다닥.

갈고리가 배에 고정되어 연결된 밧줄이 팽팽해지자 감강채의 배에서 오십여 명의 수피인들이 날아올랐다.

이미 일이 이상하게 돌아감을 감지한 방 대주는 선실의 표사들을 모두 선상으로 불러 올리며 날아드는 수피인들을 향해 소리쳤다.

"웬 놈들이냐? 정체를 밝혀라!"

그러나 수피인들은 아무런 말도 없이 그대로 협봉검을 빼 들어 공격해 왔다. 방 대주는 급히 뒤로 물러나며 발검과 동시에 바싹 다가온 검날을 쳐냈다.

"이놈들, 웬 놈들인데 다짜고짜 우리를 공격하는 것이냐?"

그러자 수피인의 무리 중에서 한 사람이 나섰다.

"여러 말 할 것 없다! 힘이 곧 법인 것을! 궁금하거든 검에게 물어보거라!"

그러면서 빠르게 협봉검을 찔러왔다.

"모두 쳐라!"

방 대주는 표사들에게 소리치며 자신의 절기인 소요유지검을 전개하여 가까스로 협봉검을 막아내었다. 방 대주의 외침이 끝나기도 전에 바싹 다가든 수피인을 맞아 표사들도 검을 마주쳐 갔다.

뒤에 있던 남궁아연과 신 장로도 전장에 뛰어들었다. 수피인들에 비해 수적인 열세인데다 수피인들의 무공 또한 만만치 않자 아연과 신 장로가 서둘러 전투에 참여한 것이다.

아연은 창궁검을 빼어 다가온 두 개의 검날을 위로 쳐 올리고 훤히 드러난 두 수피인의 가슴을 일 검에 베어내었다.

"으악!"

그들은 쿵 소리와 함께 선상을 뒹굴었다.

중(重)과 쾌(快)가 어우러진 창궁무애검의 묘리가 아연의 창궁검을 통해 아낌없이 발휘되자 순식간에 두 명의 수피인이 고혼이 되어 쓰러진 것이다.

또다시 달려들며 협봉검을 찔러오는 두 수피인의 검을 막아내며 아연이 전장을 슬쩍 훑어보았다.

방 대주는 우두머리인 듯한 수피인에게 연신 밀리며 벌써 여기저기 상처를 입은 듯 피를 흘리고 있었고, 신 장로는 네 명의 수피인을 상대로 아직은 여유가 있어 보였다. 아연은 다시 찔러오는 협봉검을 좌로 돌며 아래로 내려쳐 튕겨낸 다음 그대로 검을 올려쳐 두 수피인의 목을 베었다.

"으악!"

또다시 쓰러지는 수피인들의 비명을 뒤로한 채 그녀는 상처를 입고 위태롭게 싸우고 있는 방 대주를 돕고자 몸을 날렸다. 그러나 방 대주에게 다가가기도 전에 세 개의 칼날이 앞을 막았다.

"이 나쁜 놈들!"

그녀는 노성을 내지르며 창궁검 제팔초식인 창궁무영(蒼穹無影)을 펼쳐 갔다. 파란 검기가 일렁이던 그녀의 검이 순간적으로 사라졌다가 갑자기 중앙에 있던 수피인의 복부를 노렸다. 깜짝 놀란 그 수피인은 허둥대며 뒤로 물러나려 하였다.

그때 동료를 구하려 좌우에 있던 수피인들이 그녀의 양 어깨를 공격해 왔다. 그대로 전면의 수피인을 찔러간다면 놈을 죽일 수는 있겠지만 어깨에 상처를 입을 것 같았다.

"에잇!"

그녀는 질끈 입술을 깨물며 손으로 바닥을 짚으며 두 발로 날아오는 검날을 차내었다. 그리고는 그대로 앞으로 돌아 다시 몸을 세우며 전면의 수피인을 찔렀다.

"크윽!"

"이, 이년이!"

동료가 쓰러지자 화가 난 두 수피인이 양쪽에서 상하를 노리며 공격해 왔다.

"훙!"

남궁아연은 갈지자의 보법으로 칼끝을 벗어나며 창궁일점(蒼穹一點)으로 우측의 수피인을 찔러갔다. 그 수피인은 혼비백산하여 급히 뒤로 물러섰으나 파르르 떨던 아연의 검은 어느 순간 쭉 늘어난 듯이 그의 왼팔에 박혀들었다. 아연은 다시 일검이 성공하자 그대로 검날을 치켜올리며 어깻죽지까지 길게 베어내었다.

"으악!"

아연은 비명과 함께 물러서는 수피인의 목을 베어내고 그대로 몸을 한 바퀴 돌려 좌측의 수피인을 베어갔다. 전의를 상실한 듯 그가 뒤로 물러서자 그녀는 다시 방 대주를 향해 발을 튕기려 하였다.

그러나 다시 두 개의 협봉검이 그녀의 뒤쪽에서 다가왔다.

"차앗!"

그녀는 그대로 몸을 낮추며 큰 원을 그리듯 검을 휘둘렀다.

"크악!"

다가들던 두 수피인의 허벅지가 피로 물들었다. 하지만 그녀의 일검에 상처를 입었음에도 불구하고 두 수피인은 재차 검을 찔러왔다.

"훙!"

그녀는 가소롭다는 듯 코웃음을 치며 발을 튕겨 우측 수피인의 옆구리 쪽으로 다가섰다. 그녀를 따라 다시 방향을 바꾸는 협봉검의 검날을 창궁검으로 내리누르며 그녀는 왼손으로 천뢰장(天雷掌)을 쏘았다.

빡!

둔탁한 소리와 함께 그는 제 동료 쪽으로 넘어졌다.

"어, 어?"

쓰러지는 동료 때문에 잠시 시야가 가려져 허둥대는 수피인을 향해 다시 한 번 창궁검이 허공을 갈랐다.

"끄륵."

가래 끓는 소리를 끝으로 그 수피인도 동료와 함께 쓰러졌다. 아연은 검을 거두고 잠시 숨을 고르며 장내를 둘러보았다. 아연의 눈부신 활약에도 불구하고 대부분의 표사들이 쓰러진 채 이제 이십여 명의 표사만이 둥근 원진을 펼쳐 근근이 버티고 있는 실정이었다.

'도대체 이놈들은 누구란 말인가? 하나하나가 얕볼 수 없는 실력인데……. 수적이 아님은 분명하고 연왕 측의 기찰대라면 이렇게까지 나올 이유가 없지 않은가?'

하나 그녀의 생각은 길게 이어질 수 없었다.

다시 전면으로 두 수피인이 다가들며 공격을 해왔기 때문이다. 그녀는 생각을 접고 남궁가의 보법인 무한보(無限步)를 펼치며 창궁일점을 시전했다. 그러자 갑자기 다가오던 두 수피인이 물러나며 뒤에서 두 명의 다른 수피인이 칼을 휘둘러 왔다. 순간적으로 깜짝 놀란 아연은 그러나 침착하게 초식을 창궁중주(蒼穹重柱)로 변형시키며 두 다리에 힘을 주고 제자리에서 느리게 검을 휘둘렀다. 중검의 묘리를 살린 초식이었다.

땅!

한 소리 맑은 음향과 함께 두 수피인의 날렵한 협봉검과 느리게 움직이던 그녀의 검이 마주쳤다.

"헉!"

좌우로 갈라지며 멈춰 선 두 수피인은 남궁아연의 검력을 이기지 못해 손아귀가 찢어져 주르륵 핏물을 흘리고 있었다.

"물러서거라!"

그때 난간 위에서 장내를 둘러보고 있던 깡마른 노인이 남궁아연에게 다가오며 말했다.

"여기서 창궁검을 보게 될 줄은 몰랐구나. 과연 명불허전(名不虛傳)이로다. 너는 남궁소천과는 어떤 사이더냐?"

풍기는 기도가 범상치 않은 노인이었다. 아연은 그 노인을 보는 순간 오늘 일이 좋게 마무리되기는 힘들겠다는 불길한 예감이 들었다. 이미 자신이 남궁가의 사람이란 것을 알면서도 저리 당당한 것은 남궁가를 두려워하지 않거나 최소한 이 자리의 모든 사람들을 죽여 살인멸구를 하겠다는 의도가 아니겠는가? 그녀는 마음을 다잡으며 대답했다.

"네놈이 누구라고 감히 할아버님의 함자를 입에 올리느냐?"

"허허허, 네년이 그의 손녀라니 차라리 잘되었다. 오늘 이곳에서 그동안 쌓인 한을 조금이나마 풀어보겠구나."

말이 끝남과 동시에 그는 일장을 내뻗었다.

붉게 물든 손바닥에 더 붉은 구슬이 맺히더니 남궁아연을 향해 쏜살같이 날아왔다. 그녀는 순간적으로 위기감을 느끼고 남궁가의 독문보법인 무한보를 극성으로 펼치며 창궁밀밀(蒼穹密密)을 펼쳤다.

"홍살장(紅殺掌)! 안 돼!"

그때 옆에서 세 명의 수피인을 상대하던 신 장로가 노인의 일장을 보곤 수피인들의 검을 무시한 채 남궁아연 쪽으로 몸을 날렸다. 급히 달려든 그는 소청검법 중 검로유유(劍路柔柔)를 펼치며 홍살장을 베어 갔다. 그러나 날아오던 붉은 구슬은 신 장로의 검에 닿자마자 부챗살처럼 퍼지며 산개되었다.

"이얏!"

그는 뒤로 발을 튕기며 정신없이 검을 휘둘렀다.

하지만 결국 신 장로는 장력을 다 해소하지 못하고 가슴에 일장을 맞고 말았다.

"커억! 쿨럭!"

그는 피화살을 뿜으며 남궁아연 쪽으로 밀려와 쿨럭이며 말했다.

"어서, 어서 탈출하세요. 기회는 지금뿐입니다."

신 장로는 간절한 눈빛으로 남궁아연을 바라보다 몸을 돌려 소청검법의 최후 초식인 소청추도(少淸追道)를 펼치며 노인에게 달려들었다. 그러나 이미 부상이 심하여 다시 홍살장을 막기는 힘들어 보였다.

아연은 이대로 자신만 살자고 달아날 수가 없었다.

"죽어라, 이놈!"

그녀는 신 장로를 도와 노인에게 달려들었다. 노인은 두 사람이 동시에 양쪽에서 달려들자 급히 몸을 회전시키며 다시 일장을 뻗었다. 붉은 빛이 부챗살처럼 퍼지며 두 사람을 몰아붙였다.

"으윽!"

"아악!"

비명을 토하며 두 사람 모두 선상을 굴렀다.

"부국주님, 제발 어서, 어, 어서 가세요!"

신 장로는 소리치며 다시 노인에게 달려들었다.

픽!

노인의 일장에 또다시 옆구리를 강타당한 신 장로는 크게 몸을 휘청거렸다. 그러나 물러서지 않고 그는 노인을 향해 칼을 내던지며 다시 바싹 다가섰다.

노인은 신 장로의 악착같음에 기가 질린 듯 슬쩍 몸을 피했다. 그 순간 신 장로는 모든 힘을 다하여 노인을 덮치듯이 달려들었다. 여유있게 상대하던 노인은 갑자기 품으로 달려드는 신 장로를 보자 깜짝 놀라 수도를 세워 그의 복부를 찔렀다.

"으악!"

비명을 지르면서도 신 장로는 물러서지 않고 복부에 박힌 노인의 손목을 두 손으로 움켜잡았다.

"어서… 어서 가세……."

푸들푸들 경련을 일으키면서도 그는 결코 노인의 손을 놓지 않았다.

"신 장로님, 신 장로님… 으아악!"

아연은 그를 부르며 악을 쓰다 결국 배의 난간을 박차고 강가를 향해 몸을 날렸다. 그녀의 눈물이 허공에 길게 뿌려졌다.

'결코, 결코 용서치 않으리라.'

그녀는 입술을 깨물었다.

한데 오 장여를 날아간 후 강물 위로 일장을 내지르며 다시 도약하는 순간 뒤에서 홍살장이 또 날아왔다.

"오너라. 얼마든지 오너라."

남궁아연은 몸을 뒤틀며 천뢰장(天雷掌)을 마주 쏘았다.

꽝!

"아악!"

그러나 장력이 마주치는 순간 그녀는 피를 뿌리며 물속으로 처박혔다. 노인은 배의 난간에 붙어 서서 그녀가 빠진 강물을 한참이나 바라보다가 다시 떠오르는 기척이 없자 몸을 돌렸다.

"황호법님, 한 놈도 남김없이 모두 처치했습니다."

황기당주가 노인에게 다가와 말했다. 노인은 그의 어깨 너머로 선상을 둘러보았다. 널브러진 시신들, 달빛에 번들거리는 핏물이 갑판 위를 물들이고 있었다. 언제나 그랬지만 오늘따라 싸움 뒤에 밀려드는 허탈감이 컸다. 아마도 여인을 살리기 위해 배에 구멍이 뚫렸는데도 자신을 붙들던 그 노인 때문인 것 같았다.

"그럼 황만 옮겨 싣고 배는 가라앉히도록! 서둘러라!"

"존명!"

황기당주가 뒤돌아 뛰어가자 노인은 다시 한 번 강물을 바라보곤 감강채의 배로 몸을 날렸다.

두 척의 배가 서서히 강물 속으로 가라앉고 나머지 두 척의 배가 그곳을 떠나고 나서도 한참이 지나서야 파양호 변의 풀숲에서 아직은 앳돼 보이는 두 얼굴이 천천히 고개를 들었다. 조심스레 사방을 둘러보던 두 어린 소년은 슬그머니 호변가로 다가가 이제는 거의 잠겨 돛대만이 물 위로 올라와 있는 두 배의 침몰을 바라보았다.

넝마 같은 옷 위로 한 매듭의 새끼줄이 걸려 있는 걸로 보아 개방의 일결제자인 듯했다.

"호삼이 녀석은 왜 이리 안 오지?"

좀 더 키가 큰 거지 아이가 잔뜩 불안한 표정을 지었다.

"글쎄 말이야. 벌써 분타에 갔다 와도 남을 시간인데."

말을 나누던 키 작은 거지 아이가 한순간 저 앞쪽의 호변가에 물 위로 오르락내리락하는 뭔가를 보곤 소스라치게 놀란 듯 몸을 숙이며 키 큰 거지의 소매를 당겼다. 키 큰 거지 아이는 덩달아 몸을 낮추며 무슨 일이냐는 듯 두 눈을 크게 뜨고 작은 거지 아이를 바라보았다. 그러자 작은 아이는 손가락을 들어 앞쪽을 가리켰다.

둘은 몸을 낮춘 채 살펴보다가 아무런 변화가 없자 서로의 눈을 한 번 맞춘 다음 조심스레 다가갔다. 가까이 가보니 한 사람이 엎드린 자세로 물에 빠진 채 물결에 따라 출렁이고 있었다.

"죽은 사람인가 봐."

"살았을지도 몰라. 일단 건져 보자."

둘은 조심스럽게 양쪽 겨드랑이를 잡고 그 사람을 물 위로 건져 올려 바로 눕혔다. 구레나룻이 가득한 얼굴은 이미 파리하게 변해 있었다.

"아무래도 죽은 것 같아."

키 작은 거지가 코에 손을 대보곤 머리를 저으며 말했다. 그때 뒤쪽에서 부스럭거리는 소리가 들리더니 한 떼의 거지들이 우르르 몰려왔다.

"이곳이냐?"

삼결의 새끼줄을 두른 거지가 호변으로 다가서며 물었다. 옆에 있던 일결의 거지 아이가 숨이 찬 듯 헐떡이며 말했다.

"예, 부, 분타주님. 저… 저 앞쪽에서 배들이 싸, 싸움을 벌였습니다."

이 삼결의 거지는 구강 분타의 분타주인 벌목개(伐木丐)였다. 나이에 비하여 머리가 일찍부터 많이 빠져 벌목개로 불리고 있었다.

"분타주님, 여깁니다, 여기요!"

키 작은 거지의 외침에 벌목개는 안광을 빛내며 두 거지에게 다가섰다.

"엇, 이자는 감강채의 부채주가 아니냐?"

두 거지 아이의 발 아래 누워 있는 사람을 보고는 아는 사람인 듯 그는 놀란 목소리로 말하며 얼른 맥을 짚어보았다.

"이미 죽었구나. 어찌 된 일이냐?"

"예, 싸우던 네 척의 배 중 두 척은 강으로 가라앉았고 두 척의 배는 하류 쪽으로 떠나갔습니다. 먼 불빛에 잘은 보지 못했지만 아마 뭔가를 옮겨 싣는 듯했습니다. 그리고 떠난 두 척의 배는 감강채의 깃발이 걸린 듯했습니다. 이 사람은 잠시 전에 떠내려 온 것을 저희가 혹시나 해서 건져 올린 것입니다."

키 작은 거지 아이가 제법 일목요연하게 설명했다.

"그러니까 네 녀석들이 더위를 참지 못해 멱이나 감자고 여기로 왔는데 알 수 없는 두 척의 배와 감강채의 배인 듯한 두 척의 배가 싸움을 벌였단 말이지? 그중 감강채인 듯한 두 척의 배로 뭔가를 옮겨 실은 후에 그 배는 떠나가고 남은 두 배는 가라앉았다는 말이렷다?"

"예, 그렇습니다."

옆에 서 있던 키 큰 거지 아이가 대답하였다.

턱을 매만지며 골똘히 생각해 보던 벌목개가 뒤에 있던 무리에게 명령했다.

"일단 근처를 샅샅이 수색해라. 사소한 것이라도 흘리지 말고 보고하도록. 그리고 피죽개(皮竹丐)는 나 좀 보자."

"예, 분타주님."

이십여 명의 거지들이 우렁차게 대답하곤 흩어져 갔다. 모두 흩어져 간 후 남은 피죽개는 벌목개에게 다가섰다.

"너는 어찌 생각하느냐?"

벌목개가 그래도 구강 분타에서 제일 믿을 만하고 영리한 이결제자인 피죽개에게 물었다.

"분타주님, 아무래도 이상합니다. 얘기를 들어보면 감강채가 약탈을 하여 물건을 빼앗고 남은 배는 가라앉힌 후 떠나갔다는 말인데 배를 가라앉혔다는 건 전부 죽이거나 포로로 잡았다는 얘기 아닙니까? 지금까지 통행세만 받아오던 파양호파가 철천지원수라도 진 듯이 이렇게 일을 처리한 게 아무래도 납득이 가지 않습니다. 꼭 물건을 탈취해야만 하는 무슨 이유가 있었다 해도 부채주가 죽었는데 시신조차 수습하지 않고 그냥 떠났다는 게 영……. 거기다가 사라진 방향도 감강채가 있는 방향하곤 거리가 멀지 않습니까?"

"그래, 내 생각도 그렇다. 아무래도 뭔가가 있는 듯하구나. 일단 부채주의 시체나 자세히 살펴보자."

둘은 쪼그려 앉아 시체의 옷을 벗겨내고 세세히 살펴 나가기 시작했다. 앞쪽에서 특별한 점을 찾지 못하고 시체를 뒤집어 등을 살피다 벌목개는 헛바람을 삼키며 주저앉았다.

"엇, 청살장……."

부채주의 등에는 희미하게 푸르스름한 장인이 새겨져 있었는데 장인의 가운데는 푸른색이 더 짙은 원이 새겨져 있었다.

"분명 천풍개(天風丐) 장로에게 들었던 청살장이다."

"청살장이 무엇이옵니까?"

피죽개가 시체의 등에 새겨진 장인의 흔적에 시선을 고정한 채 물었다.

"바로 마교의 무공인 삼색신장(三色神掌) 중 하나다. 결국 방주께서 그리도 걱정하시던 일이 벌어지려 하는가?"

망연(茫然)한 표정으로 벌목개가 중얼거렸다.

"마교라 함은 명의 건국을 도왔다가 결국은 버려진 명교를 말씀하십니까?"

"그래, 이십여 년 전, 현재 연왕의 기찰대로 활약하고 있는 명교의 배교자들을 이용해 주원장이 일을 꾸몄지. 우리 구파일방의 장로와 유림의 중요 인물들이 죽자 그것이 주원장의 짓인 줄도 모르고 우리는 명교를 마교라 규정하고 토벌을 감행하였다. 그때 명교의 교주를 비롯하여 많은 사람들이 죽었다. 나중에야 그것이 주원장의 이간책임을 알게 되었고 그때부터 우리 무림과 관부의 사이가 벌어지기 시작한 것이다. 아무튼 그때 명교도들은 서장으로 쫓겨가면서 언제고 다시 돌아와 복수를 하겠다고 했었다."

"하면 아직은 단정 지을 순 없을 것 같은데요? 기찰대의 소행일 수도 있지 않겠습니까? 연왕과 파양호파가 연합을 했다 하나 감강채가 배신을 하여 기찰대가 손을 쓴 것일 수도 있지 않겠습니까?"

"그럴 수도 있겠지. 아니, 그러기를 바라고 싶구나. 그러나 배가 떠나간 방향이 영 마음에 걸린다. 감강채도 아니고 무하채도 아니고. 일단 이 일에 대해서는 함구하도록 해라. 좀 더 주의해 조사해 볼 필요가 있겠다. 일단 총단에 먼저 알려야겠다."

벌목개가 피죽개와 얘기를 마치고 막 자리에서 일어나는데 하류의 먼 쪽에서 부르는 소리가 들렸다.

"분타주님! 분타주님!"

"가보자."

벌목개가 땅을 박차고 나가자 피죽개도 서둘러 뒤따랐다. 한 삼십여 장을 호변을 따라 내려가자 이미 대여섯 명의 개방도들이 모여 있었고 여기저기서 두세 명씩 짝을 지은 무리들이 벌목개의 뒤를 이어 다가오

고 있었다. 벌목개가 도착해 보니 또 한 명의 사람이 흠뻑 젖은 채로
누워 있었다. 자세를 낮추어 살펴보니 머리카락이 얼굴에 달라붙어 이
목구비는 확인할 수 없으나 약간 봉곳한 가슴과 몸에 달라붙은 옷의
굴곡으로 보아 여인이 분명했다. 벌목개는 다급하게 맥을 짚었다. 잠
시 신중하게 확인을 해보곤 뒤를 보며 소리쳤다.

"아직 맥이 뛰는구나! 얼른 들것을 만들어라! 분타로 옮겨야겠다!"

수하들이 들것을 만들기 위해 흩어지자 그는 다시 여기저기를 살펴
보았다. 왼쪽 어깨에 엄지손가락만한 상처가 있었는데 그리 치명적으
로 보이진 않았다. 그는 혈도를 눌러 지혈을 한 다음 또 다른 상처가
없는지 살폈다. 아무리 환자라 하나 여자이다 보니 옷을 벗길 수가 없
어 애를 먹던 그는 그녀의 오른손을 보고 다시 한 번 침음성(沈吟聲)을
흘렸다.

"홍살장……."

옆에서 계속 지켜보던 피죽개가 물었다.

"삼색신장입니까?"

"그렇다. 바로 청살장의 윗 단계다. 마지막은 백살장이지. 홍살장은
적어도 사대호법은 되어야 시전할 수 있다 하던데……. 아무래도 일이
심상치 않구나. 피죽개야, 너는 먼저 허 의원을 청해 분타로 가 있어
라. 그리고 총단으로 일급비표를 날리도록 해라. 어서 서둘러라."

피죽개가 신법을 발휘해 떠나가고 나서 개방도들이 엉성하게나마
들것을 만들어왔다. 벌목개는 여인을 들것에 실은 후 이결제자인 몽면
개(夢面丐)에게 십여 명의 개방도와 함께 분타로 후송하도록 지시한 후
남은 십여 명의 개방도를 이끌고 감강채 부채주의 시체가 있는 곳으로
갔다.

벌써 동녘 하늘이 서서히 밝아오고 있었다.

시체가 있는 곳에 당도하여 잠시 고민하던 벌목개는 또 하나의 들것을 만들어 시체를 싣고 감강채로 향했다.

감강채의 채주인 방연은 잔뜩 화가 나 있었다. 원래도 다혈질이어서 성격이 급하고 화를 잘 내어 화룡이라 불리는데 오늘 일은 정말 가슴 밑바닥부터 화가 솟아올랐다.

"아니, 이놈이 왜 아직도 코빼기를 보이지 않는단 말이냐? 벌써 총단에 보고할 시간 훨씬 넘지 않았느냐? 이래 가지고서야 기찰대 '태지 당주라는 놈이 또 지랄을 해도 할 말이 없지 않느냐?"

채주 앞에 도열한 수적들도 행여나 불똥이 어디로 튈지 몰라 전전긍긍하고 있었다.

"찾으러 보낸 놈은 왜 또 연락이 없느냐?"

갈수록 화를 더해가는 방연이었다.

결국 화를 이기지 못한 방연은 앉아 있던 의자를 들어 냅다 집어 던지며 소리를 질렀다.

"꼴도 보기 싫다! 가만히 서 있지 말고 어서 가서 찾아오지 못할까!"

앞서 있던 부하들이 의자와 함께 우당탕 넘어졌다. 그러나 언제 넘어졌냐는 듯 재빠르게 일어나 순식간에 밖으로 사라졌다.

"채주, 고정하시옵소서. 부채주가 까닭없이 이렇게 늦을 사람은 아니지 않습니까? 아이들이 나갔으니 곧 무슨 소식이 있겠지요. 잠시만 기다리시옵소서."

채주의 옆에 서 있던 송 노인이 조용히 말했다. 예순이 넘은 송 노인은 감강채에서 학문을 아는 유일한 사람으로 채의 대소사를 이끌며 때

로는 군사의 역할까지 맡아하니 방연도 함부로 대하지 못하는 사람이
었다. 물론 그는 원래부터 수적이 아니라 십여 년 전에 부상을 입은 채
도적들에게 쫓기다가 장강 근처에서 방연에게 구함을 받아 그때부터
감강채에 몸을 의탁하게 된 것이다.

송 노인의 말에 방연이 조금 진정된 듯 다시 제자리에 갖다 놓은 의
자에 막 앉으려는데 밖에서 소리가 들렸다.

“채주님, 석둡니다.”

“무슨 일이냐?”

“좀 나와보셔야 할 것 같습니다. 구강의 개방 분타주가 왔습니다.”

“아니, 개방 분타주가 무슨 일로?”

평소 내왕이 별로 없던 개방 분타주가 방문했다 하자 의아한 눈초리
로 송 노인을 바라보았다.

“일단 나가보시지요.”

송 노인이 잔뜩 찌푸린 얼굴로 나가볼 것을 청했다. 송 노인에겐 부
채주가 연락이 두절된 이 미묘한 시점에 개방 분타주의 방문이 예사롭
게 받아들여지지 않았다. 방연도 뭔가 불길함을 느끼며 서둘러 밖으로
나왔다.

전각을 나서자 넓은 앞마당에 십여 명의 거지들이 서 있고 그 뒤쪽
으로 부하들이 무리 지어 서 있었다. 방연이 다가가 몇 번 본 적이 있
는 벌목개에게 포권으로 인사를 하였다.

“고명하신 개방 분타주께서 이 누추한 곳까지 어쩐 일이십니까?”

벌목개는 말없이 포권을 취하곤 뒤쪽을 향해 고갯짓을 했다. 개방도
몇몇이 앞으로 들것을 들고 나와 방연의 앞에 내려놓았다. 방연은 이
게 뭐냐는 듯 벌목개를 바라보다 이내 허리를 숙여 얼굴을 가리고 있

는 웃옷을 걷어내었다.

"아니, 이게 어찌 된 일이냐? 부채주가, 부채주가……!"

방연이 부들부들 떨며 말을 잇지 못하자 옆에 있던 송 노인이 재빨리 앞으로 나서며 시체로 다가갔다. 여기저기를 살펴보던 송 노인은 등에 새겨진 장인을 보곤 방연의 얼굴을 바라보았다.

"채주님, 이것이?"

방연은 송 노인의 말에 부채주의 등으로 시선을 옮겼다.

"헉, 청살장? 이게 무슨 일이란 말인가?"

"석두야, 일단 서늘한 곳으로 시체를 치워라."

송 노인은 채주 뒤에 서 있던 석두에게 지시하곤 벌목개에게 물었다.

"이게 어찌 된 일입니까?"

"솔직히 저도 자세한 것은 모르겠습니다. 우리 아이들이 파양호 변에서 간밤에……."

벌목개는 일의 경과를 아는 대로 설명해 주었다.

물론 분타로 보낸 부상 입은 여인에 대한 얘기는 쏙 빼놓았다.

송 노인과 방연은 벌목개의 얘기를 듣고 이것저것 물었으나 그도 더이상은 아는 바가 없는 듯 속시원한 답을 들을 수가 없었다. 방연은 더이상 벌목개로부터 들을 얘기가 없을 듯하자 부채주의 시체를 수습해 준 데 대해 감사를 표하고 떠나가는 개방도를 배웅했다.

벌목개와 개방도들이 떠나고 나서 방연은 송 노인에게 물었다.

"그래, 이 일을 이제 어찌했으면 좋겠소?"

"일단 수색대를 파견하고 채주께서는 무하채로 가시지요. 시체도 함께 가져가십시다."

방연이 생각해도 그게 일의 순서인 듯하여 배 두 척을 하류로 급파하여 하류로 향했다는 감강채의 배를 찾아보라 이르고 시체를 발견했다는 지점으로도 일단의 무리를 보내어 가라앉은 배를 수색하라 일렀다. 그러고 나서 무하채를 향해 출발했다.

무하채의 채주가 머무는 무하각으로 들어선 감강채의 채주 방연은 질책부터 들어야 했다.

"지금이 몇 시인데 이제야 어슬렁거리며 나타난단 말이오? 이래 가지고서야 파양호의 통제가 제대로 되겠소! 우리가 무엇 때문에 여기까지 와 있는지 잊었단 말이오?"

기찰대 외당 소속의 네 개 당 중 태지당(兌池黨)의 당주가 눈에 불을 켰다. 쭉 째진 실눈에 뾰족한 턱이 한 마리 살모사를 연상시키는 사내였다.

옆에 앉은 무하채의 채주 구미룡(九尾龍) 구염(具炎)이 보기 민망했는지 태지당주를 달래고 나섰다.

"일단 고정하시고 왔으니 사정 얘기나 들어보시지요."

그리곤 방 채주에게도 한 소리 하였다.

"이제야 오시다니 방 채주도 좀 심했소이다. 자, 우선 앉아서 얘기해봅시다. 여기 차 좀 내오너라."

구 채주가 방 채주에게 자리를 권하며 시비에게 차를 시켰다.

그러나 방 채주는 선 채 붉게 상기된 얼굴로 씩씩댈 뿐이었다. 그렇지 않아도 간밤의 일로 심기가 불편한 마당에 마치 아랫것 다루듯 하는 태지당주 놈이 아주 못마땅했기 때문이다.

언제 방 채주가 이런 대접을 받아보았겠는가?

그저 한마디만 하면 알아서 기는 수하가 몇백인데.

옆에 있던 송 노인이 이대로 있어선 안 될 것 같아 얼른 한 발 나서며 말하였다.

"사실은 간밤에 순찰을 나갔던 저희 배 두 척이 습격을 당한 듯합니다. 유일하게 부채주의 시신만 찾았는데 그것이… 청살장에 당한 듯합니다."

송 노인의 말이 떨어지기가 무섭게 태지당주와 구 채주는 자리를 박차고 일어났다.

"뭣이라고? 그 말이 사실이오?"

태지당주가 믿기지 않는다는 듯 다시 한 번 확인하고 나섰다.

"흥! 시체를 가져왔으니 나가서 직접 확인해 보면 될 것 아니오?"

방 채주가 뒤틀린 심사에 퉁명스럽게 말을 뱉었다. 태지당주는 사나운 눈초리로 방 채주를 한 번 바라보곤 밖으로 급히 나갔다. 그 뒤를 구 채주가 허겁지겁 따라 나갔다.

밖으로 나와 길쭉한 나무판자 위에 올려져 있는 부채주의 시체를 보자 과연 청살장의 흔적이 확실하였다.

"이놈들이 결국 일을 저지르는구나. 그래서 아예 뿌리를 뽑아야 한다고 우리들이 그렇게도 강하게 주장한 것인데. 구파의 노인네들이 그쯤이면 되었다고 움직일 생각을 않더니 아무래도 큰일이 나겠구나."

심각한 표정으로 혼잣말을 중얼거리던 태지당주가 옆으로 다가와 따라붙은 일조 조장에게 말하였다.

"청살장이 출현했다고 순천부로 전서구를 날려라. 그리고 비상회의를 소집하겠다. 부당주에게 무하각으로 오라 해라."

"대주의 명을 받듭니다."

일조 조장이 뒤돌아서 무하각 뒤편의 급조된 듯한 목조 건물로 뛰어
갔다.

"구 채주, 각 수채의 채주들을 소집합시다. 일이 심상치 않습니다."

옆에 있던 무하채의 구 채주도 덩달아 근심 어린 표정으로 대답했
다.

"그리하십시다. 내 각 채에 기별을 하리다."

한 시진 후 무하각의 원탁에 모인 무하강, 감강, 신강, 수강, 요강의
채주들은 상의 끝에 당분간 비상 경계령을 내리고 파양호 주변의 순찰
을 더욱 강화하기로 하였다. 그리고 급히 대별산맥으로 별동대를 파견
하여 연왕의 큰왕자를 맞이하기로 하였다. 연왕파와 파양호채가 손을
잡고 동정호채를 치기 위해 지금 왕자가 이곳으로 오는 길인 것이다.
뒤이어 일천의 군사들이 합류할 예정인데 이런 중요한 시기에 혹시라
도 명교가 왕자를 노린다면 큰일이 아닌가? 그들은 서둘러 대별산맥을
향해 말을 달렸다.

제4장
강호행

며칠 전의 비로 인하여 더위가 많이 가신 듯했지만 그래도 무창의 여름밤은 무더웠다. 수많은 호수가 자리한 호수의 도시답게 간간이 부는 바람 속에 가득한 습기가 꽤나 사람들을 괴롭혔고 그나마 그런 바람마저도 거의 없는 밤이었다.

해광농포가 훤히 보이는 낮은 구릉 위에 자리한 석가장.

그 깊은 내원의 성심전에서 더운 날씨에도 전각의 문을 굳게 닫은 채 가주를 비롯하여 석가의 수뇌들이 참석한 회의가 진행 중이었다.

"아무래도 무슨 일이 생긴 듯하옵니다. 매일 오던 연락이 삼 일째 두절입니다. 파양호에 들기 직전에 보내온 전서구가 마지막이니 결국 파양호에서 일이 잘못되었다고 보아야 할 것 같습니다."

석가장의 민 총관이 침중한 목소리로 말하였다.

"허허, 결국 안 되는 일인 것을 욕심이 너무 과했단 말인가? 이제 이 일을 어찌해야 한단 말인가?"

가주인 석인영이 허탈한 표정을 지었다.

"아직은 뭐라 단정하기는 어려운 상황입니다. 조금 더 기다려 보시는 것이 어떨는지요."

일의 추진을 강력히 주장했던 둘째 석수영이 미련을 떨치지 못하여 말하였다.

"기다리긴 뭘 더 기다린단 말입니까? 이미 일은 틀렸습니다! 그래서 내 그렇게도 안 된다 하지 않았습니까? 이제 우린 망했습니다, 망했어!"

삼녀인 석소연의 남편이자 석가전장의 부전주인 나종삼이 핏대를 세우며 말했다.

"아니, 아직 정확한 것도 모르는데 어찌 그리 말씀하시는가? 마치 잘못되기를 바라는 것 같구먼."

석수영이 나종삼의 말에 발끈하여 말했다.

"아니, 누가 잘못되기를 바랐단 말입니까? 하도 답답해서 하는 소리지요. 물건을 다 잃어버렸으니 변상을 해야 될 텐데 어디에서 그 돈을 마련한단 말입니까?"

"아니, 잃어버리긴 뭘 다 잃어버렸다고 하시는가? 아직 모르는 일이지 않은가?"

나종삼이 자꾸만 일이 잘못된 것으로 간주하며 말하자 석수영이 버럭 소리를 질렀다. 회의의 분위기가 고성이 오가며 험악해지려 하자 한쪽에서 침묵을 지키던 손 장로가 나섰다.

"자, 다들 진정 좀 하시지요. 모두 석가장이 잘되길 바라는 맘은 같을 것입니다. 서로 간에 감정적으로 말씀하지 마시고 이런 때일수록 이성적으로 해결책을 찾아야지요."

손 장로의 말에 다소 분위기가 진정된 듯하자 민 총관이 다시 나섰다.

"사실 우리 석가표국의 배가 파양호파에 억류되었다면 이제까지의 과례대로 협상을 통하여 사람들은 모두 인계받을 수 있을 것입니다. 다만 이번의 표물은 인계받기가 조금 힘들 것 같으니 거기에 대한 대책이 있어야 할 줄 압니다."

"대책은 무슨 대책입니까? 돈으로 물어내야지요. 여러 사람의 만류에도 강행하자 하신 상회의 회주와 표국의 국주께서 반반씩 마련하시면 되겠네요."

나종삼이 다시 퉁명스럽게 말을 내뱉었다.

"아니, 반을 왜 상회에서 물어냅니까? 일을 망친 표국에서 책임을 져야지요."

상회의 부회주이며 넷째 석미화의 남편인 이광욱이 말도 되지 않는다는 듯 눈을 크게 뜨고 항변했다.

평소에 이광욱과 사이가 좋은 이 장로가 옆에서 거들었다.

"그렇습니다. 일의 책임을 가리자면 표물 운송 중에 잘못된 일입니다. 당연히 표국에서 책임을 져야지요."

일의 책임 소재로 갑을박론이 벌어지자 석수영마저 은근히 뒤로 빠져 아무 말도 하지 않았다.

"어찌 표국에게만 책임을 묻는단 말인가? 우리 모두가 협의하여 결정한 것일세."

가주인 석인영이 불편한 심기를 드러내며 답답한 듯 한마디 하였다.

"가주님, 이미 착수금으로 받은 돈이 은자 이만 오천 냥이옵니다. 표물을 못 찾는다면 배상금이 무려 은자 오만 냥입니다. 이렇게 되면 우리 석가장은 올 일 년 장사를 헛한 게 되옵니다. 더구나 정국이 어수선한 때라 돈을 융통하기도 어려워 결국은 상회지부든 표국지부든 헐값에 팔아야 하는 사태가 올 것입니다. 그런데 이런 일에 아무도 책임이 없다니요.”

누가 전장의 부전주 아니랄까 봐 돈 걱정부터 하는 나종삼이었다.

‘흥, 정말 믿을 놈이 하나 없구나. 장로야 그렇다 쳐도 친형이요, 자형이란 놈들이 하나같이 돈 걱정만 하고 앉았다니……. 아마 제 마누라가 소식이 두절되었다면 입에 거품을 물고 달려갈 테지. 그나저나 이놈의 마누라가 그예 일을 저지르는구나. 내 말을 발톱의 때만큼도 여기지 않더니 꼴 좋게 되었다. 흥! 그래도 큰 수모는 당하지 말아야 할 텐데……. 연왕파의 기찰대라면 아녀자에게 막 대하진 않겠지.’

석목영은 아연에 대한 걱정으로 속이 바싹 탔다. 그런데 회의는 엉뚱한 방향으로 흘러가는 게 아닌가? 그는 결국 한마디 하고 나섰다.

“아니, 지금 무슨 말씀들을 하시는 겁니까? 선부들까지 이백여 명의 목숨이 달린 일입니다. 일단은 당장 파양호로 가서 일이 어찌 된 것인지 알아봐야지요. 진정 장강의 파양호파의 짓이라면 박살을 내서라도 사람과 표물을 찾아야지요. 여기서 왈가왈부할 게 아닙니다. 내 돈을 몽땅 걸었는데 못 먹을 것 같으면 판을 뒤집어서라도 파탄을 내야지요. 암요. 두 눈 버젓이 뜨고 생돈을 거저 줄 수야 없지요.”

잘 나가던 목영이 결국 도박 얘기로 끝을 맺자 다들 웃을 수도 없고 울 수도 없는 묘한 분위기에 빠져 버렸다. 목영의 맞은편에 앉았던 진 장로가 헛기침을 하며 다시 분위기를 잡으며 나섰다.

“표국주의 말에도 일리가 있습니다. 일단은 파양호로 가서 사태를 보며 대처하는 것도 한 방법이지 않습니까?”

“아니 됩니다.”

상회의 부회주인 이광욱이 다시 나섰다.

“괜히 가봐야 인질 수만 늘어납니다. 그것은 오히려 협상을 더욱 어렵게 하는 것입니다. 일단은 기다리는 것이 상책입니다. 기다렸다가 파양호파에서 연락이 오면 그때 무당에 중재를 요청하는 것이 우리가 할 수 있는 최선일 것입니다.”

목영은 두 눈을 쭉 째며 자형(姊兄)을 바라보았다.

‘아니, 나를 뭘로 보고. 내가 그깟 수적 놈들에게 인질이 될 성싶나? 겁쟁이들 같으니라고.’

그는 이광욱의 말에 발끈하여 탁자를 내려치며 벌떡 일어나서 말했다.

“어차피 표국의 일은 표국의 손으로 해결을 봐야겠지요! 제가 가서 해결해 보고 정 아니 되면 표국을 팔아서라도 형님들 손해 안 가게 할 테니 걱정들 마시구려! 흥!”

그는 호통 치듯 말을 뱉어내곤 콧방귀를 뀌며 그대로 성심전을 뛰쳐나갔다.

“이보시게, 국주! 국주!”

목영이 그대로 나가 버리자 가주인 석인영은 안쓰러운 표정을 지었다.

“그 녀석, 나이가 들어서도 천방지축, 안하무인이구나. 그나저나 제수씨가 갔는데 연락이 두절되었으니 답답도 하겠지.”

석인영은 깊은 한숨을 쉰 후 말을 이었다.

“어쩌다 일이 이 지경이 되었는지. 다 내가 부덕한 탓인 것을…….

진 장로께서 따라가 위로 좀 해주시지요. 그래도 어려서부터 진 장로
의 말이라면 잘 듣지 않았습니까?"

"예, 알겠습니다."

진 장로가 근심 어린 얼굴로 대답하곤 밖으로 나갔다.

"양 총관! 양 총관!"

목영이 표국 문을 거칠게 밀며 들어와 다짜고짜 양 총관을 찾았다.
한쪽 창고에서 물목을 점검하던 양 총관이 화들짝 놀라며 뛰어나왔다.

"예, 국주님. 찾으셨습니까?"

"하 대주와 함께 표심전으로 오게."

목영은 씩씩대며 말하고는 대답도 듣지 않고 표심전으로 들어갔다.
막 시비가 내온 냉수 한 사발을 비우는데 양 총관이 하 대주와 함께 들
어왔다.

"어인 일이신지요?"

하 대주가 본가에서 회의를 한다 들었는데 막 돌아온 목영이 자신과
양 총관을 찾자 궁금하여 물었다.

"지금 당장 동원할 수 있는 표사가 총 몇 명인가?"

"한여름이어서 나가 있는 표사가 많지는 않으니 한 백여 명은 될 것
이옵니다. 그런데 무슨 일이신지요?"

"쓸 수 있는 배 중 가장 빠른 배는?"

"비룡호가 있습니다."

배의 관리는 총관의 몫이니 양 총관이 나서서 말하였다.

"하 대주는 지금 당장 동원 가능한 표사들을 한 시진 이내에 비룡호
에 태우시오. 양 총관은 뱃길에 필요한 것들을 준비해 주고요. 한 시진

이후에 떠날 것이니 그리 아시고 서두르세요. 그리고 당분간 표국 일
은 양 총관이 알아서 하시고 곽 대주가 돌아오거든 표행에 나서지 말
고 표국에 머물러 있으라 하세요. 자, 얼른 나가서 서두르세요.”

“알겠습니다.”

평소와 다른 목영의 태도에 뭔가 일이 잘못되었음을 직감한 양 총관
과 하 대주는 이것저것 묻지 않고 바로 나왔다.

양 총관과 하 대주가 밖으로 나와 마당에 내려서는데 진 장로가 들
어섰다.

“장로님을 뵙습니다.”

둘이 공손히 인사하자 진 장로는 손을 들어 보이며 물었다.

“국주님 안에 있는가?”

“예, 들어가 보시지요.”

하 대주와 양 총관은 진 장로의 뒷모습을 보다 서로 간에 눈빛을 교
환하고는 국주의 명대로 준비를 서두르기 시작했다.

“국주, 어찌하려고 하시는가?”

진 장로가 근심 어린 표정으로 물었다.

“뭐 이것저것 볼 것 있습니까? 내가 파양호채에 찾아가서 표사들과
표물을 찾으면 그만 아닙니까?”

목영이 심드렁하게 대꾸했다.

“모두들 걱정이 태산인데 자네마저 이러면 어찌하는가? 그렇게 무
턱대고 달려든다고 일이 해결되겠는가? 부국주의 일 때문인 줄은 알지
만 그래도 전체의 의견을 들어보고 따라야 하지 않겠는가?”

“그런 말씀 하시려거든 돌아가세요. 저는 어찌 됐든 바로 떠날 것입

니다. 앉아서 얘기나 해봐야 어차피 해결될 일은 하나도 없습니다. 모두가 그저 제 앞가림만 하려 들지 않습니까?”

목영이 의외로 강하게 나오자 잠시 고민하던 진 장로가 같이 가기를 청하였다.

“정히 가겠다면 나도 함께 감세.”

목영이 빤히 진 장로의 얼굴을 바라보다 대답하였다.

“저야 같이 가주신다면 고맙지요. 해시(亥時:밤9시~11시) 말까지 장강 선착장으로 오세요. 대신 아무에게도 말하지 마시구요. 괜히 시끄러워지니까요. 아셨지요?”

진 장로가 일어나자 목영도 슬슬 떠날 준비를 하기 시작했다. 옷과 여비 등 간단히 행장을 꾸리고 마지막으로 검과 소도를 허리에 찼다. 모든 준비가 끝나자 아들인 무화에게 들러 일이 있어 며칠 나갔다 올 테니 그동안 양 총관 말 잘 듣고 있으라 일러놓고는 선착장으로 향했다.

대별산맥(大別山脈).

산길이 험함에도 불구하고 예로부터 하남에서 장강에 이르는 가장 빠른 길이어서 사람들은 이 산을 가장 많이 이용하고 있었다. 그중에서도 무승관(武勝關)은 남북으로 연결된 교통의 중심이 되는 고갯길이었다.

무승관의 초입에 막 한 떼의 인마가 나타났다. 청색 장포를 잘 차려 입은 이십여 세의 청년을 중심으로 십여 명의 흑색 무복인들이 사방을 경계하며 앞서고 있었으며 옆에는 백색 무복을 입은 초로인이 말 머리를 나란히 하고 있었다. 그리고 다시 뒤쪽으로 사십여 명의 사내들이 따르고 있었다.

"왕사님, 과연 대별산은 웅장하면서도 운치가 있습니다. 아버님이 이번 기회에 대명천하의 강산을 보고 느껴보라 하신 말씀을 좀 알 것 같습니다."

"예, 그렇지요. 절경에 속하진 않으나 그 기세만은 대단한 산이지요. 그러나 드러난 기세만을 보아선 아니 되옵니다. 아버님이 하신 말씀은 웅장한 외경보다 그 속에 간직된 역사의 흐름을 곳곳에서 직접 보고 느껴보시라는 것이지요."

웃음 띤 얼굴로 산세를 휘 둘러보며 말하던 노인은 옆의 청년을 바라보며 작게 덧붙여 말하였다.

"천하가 넓다 하나 모두가 사람 사는 세상이지요. 이 자연과 어우러진 이 시대의 백성이 과연 무슨 생각을 하는지, 또 무엇을 바라는지 느끼실 수만 있다면 능히 넓은 천하를 품으실 수 있을 것이옵니다."

이 노인은 바로 모산파의 장로인 무극검(無極劍) 무유자(無惟子)였다. 명교와의 일전 이후 구파와 왕부의 사이가 멀어지고 그 일의 원인이 되어버린 명교의 배교자(背敎者)들을 맡게 된 연왕이 생각 끝에 왕사로 초빙한 고수였다.

모산파는 구파에는 속하지 않으나 도가의 유명한 문파로서 이 기회에 자파의 세력 확장을 꾀하고자 연왕부의 요청을 흔쾌히 수락한 것이었다.

슈슉!

노인이 막 말을 마치며 몸을 바로 하는데 갑자기 양쪽 숲에서 수십 자루의 비도가 날아들었다.

"앗! 왕자님을 보호하라!"

청년의 뒤에서 말을 타고 따라오던 한 중년 거한이 비도를 쳐내며
소리쳤다.

"어딜."

무유자는 재빨리 말등을 박차고 날아올라 청년의 옆구리를 잡아채
며 허공에 소맷자락을 휘돌렸다.

따다당!

비도는 마치 철판을 때린 듯 쇳소리를 내며 모두 튕겨져 나갔다.

바로 모산파의 절초인 무극팔괘장이었다.

그사이 앞뒤에 있던 흑의인들이 거리를 좁히며 원진을 형성했다. 중
년 거한이 좌우를 둘러보니 이미 대여섯 명의 수하들이 비도에 맞아
쓰러져 있는 것이 보였다.

"웬 놈들이냐? 당장 나서거라!"

흑의거한은 비도가 날아왔던 방향을 향해 노성을 내질렀다.

그때 또다시 비도가 날아들었다.

슈숙!

그러나 이미 원진을 형성한 흑의인들은 물샐틈없는 방어막을 펼쳐
비도를 막아냈다. 그러나 잠시 비도에 정신을 뺏긴 사이 양쪽 숲에서
복면인들이 우르르 튀어나왔다.

"앗! 놈들을 막아라!"

흑의거한이 부하들을 독려하며 검을 짓쳐 나갔다. 어른거리는 검기.
그는 검을 빠르게 변환시키며 육합검을 전개하기 시작했다. 허공에 그
려진 검영(劍影)에 네 명의 복면인이 순식간에 가슴을 찔린 채 붉은 핏
줄기를 뿌렸다.

그 흑의거한은 연왕 휘하 기찰대 소속의 건천당(乾天黨)을 이끌고 있

는 당주 조지명(趙志明)이었다.

그는 일찌기 뜻을 품고 화산에 올라 육합검법과 낙영장법을 사사한 후 군문에 뛰어들었다. 한창 승승장구하던 중에 상사가 뇌물을 받고 자기 대신 다른 놈을 승진시킨 것에 격분, 상사를 죽도록 구타해 결국 하극상의 죄로 처형될 위기에 빠지고 말았다. 그때 연왕부와 가깝던 이기융(李起隆) 장군의 구명으로 목숨을 건지게 되어 사병(私兵)의 신분으로 연왕의 기찰대에 몸을 담게 된 것이다.

그러나 그의 활약에도 불구하고 전황은 전혀 그들에게 유리하지 않았다. 복면인들의 협봉검이 뱀의 혓바닥처럼 날름거리며 흑의인들을 사정없이 몰아붙여 원진이 위태로울 지경이었다. 벌써 바닥에 뒹구는 수하들이 십여 명을 넘고 있었다.

"부당주, 안 되겠다. 신호탄을 쏘아라."

그의 말에 왕자의 옆에서 검을 치켜들고 있던 한 사내가 품에서 죽통을 꺼내어 하늘을 향해 줄을 당겼다.

펑 소리와 함께 불꽃이 피어올랐다.

뒤에 따라오고 있는 이화당(離火黨)과 진뇌당(震雷黨)의 동료들을 부르는 신호였다. 한꺼번에 너무 많은 인원이 움직이면 아무래도 이목을 끌게 되니 두 당의 인원은 뒤에서 일정 거리를 두고 따르는 중이었다.

'제발 조금만 더 버텨주거라.'

그는 불안한 눈으로 원진을 바라본 후 다시 복면인들에게 달려들었다.

"이랴! 이랴!"
두두두두!

뒤를 따르던 이화당과 진뇌당의 대원들은 신호탄이 오르자 말에 박차를 가하였다.

히이잉!

그런데 그들이 십여 장까지 다가왔을 때 갑자기 앞서 달리던 말들이 비명을 내지르며 앞으로 고꾸라졌다. 가는 철선이 길을 막고 있었던 것이다.

말에 타고 있던 흑의인들은 쓰러지는 말등을 박차고 훌쩍 뛰어올랐다. 순간적으로 임기응변을 발휘하여 말과 함께 바닥을 구르는 것은 모면했지만 그들이 허공으로 뛰어오르자 이번엔 뒤를 이어 수십 자루의 비도가 그들을 향해 날아들었다.

"차앗!"

허공에 뜬 채 검을 휘둘러 비도를 쳐내려던 흑의인들은 그러나 느닷없이 비명을 내지르며 아래로 곤두박질쳤다.

"으악!"

풀썩 떨어져 내린 흑의인들은 여기저기 심한 자상으로 피를 흘리고 있었다. 위에도 철선이 가로질러 있는 모양이었다.

"물러서라!"

뒤쪽에서 한 흑의인이 호통을 지르며 날아올라 철선이 가로지른 듯한 허공에 검기를 뿌렸다. 뒤쪽에 있던 진뇌당주였다.

챙!

한 소리 맑은 음향이 들리며 철선이 끊어져 나갔다. 그는 이어 땅으로 내려서며 아래쪽의 철선도 끊어버렸다.

"대열을 정비하라!"

그러나 대열을 채 갖추기도 전에 또다시 비도가 날아들었다.

따당!

흑의인들이 비도를 막아가는데 갑자기 앞쪽 숲에서 복면인들이 튀어나왔다. 날름거리는 뱀의 혓바닥 같은 폭 좁은 협봉검이 흑의인들의 목을 노리고 달려들었다.

"헛!"

깜짝 놀란 흑의인들이 검을 치켜들었다. 그 순간 복면인들 뒤에서 다른 복면인이 불쑥 나서며 비도를 뿌렸다. 예상치 못한 공격에 흑의인들은 비도를 맞고 땅을 굴렀다.

"으악!"

"커억!"

또다시 십여 명이 흑의인들이 비명 속에 쓰러지고 말았다.

"거리를 주지 말고 공격하라!"

화가 머리끝까지 치솟은 진뇌당주가 검기를 뿜어내며 검을 휘둘렀다.

"으악!"

진뇌당주의 검에 협봉검을 휘두르던 복면인이 비명과 함께 무너졌다.

"이놈들!"

옆에 있던 이화당주도 사정없이 복면인을 베어나갔다. 두 당주가 정신없이 검을 휘두르며 복면인들을 베어 넘기자 두 복면인이 그들의 앞을 막아섰다.

땅!

검이 부딪치며 맑은 쇳소리를 토해내었다.

'보통 놈들이 아니구나.'

진뇌당주는 검으로 전해져 오는 진동의 여파를 털어내며 소리쳤다.

"웬 놈들이냐? 정체를 밝혀라!"

"크크크!"

복면인은 괴소를 흘리며 다시 협봉검을 찔러왔다. 한데 이번엔 협봉검에 홍기가 어른거리더니 검끝이 세 개로 쩍 갈라지며 양 어깨와 가슴을 동시에 노리는 게 아닌가?

"앗! 홍색삼인검(紅色三刃劍)!"

진뇌당주는 경악성을 터뜨리며 급히 검을 사선으로 올려쳐 두 검기를 비켜내고 좌로 빙글 돌아 우측의 검기를 피했다.

"흥! 이 배신자! 이제야 알아보는구나! 알았으면 목을 내놓거라!"

복면인은 이를 갈며 다시 달려들었다.

한편 건천당주에게도 홍색삼인검이 쇄도해 왔다.

세 개의 검날이 건천당주를 압박하며 쇄도하자 건천당주는 계속 뒷걸음질칠 수밖에 없었다. 복면인의 협봉검은 더욱 빨리 움직이며 건천당주의 검 사이를 파고들었다.

"헉!"

여기저기 작은 상처를 입으며 겨우 버티던 건천당주는 결국 왼팔에 일검을 맞고 말았다. 땅을 구르는 뇌려타곤의 수법으로 겨우 다음 검날을 피해낸 건천당주는 벌떡 일어나 이를 악물었다.

"이놈!"

그때 지금까지 왕자의 곁을 지키던 무유자가 땅을 박차고 오르며 소리쳤다.

"왕자님을 보호하게!"

뛰어오른 무유자는 검을 빼 들며 모산파의 무극대력파(無極大力波)를 끌어올렸다. 그의 검이 백색 검기에 휩싸이며 우웅 하며 울음을 토했다. 무유자는 그대로 복면인을 향해 검을 내려쳐 갔다.

복면인은 갑자기 뒤에서 다른 사람이 튀어나오자 놀란 듯 잠시 멈칫하더니 검의 방향을 바꾸며 달려들었다.

"흥!"

무유자는 코웃음을 치며 검에 힘을 더했다.

땅!

두 검이 허공에서 부딪치자 복면인은 검력을 이기지 못하고 뒤로 다섯 걸음이나 밀려났다.

"흥! 제법이구나!"

그는 다시 바닥을 차며 무유자에게 쇄도했다. 그러나 막 검이 부딪치는 순간 갑자기 상대의 검이 자신의 검을 쭉 끌어당기는 것이 아닌가?

무유자가 검에 흡자결을 실은 것이었다.

"엇?"

그는 깜짝 놀라 허둥거렸다. 그 순간 무유자의 검이 복면인의 검을 타고 넘으며 가슴을 베었다.

"으악!"

그는 결국 가슴 어림에 깊은 상처를 입은 채 뒤로 물러서고 말았다. 무유자는 검을 거두며 그 복면인에게 물었다.

"정체를 밝혀라! 무엇 때문에 우리를 공격하는 것이냐?"

"크크크크크!"

그때 기분 나쁜 웃음소리와 함께 숲에서 한 노인이 느린 걸음으로 걸어와 무유자의 앞에 섰다.

"어쩐지 너무 싱겁다 했더니 제법 한 수 하는 놈이 있었구나."

활불이라 해도 하등 이상할 것이 없는 뚱뚱하고 인상 좋은 노인이었다. 그러나 목소리만은 음산하기 그지없었다.

노인은 무유자의 이 장 앞에 서더니 천천히 손을 들어 일장을 뻗어 내었다. 순간 하얗게 탈색된 손바닥에서 하얀 작은 구슬이 튀어나와 무유자에게 쏘아져 나갔다. 바로 명교의 삼색신장 중 최고라는 백살장이었다.

무유자는 바싹 긴장하여 전신의 공력을 끌어 모았다. 이 노인이 나설 때부터 이미 쉽지 않은 상대라 느껴졌기 때문이다. 무유자는 백색 검기를 머금은 자신의 검을 다가오는 작은 하얀 점을 향해 찔러갔다.

둥~

북소리 같은 낮은 소리가 퍼져 나가며 검과 점이 만났다. 둘은 서로 조금치의 양보도 없이 팽팽히 맞섰다. 그러나 시간이 지남에 따라 무유자의 두 발은 땅에 붙은 채로 서서히 뒤로 밀리고 있었다. 전 공력을 끌어올려 대항했지만 이 노인의 공력은 상상 이상이었다.

"차앗!"

한참을 밀려가던 무유자는 한 소리 기합성과 함께 뒤쪽에 놓인 오른발로 땅을 박차며 검끝을 중심으로 몸을 띄워 하얀 구체를 뒤로 흘렸다. 숲을 향해 날아가던 하얀 구체는 아름드리 나무와 부딪치자 빛살처럼 퍼져 나갔다.

파바박!

삼 장 이내의 나무 둥치에 숭숭 구멍이 뚫렸다. 그 광경에 무유자는 등 뒤로 오싹함이 훑고 지나감을 느꼈다.

‘중(重) 가운데 산(散)의 내력을 실을 수 있다니…….’

무유자는 다시 검을 상단세로 세우며 물었다.

“귀하는 누구요?”

“나는 명교의 천(天)호법인 강인수라 하네. 자네들은 오늘 여기를 벗어날 수 없을 것이야.”

말을 마친 천호법은 느리게 하던 말투와는 반대로 삼 장의 간격을 순식간에 좁히며 다가들었다. 무유자도 다시 무극대력파를 끌어올리며 맞서 나갔다.

자신이 물러난다면 이 노인을 감당할 사람이 일행 중엔 아무도 없지 않은가? 어떻게든 자신이 노인을 막아야 했다. 그러나 요행수가 따르지 않는다면 자신이 승기를 잡기는 어려울 것 같았다.

막 둘이 어우러져 가는데 갑자기 말 울음소리가 들렸다. 옆에서 기회를 보고 있던 건천당주가 왕자와 함께 전장을 벗어나 도주의 길을 택한 것이다.

“앗! 잡아라!”

힘차게 질주하며 멀어지는 둘을 보며 몇몇 복면인들이 쫓으려 하였다. 그러나 건천당의 대원들이 악착같이 공격하며 복면인들의 앞을 막았다.

“비켜라, 이놈들!”

쫓으려는 자와 막으려는 자가 서로 필사적으로 부딪치는 가운데 대형이 흐트러지자 장내는 순식간에 혼전에 빠졌다.

혼란한 틈을 타 무유자는 노인에게 공격하는 듯하다가 왕자가 사라진 방향으로 몸을 날리며 외쳤다.

“산개하여 도주하라!”

“와아!”

무유자가 몸을 빼자 건천당의 대원들은 사방으로 달아나기 시작했다.

“이놈들, 어딜 달아나느냐?”

그들을 쫓아 복면인들이 흩어지자 몇몇 건천당의 대원들이 우르르 뒤쪽으로 몰려갔다.

“앗, 뒤쪽에도 놈들이 있다!”

이화당과 진뇌당을 막고 있던 복면인들은 갑자기 뒤쪽에서 건천당의 대원들이 달려들자 순간적으로 당황하여 우왕좌왕하였다.

“훙, 이놈들. 다음에 보자.”

그사이 이화당과 진뇌당의 대원들도 포위망을 뚫고 어떤 이는 숲으로, 어떤 이는 오던 길로, 어떤 이는 앞으로 흩어져 달아나기 시작했다.

“이놈, 게 섯거라!”

천호법은 멀어져 가는 무유자에게 다시 백살장을 날렸다. 무유자는 뒤돌아서며 신중하게 검끝으로 날아오는 장력을 다시 막았다. 그러나 이번엔 같이 맞서지 않고 구체에 검끝이 닿는 순간 두 발을 띄워 올렸다. 검끝이 하얀 구체에 밀리며 뒤로 순식간에 밀리자 거리를 좁히던 천호법의 모습이 다시금 멀어지기 시작했다.

쭉 밀려가던 무유자는 어느 순간 좌측의 나무 밑동에 일장을 내질러 그 반탄력에 몸을 팽그르르 돌리며 우측으로 피했다가 하얀 구체가 멀어지자 다시 신법을 전개해 빠르게 사라져 갔다.

“이런 쥐새끼 같은 놈들.”

천호법은 멀어지는 그의 뒷모습을 보며 발을 굴렀다. 안타까운 듯 무유자가 사라지고 나서도 한참이나 그쪽을 바라보던 천호법은 몸을 돌리며 수하들에게 말했다.

"일단 철수한다!"

건천당주와 싸우다 무유자에게 일검을 맞은 홍기당주가 울분을 참지 못하고 말했다.

"천호법님, 당주놈들이라도 잡읍시다! 그 배신자들을 놓아줄 순 없습니다!"

천호법이 잠시 안쓰러운 표정으로 홍기당주를 바라보다 깊은 한숨으로 말하였다.

"네 마음을 모르는 바 아니나 교주님의 명이 지엄하다. 왕자를 잡되 놓친다면 더 이상 쫓지 말고 퇴각하라 하셨다. 꼬리야 드러난다 하여도 몸통은 아직 보여선 아니 된다 하셨느니라. 개방의 눈을 의식하지 않을 수 없음이다. 자, 다들 돌아가자."

천호법이 앞장서자 모두가 따라 움직이기 시작했다. 그들은 부상자들을 부축하여 앞쪽으로 가다가 샛길로 접어들어 걸음을 빨리하기 시작했다.

산속의 밤은 생각보다 일찍 찾아왔다. 어두운 숲 속. 산길 옆의 수풀 속에 두 사내가 아름드리 나무에 등을 기댄 채 마주 보고 앉아 있었다.

"건천당주, 상처는 좀 어떠시오?"

"별것 아니옵니다. 신경 쓰지 마옵소서."

자신의 왼팔을 슬쩍 내려다보며 장대한 체구의 사내가 송구스런 표정을 지었다. 이 두 사람은 바로 도망치던 건천당주 조지명과 연왕의 큰왕자 주고치였다. 말을 달리던 둘은 산 정상이 가까워지며 말을 타고 가기가 어렵게 되자 할 수 없이 말을 버리고 걸어서 산행을 하기 시작하였다.

그러나 겨우 한 고개를 넘었는데 날이 어두워지자 옆의 숲으로 숨어든 것이다. 여름이었지만 대별산의 밤은 무척이나 쌀쌀하게 느껴져 모닥불이라도 피우고 싶었지만 추적을 걱정해야 할 두 사람은 모닥불을 피울 수가 없었다.

"모두들 어찌 되었을꼬."

왕자가 이제야 정신을 좀 차렸는지 대원들을 걱정했다.

"모두들 탈출했을 것입니다."

속으로는 걱정이 되었지만 건천당주는 왕자를 안심시키려 그렇게 말하였다.

"그런데 그 천호법이라는 노인의 무공이 대단하더군요. 천하제일인 줄 알았던 왕사가 밀리다니……. 이제 그 노인이 다시 나타난다면 누가 막을 수 있을는지……."

왕자가 걱정스러운 듯 낮게 속삭였다.

"왕자님, 소신들이 미욱하여 왕자님을 편히 모시지 못하였사옵니다. 차라리 이 몸을 죽여주시옵소서."

건천당주가 얼른 무릎을 꿇으며 부복했다.

"아니아니, 질책하자는 게 아니오. 어서 일어나시오. 나는 그저 현실을 알고자 한 것뿐이니 그런 말은 말고 아는 대로 말을 좀 해주오. 그래, 그 노인은 도대체 누구며 왜 우리를 공격했는지, 그리고 과연 그 노인과 대적할 만한 사람이 누가 있는지……."

건천당주가 다시 몸을 일으켜 앉으며 말하였다.

"그 노인이 자신을 명교의 천호법이라 밝혔으니 우리를 공격했던 자들은 모두 명교의 잔당들이 분명한 것 같습니다."

건천당주의 말에 왕자는 눈을 빛내며 집중하였다. 명교가 누구인지 건천당주는 잘 알고 있는 것 같지 않은가?

"아니, 그놈들이 왜 우리 왕가를 공격한단 말이오? 자세히 좀 말해 보시오."

왕자의 물음에 건천당주가 말을 이었다.

"과거 홍태조님께서 대업을 이루실 때 명교로부터 큰 도움을 받은 것이 사실이옵니다. 그러나 명의 건국 후에 그들은 자신들의 교를 정식 국교로 삼아줄 것을 요구하였습니다. 이에 모든 유림 세력과 무림 문파들이 반대를 하고 나섰습니다. 홍태조님께서는 결국 이들을 버리기로 하셨지요. 그때 공교롭게도 점창과 종남의 장로들이 명교의 무공에 당해 참살된 사건이 발생했습니다. 또한 유림의 대표인 곽요홍(郭饒弘) 학사의 가문이 하룻밤 새 모두 명교 무공에 살해되어 멸문이 된 사건이 발생했습니다. 당연히 구파일방에선 명교가 자신들의 일을 방해하는 세력들을 제거하고자 한 만행이라 판단했지요. 마침내 구파일방을 비롯한 강호무림이 들고일어나 명교를 마교로 규정하고 무림 공적의 처단에 들어갔습니다. 명교가 아무리 뛰어나다 해도 전 강호의 세력을 당해낼 순 없었지요. 서로 간에 큰 피해를 보았지만 서역의 천산에서 교주인 한유하(韓柳阿)가 죽음으로써 마교대전이라 불렸던 다툼이 막을 내리게 되었습니다."

"그렇다면 명교의 잔당들이 복수를 위해 나섰단 말이오? 아니, 제놈들이 잘못을 저질러 놓고 무슨 복수 운운한단 말이오?"

왕자는 어처구니없다는 표정을 지었다.

"그런데 그 후 예전 점창과 종남의 장로들을 살해한 일과 곽 학사의 일이 명교의 소행이 아닌 홍태조님을 따라 명교에서 명나라의 관부에

투신한 자들의 소행이란 소문이 공공연히 돌았지요. 홍태조님께서는 소문을 무마하기 위해 그들의 지위를 박탈하고 슬쩍 우리 왕야님께 맡겨 버린 것입니다. 그들이 현재 이화당과 진뇌당, 그리고 태지당의 대원들입니다.”

이어지는 건천당주의 말에 왕자는 안타까운 표정을 지었다.

“할아버님이 정말 그리하셨단 말입니까?”

건천당주는 홍태조의 일이 거론되자 더욱 황송한 표정으로 말했다.

“왕자님, 하나 이 일은 그저 소문일 뿐이며 아직까지도 확인되지 않은 일이오니 함부로 얘기하지 마십시오. 더구나 왕야께서는 그 일에 대한 언급을 금하셨습니다.”

‘정말이지, 천하를 도모하는 일에는 꼭 권모술수가 판을 치는구나.’

왕자는 아무런 말 없이 그저 고개를 끄덕일 뿐이었다.

“아무튼 그 후 구파일방은 마교대전에 자파 고수들이 많이 희생되어 내치에 힘을 기울이겠다는 이유로 관부를 멀리하게 되었습니다. 하나 실상은 홍태조님에 대한 의구심을 지울 수 없게 되자 자연 관계를 멀리한 것이라 여겨지옵니다. 이렇게 되어 구파일방의 지원을 못 받게 되자 우리 왕부에도 고수의 수가 급격히 줄었으며 또한 대원들의 훈련에도 차질을 빚게 된 것입니다. 왕야께서는 이 힘의 공백을 메우기 위해 구파에는 미치지 못하나 강호의 명문인 모산파에 도움을 요청하셨고 그렇게 해서 무유 진인께서 왕사로 오시게 된 것입니다.”

왕자는 건천당주의 이야기를 다 듣고 나서야 어느 정도 의혹을 해소할 수 있었다.

“그렇게 된 것이구려. 하면 결국은 구파가 나서주어야 명교의 무리들을 막을 수 있단 말이오?”

"솔직히 현실이 그렇사옵니다. 오늘과 같은 소수의 싸움은 개인의 고하가 승패를 좌우하지요. 물론 수만, 수십만이 동원되는 집단전의 승패는 전략과 전술이 승패를 좌우하게 되겠습니다만. 아무튼 그런 이유로 저들이 구파일방과 원수지간이 되었지만 먼저 구파를 건드리지는 않을 것이옵니다. 괜히 구파가 나설 명분을 주게 되니까요. 그보다는 지금의 상황이 우리 연왕야와 건문황제의 대립으로 세상이 어수선하니 그 틈을 노려 세력을 구축하려는 게 그들의 목적이겠지요. 그런데 오늘의 일은 저들이 무엇을 노렸는지 정확히 알 수가 없군요. 아마도 왕자님을 잡아 왕야께 어떤 요구를 하고자 했겠지요. 무슨 일이 있든지 소신이 죽음으로써 왕자님을 보호할 것이니 만약 다시 공격을 받는다면 왕자님은 무조건 피하셔서 장강의 무하채로 가시옵소서. 태지당주가 왕자님을 모실 것이옵니다."

"건천당주, 고맙소. 그러나 그런 이야길랑 하지 마시구려. 어떻게 하든지 같이 빠져나갑시다. 또 왕사께서도 무사히 몸을 피하셔서 우리를 찾고 계실 것입니다. 그런데 구파는 우리의 구애를 아직도 완강히 거부하고 있소이까?"

"구파가 그리 쉽게 움직이진 않을 것입니다. 서로 간에 신뢰가 깨졌으니 시간이 필요하겠지요. 더구나 강호인들은 부귀공명보다는 명분과 의리를 중히 여깁니다. 이 점을 왕자님께서도 잊지 마십시오."

"참으로 세상일이라는 게 알수록 어렵군요. 한데 명교에는 아까 그 천호법과 같은 고수가 몇이나 있을까요?"

"과거의 예를 보면 명교엔 사대호법 위에 두 명의 광명사자, 그리고 부교주와 교주가 있었습니다. 또 교주의 직속 무사들인 오행인이 이끄는 오행기가 있었고 교의 감찰을 맡는 집법전이 있었습니다. 교주의 무공은 그야말로 경천동지할 지경이어서 구파일방의 장문인들을 능가할 지경이었습니다. 결국 무당의 청우자 어른께서 나서서야 제압할 수 있었습니다. 그리고 부교주는 남궁가의 가주였던 남궁소천 대협께 무릎을 꿇었습니다. 아마도 지금의 교주나 부교주는 새로운 인물들일 테니 그 무공의 경지를 알 수는 없겠지만 아마도 대단할 것입니다."

"들으면 들을수록 명교라는 무리가 대단하단 생각이 드는군요. 그런데 말씀하신 청우자와 남궁 대협은 어떤 인물입니까?"

"두 분은 현재 세수가 구십여 세에 이른 무림의 최고 어른들이지요. 두 분은 청년 시절부터 의기투합하여 막역한 친구 사이라 합니다. 강호에선 두 분을 천하이검존(天下二劍尊)으로 부르며 그 무공과 인품을 칭송하고 있습니다. 청우 진인은 무당의 태을진경과 태극혜검을 대성한, 그야말로 구파의 대들보로 자존심 높기로 유명한 소림에서도 한 수 양보하는 원로이옵니다. 그리고 남궁소천 노야는 오대세가 중 남궁가의 전대 가주로 가전검법인 창궁무애검을 통해 심검의 경지를 넘본다 하옵니다. 구파에 밀려 한동안 주춤하던 오대세가의 기둥이자 자존심 그 자체이지요."

왕자가 턱을 매만지며 곰곰이 생각하다 말했다.

"그러면 그 두 사람을 움직여야 결국 구파와 오대세가를 움직일 수 있단 말이겠군요."

"그렇습니다. 그러나 그 두 사람은 이미 은거하여 만나기도 힘이 드니 마음을 움직인다는 건 그야말로 하늘의 별 따기라 하겠습니다."

건천당주가 난감한 표정으로 답답한 표정을 지었다.

"정말이지, 인간관계라는 게 한 번 어긋나면 되돌리기가 쉽지 않군요. 그건 그렇고, 장강의 파양호채로 가면 내가 무엇을 해야 하는 것이오? 우리 연왕부와 파양호파가 연합하기로 했다 들었지만 아버님께 자세한 얘기를 듣지 못했으니 건천당주께서 좀 말해 주시구려.”

“예, 장강에는 십팔 채의 수적 무리가 있습니다. 그중 작은 채에 속하는 청익, 수양, 진강 등 세 개의 채를 제외하면 상류의 금사강채를 비롯한 오 채, 중류의 원강채를 비롯한 동정호파, 그리고 하류의 무하채를 비롯한 파양호파가 있습니다. 평소라면 우리 왕부가 수적의 무리에게 손을 벌릴 필요는 없겠지요. 그러나 응천부의 황제와의 일전을 위해선 장강의 장악은 그야말로 승패의 오 할을 차지할 만큼 중요합니다. 금릉의 응천부를 고립시킬 수 있으며 또한 우리 쪽의 군사를 이동시키기도 유리하며 양쪽 모두에게 보급을 위해서도 꼭 필요한 곳입니다.”

“그렇다면 그렇게 중요한 장강을 어찌하여 관군이 관리하지 않고 한낱 수적의 무리인 장강십팔채가 장악을 하고 있다는 말이오?”

왕자는 이렇게 전략적으로 중요한 장강을 관군이 통제하지 않는다는 것에 의아함을 느꼈다.

“이 장강십팔채는 명의 건국전쟁 때 큰 공을 세웠지요. 그런 이유로 홍태조님께서는 이들이 장강의 이권을 독점하도록 배려하셨습니다. 그러다 보니 지금에 이르러서는 누구도 무시할 수 없는 방대한 세력을 형성하게 되었지요. 물론 관군과는 서로 상부상조하는 관계를 유지하고 있습니다. 그러나 이권이 크면 클수록 다툼이 일게 마련이라, 장강도 예외는 아니어서 총채 격인 동정호파와 파양호파가 대립을 하게 되었습니다. 이를 이용하여 우리 기찰대는 파양호파에 접근하여 파양호채를 내세워 장강을 장악하려 하고 있습니다. 왕자님께서는 파양호파에게 우리 측이 너희를 중히 여긴다는 인상을 심어주시고 또한 파양호파 내에서도 각 수채 간에 힘 겨루기가 한창이니 서로 견제토록 어느 한 편의 손을 들어주지 마십시오. 이제 곧 심어령(沈語玲) 장군께서 일천의 군사를 이끌고 올 것입니다. 그때를 기해 동정호파에 대한 총공격을 감행하여 장강을 장악하고 왕야께서 거병의 기치를 높이시면 우리도 때를 맞춰 응천부로 진격해 들면 될 것이옵니다."

"건천당주의 말을 들으니 내 알고 있던 얘기도 있으나 모르던 얘기도 많아 정국을 이해하는 데 큰 도움이 되는구려. 앞으로도 많은 얘기를 들려주시오."

"왕자님의 은혜가 하해와 같사옵니다."

건천당주는 다시 한 번 부복하며 자신의 얘기가 도움이 되었다고 말해 주는 왕자에게 감사를 표하였다.

"그리고 응천부에서 진행되는 일은 어찌 되었답니까?"

"그게 아직은……. 그러나 곧 좋은 소식이 올 것이옵니다. 이번 거병의 가장 중요한 일로써 우영반과 내당의 사 개 당이 모두 투입되어 총력을 기울이고 있으니 잘 진행될 것이옵니다."

건천당주는 마치 자신의 잘못인 양 송구스런 표정을 지었다.

"잘되어야지요. 천하가 걸린 일인데."

서로 얘기에 심취하다 보니 벌써 동녘 하늘이 뿌옇게 밝아오고 있었다. 왕자는 자리에서 일어나 크게 기지개를 켜며 간밤의 굳어진 몸과 마음을 풀었다. 건천당주도 따라 일어나며 말하였다.

"왕자님, 아직 건량이 조금 남았습니다. 맛은 없더라도 허기나 면하신 후 다시 길을 재촉하시지요."

"맛이 없다니요? 제가 먹은 것 중 아마 가장 훌륭한 저녁이자 아침일 겁니다. 자자, 같이 드십시다."

두 사람은 마주 앉아 어제 저녁에 먹고 남겨둔 건량을 금세 먹어치

우곤 자리를 털고 일어났다.

막 길가로 나서는데 멀리서 다가오는 사람들이 보였다. 건천당주는 기겁을 하며 순식간에 왕자를 옆구리에 끼고 숲으로 뛰어들었다. 나무 뒤에 숨어 살펴보다가 건천당주가 반가운 음성을 토해내었다.

"왕자님, 왕사께서 오시는군요. 어? 좌영반께서도 오셨습니다. 일단 나가시지요."

"그래? 좌영반은 어찌 알고 왔을까?"

왕자가 의아한 듯 말하며 길로 나서서 바라보자 과연 왕사와 좌영반의 모습이 보였다.

"왕자님, 무사하셨군요. 정말 상제님의 보살핌입니다. 제가 왕자님을 편히 모시지 못하여 송구할 따름입니다."

무유자가 다가와 말하자 왕자가 웃음 지으며 대답하였다.

"무슨 말씀입니까. 왕사께서 안 계셨다면 이렇게 웃으며 아침을 맞지 못했을 것입니다. 왕사님도 무사하시니 다행입니다."

그리곤 왕사 뒤에 서 있던 좌영반을 바라보았다.

"왕자님을 뵙습니다."

좌영반 이하 이백여 군사가 부복하자 왕자가 다가서서 좌영반을 일으키며 물었다.

"어서어서 모두 일어나세요. 예를 차릴 자리가 아닙니다. 그나저나 좌영반은 어떻게 오신 겁니까?"

좌영반은 대춫빛의 붉은 얼굴에 부리부리한 눈을 빛내며 말하였다.

"예, 장강의 태지당주로부터 명교의 무리가 움직이니 왕자님의 안위가 걱정된다는 전서구를 받고 어영일대를 이끌고 불철주야 달려오는 길이옵니다. 오다가 왕사님을 만나 자초지종을 듣고 크나큰 근심 중에 이렇게 왕자님의 무사하신 모습을 뵈오니 참으로 하늘에 감사드리고 픈 심정이옵니다.”

“그랬었구려. 그런데 다른 당주나 대원들은 보지 못하였소?”

“예, 싸움의 현장에 도착해 보니 당주들의 시신은 없었습니다. 아마도 당주와 많은 대원들도 탈출했을 것이옵니다. 대별산을 벗어난 후 신호탄을 쏘아 올리면 모두 만날 수 있을 것이니 너무 심려치 마시고 어서 길을 떠나시지요. 아마 태지당주도 대별산 초입에 와 있을 것입니다. 길이 어긋날까 하여 대별산 초입에서 기다리라 연락을 보내놓았습니다.”

“그리합시다.”

막 돌아서려던 왕자가 다시 좌영반에게 말하였다.

“우리 대원들의 시신은 수습을 해주어야지요.”

“이미 일부 대원을 남겨 조치를 취해놓았습니다.”

“잘하셨습니다. 이제 가십시다.”

일행은 다시 길을 재촉하여 대별산을 벗어나 태지당주와 파양호파의 무리와 합류하였다. 또한 헤어졌던 두 당주를 비롯하여 대원들을 찾아 무하채로 길을 향했다. 다시 모인 건천, 이화, 진뇌당의 대원들은 약 오십여 명으로 백여 명의 대원들을 대별산에서 잃은 것이다.

가는 동안 내내 왕자는 좌영반과 네 당주와 함께 명교의 일을 의논하였다. 그러나 명교의 의도조차 짐작하기 어려운데다 그 일에 투입할 대원의 여력조차 없으니 별 뾰족한 수를 찾을 수 없었다. 결국 답답한 가슴으로 무하채에 당도하게 되었다. 이제 명교의 세력이 또 하나의 변수로 등장하게 된 것이다.

오늘 왕자의 도착으로 푸짐하게 음식을 얻어먹은 수강채의 부채주 이두박(李頭博)은 좋은 기분으로 선수(船首)의 난간에 몸을 기댄 채 한 여름밤의 시원한 바람을 맞으며 파양호 주변을 순찰하기 위해 막 선착장을 나서는 길이었다. 이두박은 채주인 이문박의 친동생으로 파양호에선 수강씽이로 유명세를 타고 있는 사내였다.

그의 옆에는 태지당의 이조 조장이란 자가 마찬가지로 난간에 몸을 기댄 채 저물어가는 노을을 바라보고 있었다. 오늘따라 약간 상기된 표정이 왕자가 무사히 도착하여 기분이 들뜬 모양이었다.

수강을 빠져나와 막 구강 쪽으로 방향을 잡아나가는데 멀리서 날렵하게 생긴 멋진 배가 빠른 속도로 다가오고 있었다.

"하하하, 이거 나오자마자 봉황이 제 발로 들어오는구나. 양가야, 저 배를 잡아라."

"예이!"

이 부채주가 흥이 난 목소리로 말하자 양가라 불린 사내가 큰 소리로 대답하곤 선미 쪽으로 가며 소리쳤다.

"앞쪽에 저 늘씬한 놈이 목표다! 서서히 배를 돌려 옆으로 붙어라!"

조타수가 타를 능숙하게 돌리며 대답했다.

"알겠습니다. 조금만 기다리시면 바로 옆으로 대령하겠나이다."

이어서 선실에 있던 수적들이 무장을 갖춘 채 우르르 뛰어나와 난간 옆으로 달라붙기 시작했다.

"와아, 여기가 파양호란 말입니까? 과연 시원스럽군요."

목영은 마치 바다처럼 넓은 호수를 좌우로 둘러보며 감탄사를 토해 내었다. 무창에도 호수들은 많지만 이 파양호에 비할 바는 아니어서 감탄사가 절로 나왔다.

"국주는 이제 어찌할 생각인가?"

진 장로는 한가하게 경치나 감상하고 있는 목영을 답답한 눈으로 바라보며 물었다. 무작정 파양호로 간다기에 따라나서긴 했지만 막상 당도하고 보니 무엇을 어디서부터 시작해야 할지 막막하기만 한 것이다.

"예? 어찌하다니요? 이제 파양호에 왔으니 수적 놈들을 잡아야지요."

"허허."

마치 수적들이 날 잡아가쇼 하고 기다리는 듯 말하자 진 장로는 할 말을 잃었다.

'뭔가 기대한 내가 잘못이지.'

진 장로의 마음을 아는지 모르는지 목영은 연신 노을에 물든 호수를 바라보며 감탄사를 연발했다.

"와, 저 새 좀 보세요. 저렇게 많은 물새는 처음 봅니다."

그러다 아무도 호응해 주는 이가 없자 좀 무안했던지 두어 번 헛기침을 한 다음 진 장로에게 물었다.

"에헴, 한데 파양호의 총채가 무하채라지요?"

진 장로는 애써 고개를 돌리고 있다가 목영의 물음에 마지못해 대답했다.

"으음, 무하채가 맞네."

그러나 이미 기분이 상하여 목소리마저 퉁명스러웠다. 목영은 그러거나 말거나 아랑곳하지 않고 이번엔 하 대주를 불렀다.

"하 대주."

"예."

뒤쪽에 있던 하 대주가 대답하며 뛰어왔다.

"무하강으로 갑시다."

"예?"

하 대주는 그 말에 깜짝 놀라 반문했다. 무하강이라면 관군조차 꺼려하는 무법 지대요, 무하채가 곧 법인 지역이 아닌가? 그야말로 홀홀단신 범의 굴 속으로 들어가는 꼴이었다. 더구나 어느 도적 놈들이 제 소굴을 남에게 보이고 싶어하겠는가?

"하하하, 뭘 그렇게 놀라시는 게요. 무하강으로 가잔 말입니다."

"아, 예예. 그런데 그게 저……."

그는 우물쭈물하며 도움을 청하듯 진 장로를 바라보았다. 그러나 진 장로는 한마디도 거들 생각이 없는지 홱 고개를 돌려 버리며 헛기침만 해댔다.

"에헴."

정말 대책없는 놈이었다. 십오 년이나 무예를 닦았다기에 이젠 좀 철이 들었으려니 했더니 여전히 천방지축 철모르는 어린애였다.

'흥, 수적에게 잡혀서도 그렇게 당당한지 어디 두고 보자, 이놈아. 까짓것, 죽기야 하겠느냐?'

말려야 할 진 장로마저 아무런 말이 없자 하 대주는 할 수 없이 울며 겨자 먹는 심정으로 대답했다.

"아, 알겠습니다."

어쨌든 국주가 아닌가? 하지만 무하강으로 갈 것도 없었다. 멀리서 수적들의 배가 깃발을 휘날리며 쏜살같이 다가오고 있었다.

"이, 이미 마중을 나온 듯합니다. 저희도 준비를 좀 해야겠습니다."

하 대주는 재빨리 뛰어가며 표사들을 불러 모았다.

“모두 공격 대형을 갖추어라!”

여기저기 흩어져 있던 표사들이 그 소리에 일사불란하게 배의 난간을 따라 도열했다. 순식간에 진형을 갖추는 것이 역시 산전수전 다 겪은 노련한 표사들이었다. 그러나 그 모습을 보던 목영은 못마땅한 듯 입꼬리를 말아 올리며 작게 한 소리 하였다.

“준비는 무슨, 그저 무하채로 가자 하면 될 것을. 그런데 진 장로님, 저 배는 어느 채의 배입니까?”

옆에서 듣고 있던 진 장로는 한심한 눈빛으로 목영을 바라보며 말했다.

“깃발을 보니 수강채의 배인 듯하오만. 그런데 국주는 저들이 그저 순순히 국주의 말에 따라 무하채로 안내할 듯이 말하는구려.”

비꼬는 듯한 진 장로의 말에도 목영은 그저 간단한 말로 대답할 뿐이었다.

“너무 걱정하지 마세요. 다 잘될 겁니다.”

빠르게 다가온 배가 급하게 방향을 틀어 목영의 배에 바싹 붙더니 같은 방향으로 달리기 시작했다.

“과연 뛰어난 조타술이로다.”

진 장로가 그 모습을 보며 감탄의 소리를 뱉어냈다. 그러나 마음속은 더 더욱 무거워졌다. 저들의 배 다루는 솜씨가 예사롭지 않으니 이젠 달아나는 것조차 쉽지 않으리란 걱정 때문이었다.

목영은 진 장로의 말에는 대꾸없이 그저 옆으로 다가온 배를 뚫어져라 바라보다 한순간 갑자기 배에 힘을 주며 소리쳤다.

“이보시오! 말 좀 물읍시다!”

내공과 외기를 모두 모아 두목으로 보이는 한 사내에게 집중시켜 소리친 것이다.

목영의 큰 소리에 아랫배에 잔뜩 힘을 주고 당장 배를 멈추라고 소리치려던 이두박은 순간적으로 뱉어내려던 말이 목에 꽉 막혀 버렸다.

"커어억! 컥! 쿨럭! 캐애액, 퉤!"

겨우 침을 뱉어내며 진정한 이두박은 벌게진 눈으로 말하였다.

"무슨 일이냐?"

그 순간 잔뜩 화살을 메기고 있던 수적들은 손에서 힘을 빼며 서로의 얼굴을 바라보았다. 몇십 년 동안의 수적질 중에 이런 대화가 오간 적이 있었던가? 아니, 이런 상황에서 가당키나 한 소리인가?

아무튼 목영은 다시 한 번 큰 소리로 물었다.

"혹시 얼마 전에 이 파양호에서 벌어진 큰일에 대해 알고 있소이까?"

물론 목영은 이 파양호에서 큰일이 있었는지 없었는지 알 턱이 없었다. 다만 명색이 수적인데 그동안 아무 일이 없진 않았겠거니 하고 넘겨짚어 물은 것이다. 그리고 만약 석가장의 배가 예상대로 놈들에게 잡힌 것이라면 그것도 큰일이 아닌가?

한데 목영의 물음에 이두박이 반응을 보였다.

"아니, 네놈이 그것을 어찌 안단 말이냐?"

이두박이 멋지게 속아 넘어가자 목영은 이제 반은 되었다 생각하며 속으로 쾌재를 불렀다.

"그야 그 일의 배후를 내가 잘 알고 있으니 당연한 것 아니오? 그 일로 파양호채와 상의할 것이 있으니 어서 무하채로 갑시다."

이두박의 옆에서 듣고 있던 태지당의 이조장은 아무래도 뭔가 미심쩍은 생각이 들었다. 그렇다면 놈이 명교와 관련이 있다는 말인데 제

발로 찾아오다니 도무지 믿기지가 않았다.

"정말로 네놈이 그들을 잘 안단 말이냐?"

"아니, 평생 속고만 사신 게요? 하하하! 내 자세한 얘기는 채에 도착한 후에 말해 줄 것이니 어서 무하채로 갑시다."

꼬리가 길면 밟힌다고 말이 길어지면 거짓이 탄로날 게 뻔했다. 목영은 더 이상 여기서는 말할 수 없으니 어서 채로 가자고 재촉했다.

"한 가지만 더 묻자. 도대체 너는 그들과 어떤 관계냐?"

이조장은 직접적으로 네가 명교와 무슨 관계냐고 묻고 싶었지만 자신이 배신한 교의 이름을 거명하기가 꺼림칙하여 그냥 그들이라고 표현하였다.

"그들 중에 나의 가족이 있소이다."

달리 마땅한 대답이 없어 사라진 부인과 석가장의 식솔들을 떠올리며 한 말이었다. 하지만 이조장에겐 그야말로 충격적인 말이었다.

'뭣이? 그러면 저놈의 가족이 명교의 잔당이란 말인가? 이거 잘하면 큰 공로가 제 발로 걸어 들어오겠구나.'

이조장은 갑자기 흥분되는 마음을 억누르며 표정 관리에 들어갔다. 왕자도 채에 와 있는 마당에 자신이 왕자 일행을 습격한 명교의 동향을 알아낸다면 단번에 당주로 승진하지 말란 법도 없었다.

"그놈들은 지금 어디에 있느냐?"

이제 이조장은 더욱 목영의 대답에 목을 맸다. 그럴수록 목영은 더욱 느긋하게 대답하였다.

"짐작이야 가지만 확신하지는 못하오. 그러니 함께 확인해 보자는 것이 아니오?"

"네 말을 어찌 믿는다는 말이냐?"

사실이라면 큰 공로가 되겠지만 아니라면 큰 질책을 받을 일이었기에 확신이 필요했다. 이조장은 눈을 빛내며 목영을 바라보았다.

"믿고 안 믿고야 자유지만 만약 미리 확인하지 않는다면 동정호파에게 크게 당할 수도 있소이다."

목영은 파양호채와 동정호채가 첨예하게 대립하고 있다는 말을 들은 것이 생각나 슬쩍 동정호채를 갖다 붙였다. 역시 그 말에 그는 즉각적인 반응을 보였다.

"뭣이라고? 그, 그럼 그 일의 배후에 동정호채도 관련이 되어 있다는 말이냐?"

"이, 이거 보통 일이 아닌 듯합니다. 어, 어서 채로 가십시다."

옆에 있던 이두박마저 호들갑을 떨며 나오자 그는 결국 목영을 채로 데려가기로 마음을 굳혔다.

"좋다. 그러나 혹시라도 네 말이 거짓이거나 도중에 허튼짓이라도 한다면 가만두지 않을 것이니 명심하거라."

서서히 수강채의 배가 앞서 나가자 석가표국의 배가 뒤를 따르기 시작했다. 옆에 있던 진 장로는 어안이 벙벙한 얼굴로 목영을 쳐다보다 하 대주를 쳐다보다 하였다. 하 대주 또한 벙벙하긴 마찬가지였다.

무하채의 선착장에 도착하자 무하채로 오르는 길가에 수많은 깃발이 펄럭이고 있었다. 무하채의 수적들이 왕자를 맞이하느라 꽂아놓은 깃발이 저물어가는 햇살 속에서 펄럭이고 있는 것이었다.

"허, 이거 단단히 준비를 하고 우리를 환영하는군요."

목영이 펄럭이는 깃발을 보며 기분 좋은 듯이 말하자 진 장로는 그저 침묵으로 답할 뿐이었다. 목영은 아무런 마찰 없이 무하채에 들어

왔으니 일이 다 해결된 듯하여 기분이 좋았고 진 장로는 이제 정말 범
의 아가리에 고개를 들이민 형상인데도 목영이 천하태평이니 말을 잃
은 것이었다.

목영은 배가 완전히 멈추자 진 장로와 하 대주에게 말하였다.

"저 혼자 갔다 올 것이니 모두들 배에서 대기하십시오. 제가 돌아오
면 곧 떠날 준비나 해놓으시구요."

하 대주가 걱정 어린 표정으로 목영을 바라보았다.

"저든 장로님이든 누구와 같이 가는 게 낫지 않겠습니까?"

"무하채의 앞마당까지 들어와서 한 사람이 가든 두 사람이 가든 무엇
이 달라지겠습니까? 그러니 너무 걱정 마시고 잠시 기다리고 계십시오."

목영은 배에서 내려 앞선 수강채의 배에서 내린 이두박과 이조장을
따라 무하채로 오르기 시작했다. 뒤로는 수강채에서 내린 오십여 명의
무사가 따르고 있었다. 길을 따라가 입구에 세워진 커다란 목책 문을
지나자 거대한 전각들이 모습을 드러내었다. 넓은 앞마당을 가로질러
무하각 앞에 서자 목영에게 기다리라 말하곤 이조장이 사라져 갔다.

잠시 뒤에 이조장은 태지당주를 데려왔다. 그 뒤로 세 명의 당주들
이 따라 나왔다. 급히 나오느라 입 안의 음식물을 아직 넘기지 못한 태
지당주는 억지로 음식물을 꿀떡 삼키며 물었다.

"네놈이 명교와 한패라는 게 사실이냐?"

그 말에 목영은 속으로 생각하였다.

'이놈들이 이제 보니 나를 명교의 인물로 착각한 것이구나. 이왕 내
친걸음이니 채주를 만날 때까지는 실컷 착각하도록 내버려 둬야겠다.'

"뭐, 한패라기보다는 그중에 내 가족이 있다는 것이지요."

목영은 건성으로 대답하였다.

“흥, 그 말이 그 말이지.”

목영의 말에 태지당주는 노기 띤 눈으로 덧붙이곤 무하각으로 들어 갔다. 지금 그곳에서는 왕자를 모시고 연회가 한창이었다. 왕자와 파 양호채의 채주들이 상견례를 나누는 자리였다. 웬만하면 방해를 해서 는 안 되는 자리였지만 사안이 사안이니만큼 그는 조용히 좌영반에게 다가가 귓속말로 보고하였다.

“지금 밖에 명교와 한패라는 놈을 데려왔습니다. 자기가 명교와 한 패인데 극구 상의드릴 것이 있다며 무하채로 가자 했답니다.”

“뭐라? 그게 사실이렷다?”

좌영반은 입 안의 음식물이 튀어나오는 줄도 모르고 소리쳤다. 자리 에 있던 모두가 좌영반을 바라보자 그제야 실수를 깨닫고 왕자에게 말 하였다.

“지금 밖에 명교와 한패라는 놈이 제 발로 찾아왔답니다.”

“뭐요?”

“뭐라고?”

여기저기에서 놀란 목소리들이 튀어나왔다.

“일단 제가 나가볼 테니 왕자님께서는 그냥 여기 계시옵소서.”

좌영반이 서둘러 일어났다.

“아닙니다. 저도 궁금하군요. 다들 같이 가봅시다.”

왕자도 명교에 관련된 일이라 하자 너무 궁금하여 따라 일어섰다. 왕자가 일어나자 왕사를 비롯하여 모두가 자리에서 일어나 밖으로 나 왔다.

밖에는 한 사내가 세 당주의 앞에 서서 여유롭게 뒷짐을 진 채 이곳 저곳을 둘러보고 있었다. 그리고 뒤쪽으로는 십여 명의 기찰대 대원들과 백여 명의 장강채 무사들이 반원으로 둥글게 모여 있었다.

좌영반은 다가가며 눈살을 찌푸렸다.

'도대체 누가 누구를 잡았는지 분간을 할 수가 없구나. 이놈들이 수적들과 어울리더니 기강이 해이해진 게로구나.'

"기찰대는 대열을 갖추어라!"

한 소리 호통 소리에 장강채의 무리들과 어울려 서 있던 대원들이 앞으로 이동하여 왕자의 양 옆으로 늘어섰다. 왕사의 만류로 왕자는 오 장여의 거리를 두고 뒤에 섰고 좌영반만이 여러 채주들과 함께 목영의 삼 장 앞까지 이르렀다.

좌영반이 나서자 자리를 내어주던 당주들은 좌영반의 눈짓에 태지당주를 제외하곤 모두 왕자의 뒤로 이동하여 왕자의 호위에 만전을 기하였다.

'연왕의 기찰대가 나와 있다더니 소문이 사실이었군. 그렇다면 우리 배가 이놈들에게 잡혀 있는 것이 확실하다는 말이렸다?

목영은 기찰대라는 말을 듣자 속으로 이젠 이 파양호채에 석가표국의 배가 억류되었음을 확신하였다. 회의 중에 파양호채의 기찰대를 만난다면 통과하기가 어렵다 하던 말이 생각난 것이다.

"당신이 무하채의 채주요?"

목영이 좌영반을 향해 묻자 옆에 있던 구염이 나서며 한 소리 호통을 내질렀다.

"무엄하구나! 이분은 멀리 순천부에서 오신 높으신 분이니 예를 갖추어라!"

그러나 굽실거릴 목영이 아니었다.

"아, 그렇습니까? 몰라뵈었습니다. 하나 나는 무하채에 볼일이 있으니 높으신 분은 나중에 교분을 쌓도록 하십시다. 그러면 당신이 무하채의 채주요?"

목영은 구엽에게 눈길을 돌리며 물었다.

좌영반은 어처구니없는 목영의 태도에 얼굴이 붉으락푸르락해지며 은연중 얼굴에 노기를 드러내었다. 아니, 그렇다면 연왕의 장군이 한낱 수적보다 못하단 말인가?

'조금도 예의를 모르는 놈이로구나. 어디 두고 보자.'

옆에 있던 구엽은 슬쩍 좌영반을 돌아보며 안절부절못하였다. 오늘 왕자까지 와 있는 마당에 좌영반이 무시를 당해서는 안 되는 일이었다. 그는 다시 한 번 목영에게 호통을 내질렀다.

"이놈이 버릇이 없구나! 당장 예를 갖추지 못할까?"

"하하하! 머릿수만 믿고 날뛰는 것을 보니 무하채가 아니라 구(狗)하채가 분명하구나! 이 개 같은 놈들, 당장 예를 갖추지 못할까?"

목영은 화난 듯이 일부러 눈을 부라리며 말했다. 그러나 입꼬리에 웃음이 남아 있어 뻔히 약을 올리려는 과장된 행동임을 누구라도 한눈에 알 수 있었다.

"뭣이라? 이놈이!"

구엽이 더 이상 참지 못하고 콧김을 내뿜으며 막 도를 뽑아가려 하는데 그새 마음을 가라앉힌 좌영반이 그를 제지하며 나섰다.

"호기 하나만은 높이 살 만하구나. 좋다. 네가 명교와 한패라는 게 사실이냐?"

"하하하! 명교, 명교! 자꾸 헛소리하지 마라! 나는 석가표국의 배와 표물을 찾으러 왔을 뿐이니 당장 사람들부터 풀어주거라!"

그 말에 당황한 건 태지당주였다. 태지당주는 좌영반의 눈빛을 피하며 이조장을 바라보았다. 이조장은 어쩔 줄 몰라 하다 말했다.

"분명 며칠 전 큰일을 저지른 놈들과 자신이 가족 관계라 했습니다."

좌영반이 발을 구르며 눈을 부릅떴다.

"바보 같은 놈! 도대체 일 처리를 어찌하는 것이냐? 제대로 알아보지도 않고 보고를 하다니!"

그때 목영의 능글거리는 음성이 다시 울려 퍼졌다.

"아아, 집 단속은 나중에 하도록 하고 당장 우리 표국 사람들이나 데려오라니까!"

구염이 머리칼을 곤두세우며 다시 나섰다.

"네놈이야말로 무슨 헛소리냐? 석가표국의 배를 내가 어찌 안단 말이냐?"

그러나 목영은 말 한마디에 쉽게 물러날 위인이 아니었다.

"아니, 파양호채의 총채주라는 놈이 그것도 모른다니 말이 되는 소리냐? 아니지. 그새 총채가 바뀌었을 수도 있겠구나."

뒤의 말은 혼잣말처럼 하는 소리였으나 모두가 듣기에 충분한 크기였다. 그렇지 않아도 총채의 위상이 흔들리는 데다 왕부의 사람들까지 있는데 이런 말을 들으니 구염은 결국 폭발하고야 말았다.

"네놈의 실력이 주둥이만큼 대단한지 봐야겠구나. 애들아, 쳐라!"

과연 수적답게 상대의 수를 가리지 않고 우르르 한꺼번에 덤벼들었다.

"저놈 잡아라!"

"꼼짝 말아라!"

뒤에 있던 백여 명의 수적들이 도를 빼 들고 달려나오기 시작했다.

앞에서는 구염이 큰 대감도를 치켜들며 거리를 좁혀왔다.

"하하하! 바보 같은 놈들!"

목영은 가소롭다는 듯 웃으며 천천히 송문검을 빼 들더니 구염이 바싹 다가들자 그때서야 발을 튕겼다.

"차앗!"

한 소리 기합성과 함께 목영의 신형이 뒤로 쭉 물러나자 순간적으로 그의 모습을 놓친 구염은 그만 도를 바닥에다 내려치고 말았다.

깡!

구염은 어리둥절한 표정으로 도를 내려다보다 칼 부딪치는 소리에 앞을 바라보았다. 어디로 갔나 했더니 이미 그는 그곳에서 자신의 수하들과 어우러져 있는 것이 아닌가? 구염은 무안한 듯 입맛을 쩝쩝 다셨다.

"그것참."

한편 뒤로 몸을 뺀 목영은 허공에서 멋지게 몸을 돌려 내려선 후 다시 발을 튕겼다.

"요놈!"

달려나오던 수적들은 목영이 갑자기 자신들의 앞에 나타나자 도를 머리 위로 치켜들었다가 힘껏 내려쳤다. 목영은 바닥을 차고 우측으로 몸을 날리며 그들의 도를 일일이 튕겨내었다.

땅땅땅땅땅!

검과 도가 마주치는 소리가 길게 울려 퍼지며 수적들은 저도 모르게 도를 하늘 높이 치켜들었다. 목영이 유운검을 이용해 그들의 도를 모두 한쪽 방향으로 튕겨낸 까닭이었다.

우측 끝에 다다른 그는 이번엔 좌로 이동하며 뒷줄의 도를 튕겨내었다. 그러자 앞에 있던 수적들은 하늘로 치솟은 검을 든 채 재빨리 몸을 돌려 다시 목영을 내려쳤다. 목영은 힐끗 그들을 바라보더니 이번엔 좌우로 검을 흔들었다.

땅깡땅깡땅깡!

이제 앞에 있던 수적들은 도를 땅에 처박았고 뒤에 있던 수적들은 하늘로 치켜든 묘한 대형이 이루어졌다.

"저, 저런."

왕자를 비롯한 장내의 사람들은 이런 광경에 울 수도 없고 웃을 수도 없어 애매한 표정을 짓고 말았다. 수십 명의 수적들이 한 사내에게 농락당한 꼴이 아닌가?

"뭣들 하느냐? 당장 놈을 잡지 못할까?"

구염은 부끄러움에 바락바락 악을 썼다. 연왕파와 채주들이 다 있는 자리에서 못난 꼴을 보였으니 그야말로 머리에서 김이 날 지경이었다.

"하하하, 별것도 아닌 놈들이 큰소리만 쳤구나."

목영은 한 소리 야유를 퍼부어주고는 다시 수적들 사이로 몸을 날렸다.

"에잇, 쥐새끼 같은 놈!"

"죽어라, 이놈!"

사방을 포위한 수적들은 바싹 약이 올라 너도나도 한마디씩 뱉어내며 그를 몰아붙였다. 하지만 목영은 여유있게 발을 옮기며 허공에 원을 그려 나가기 시작했다. 수적들의 도는 원 안으로 빨려 들어오는가 하면 또 튕겨져 나가며 제멋대로 놀기 시작했다.

"엇?"

"으악!"

급기야 튕겨진 도가 제 동료를 찌르는 경우까지 생겼다.

"와아!"

"저놈 잡아라!"

그때 다시 이백여 명의 수적 무리가 무하각의 뒤편에서 소리치며 뛰어나왔다. 구 채주가 상황이 심상치 않자 수하들을 더 부른 것이었다. 목영은 우르르 몰려오는 그들을 보고 재빨리 머리를 굴렸다. 아무리 하찮은 놈들이라도 수에 밀린다면 당할 재간이 없지 않은가?

'이대로는 안 되겠다. 옳거니, 저놈을 인질로 잡아야겠구나.'

목영은 훌쩍 날아올라 공중제비를 돌며 멋지게 포위망을 탈출했다. 바닥으로 내려선 그는 다시 앞쪽으로 몸을 튕겨 구 채주에게 쇄도했다. 한데 그때 저 뒤쪽으로 호위를 받으며 서 있는 왕자가 눈에 들어왔다.

'가만, 기찰대가 호위를? 그렇다면 저놈이 백번 낫겠구나. 몸도 호리호리한 게 저 무식한 늙은이보다는 다루기도 쉽겠다.'

순간적으로 목표를 바꾼 그는 뒤로 이백여 명의 수하들을 이끌고 달려오는 구 채주를 향해 비도를 날렸다.

드디어 목영의 일도류가 시전된 것이다.

구 채주는 갑자기 날아드는 비도에 움찔하였다.

"엇?"

하지만 비도는 자신과는 상관없이 우측으로 멀리 날아가는 게 아닌가?

"하하하! 바보 같은 놈!"

그는 목영이 엉뚱한 곳으로 비도를 날리자 비웃음을 흘리며 다시 발을 튕겼다. 그러나 채 세 걸음을 내딛기도 전에 그는 옆구리에 화끈한 통증을 느끼며 비명을 내질렀다.

“으악!”

비도가 교묘한 호선을 그리며 구 채주의 옆구리에 박혀든 것이다.

평소라면 옆의 동료가 어찌 되든 앞으로 달려나갈 수적들이었지만 오늘 쓰러진 자는 바로 무하채의 채주인 구염이었다. 그의 뒤를 따르던 수적들이 ‘채주님’ 하고 외치며 걸음을 멈추고 그를 일으키려 하였다.

그러자 뒤에서 뛰어오던 수적들이 앞의 무리에 걸려 넘어지고 그 뒤로 다시 한 무리가 넘어지며 순식간에 장내는 혼란에 빠져들었다. 거기다 칼을 들고 달려오다 서로 엉켜 넘어졌으니 여기저기 동료의 칼에 찔려 부상자가 속출하는지라 비명성이 터져 나오며 그야말로 아비규환의 아수라장이었다.

그들이 뒤엉켜 넘어진 사이 둥실 몸을 띄워 올린 목영은 멀찍이 떨어져 있던 왕자 일행에게 다가갔다.

“차앗!”

이제 수적들을 따돌린 그는 한 소리 기합성과 함께 두 자루의 비도를 뿌렸다. 왕자를 향해 비도가 날아오르자 혼비백산한 좌영반은 왕자의 앞을 막아서며 검으로 비도를 쳐내려 하였다.

그런데 좌영반이 잔뜩 긴장한 표정으로 비도에 온 신경을 집중한 채 검을 내려쳐 가는데 왕자를 향해 날아오던 비도가 슬쩍 옆으로 흘러 나가는 것이 아닌가? 목영이 이번엔 구 채주에게 날릴 때와는 다르게 안에서 밖으로 흘러 나가도록 비도를 던진 것이었다.

내려쳐 가던 검이 자신도 모르게 비도를 따라 흐르자 좌영반은 중심을 잃고 그만 앞으로 비틀 한 걸음을 내디뎠다. 그 순간 땅을 스치며 빙글빙글 날아오던 또 한 자루의 비도가 튀어 오르며 좌영반의 허벅지에 박혀들었다.

"억!"

한 소리 비명성과 함께 좌영반이 다리를 부여잡으며 비틀거렸다.

그사이 목영이 검을 겨누며 일 장 앞으로 쇄도하자 이번엔 급히 무유자가 나섰다.

"물러서라!"

무극대력파를 머금은 하얀 검기가 느리게 목영을 찔러왔다.

목영은 유운일로(流雲一路)에 이어 유운만변(流雲萬變)으로 검을 변화시키며 무유자의 검을 밀어내려 하였다. 그러나 과연 무유자의 무극대력파는 그렇게 쉽게 검의 중심을 내주지 않았다.

"차앗!"

목영은 둥글게 원을 그리던 검을 그의 검 아래쪽으로 붙이며 다가가던 속도 그대로 밀어붙였다.

바로 유운검 삼초식인 유운어세(流雲如勢)였다.

무유자는 검끝이 밀려 위로 들리자 할 수 없이 뒤로 한 걸음 물러섰다.

순간적으로 그의 가슴이 훤히 열렸다. 그때를 놓치지 않고 목영의 왼손이 빙글 돌아 나왔다.

십단금.

부드러운 기운, 그러나 부딪치는 힘은 강했다.

빡!

"커억!"

한 소리 듣기 거북한 음향이 울리며 무유자는 다시 이 장여를 뒷걸음질치며 쿨럭 핏물을 쏟아내었다.

　왕자의 뒤에 서 있던 이십여 명의 당주와 대원들은 무엇이 어떻게 돌아가는지도 모른 채 그저 멍한 표정으로 뒤로 물러서는 무유자를 따라 고개를 돌리고 있었다.

　목영은 다시 한 번 땅을 박차 왕자의 곁을 지나며 목덜미의 옷을 낚아채었다.

　"이리 오너라."

　"어, 어?"

　왕자는 제대로 말도 못한 채 허둥거렸다.

　목영은 왕자를 데리고 멀찍이 물러나 소도를 그의 목에 대며 외쳤다.

　"모두 그 자리에서 꼼짝 말아라!"

　장내는 쥐 죽은 듯이 고요해졌다.

　그가 연왕부의 왕자에게 칼을 겨누자 모두들 어찌할 바를 모르는 것이 당연했다.

　"이보시오, 대협. 왜, 왜 이러시오? 우리, 말로 해결합시다."

　왕자가 떨리는 목소리로 말하였으나 그는 그 말에 코웃음을 쳤다.

　"흥! 떼거리로 몰려들 땐 언제고 이제 와서 말로 해보자고? 참으로 제 좋을 대로만 생각하는 놈이구나. 네놈은 그저 잠자코 있거라. 네놈 하나 해치운 후 여길 빠져나가는 건 일도 아니다."

　목영의 말에 왕자는 입을 다물고 말았다. 가만 생각하면 그리 틀린 말도 아니었기에 반박할 수도 없었다. 그때 기찰대원들의 부축을 받으며 일어선 무유자가 힘없는 목소리로 말하였다.

　"나는 모산파의 장로인 무유자라 하오. 송문검을 보니 무당의 제자인 듯한데 서로 원수질 일이 뭣이 있겠소. 좋게 해결합시다. 그래, 원하는 바가 무엇이오? 우리가 최선을 다해서 협조할 테니 우리 공자님은 그만 풀어주시구려."

무유자는 행여나 왕자라는 신분이 노출된다면 더 위험이 커질 듯하여 공자라 칭하며 풀어줄 것을 부탁하였다.

목영은 장내를 한 번 휘 둘러본 후 말하였다.

"우리 석가표국의 사람들과 표물, 그리고 배를 당장 내어놓아라. 그러면 이놈을 풀어주마."

"이놈이라니? 말조심하거라!"

좌영반이 당주들의 부축 속에 한쪽 다리로 겨우 서 있다가 눈을 부라렸다.

"흥! 너는 아직도 상황 파악을 못하고 있구나. 쯧쯧, 너같이 미련한 놈을 수하로 둔다면 정말 골치가 아프겠다. 자, 다시 한 번 말하겠다. 석가표국의 사람과 표물을 가져오너라."

그러자 멀리 있던 수강채주인 이문박이 나섰다.

"도대체 무슨 소리인지 모르겠구려. 느닷없이 석가표국의 사람과 표물을 내어놓으라니, 우린 전혀 못 알아듣겠소이다."

"그래? 그렇다면 할 수 없지. 나중에라도 생각이 나거든 날 찾아오시구려. 그때까지 내가 이 공자를 데리고 있어야겠소."

목영은 이 공자가 필시 순천부의 높은 사람의 자제라 생각하고 괜히 나중에라도 골치 아픈 일을 만들지 않기 위해 슬쩍 호칭을 바꾸었다.

"자, 가자."

목영이 왕자를 앞세우고 이동하자 모두 앞쪽에서 비켜나며 좌영반과 채주들을 쳐다보았다.

그러나 그 누구도 공격 명령을 내릴 수 없었다.

명령을 내렸다가 왕자가 잘못되기라도 한다면 그야말로 모든 죄를 뒤집어쓸 상황이 아닌가? 느릿느릿 움직이던 목영이 어느 한순간 땅을 박차며 신법을 전개하였다.

환운종.

그야말로 구름처럼, 환영처럼 목영의 신형이 흐릿해지며 멀어져 갔다. 그제야 수적들은 '게 섯거라' 하고 외치며 목영의 뒤를 따랐다.

선착장에 도착한 목영은 훌쩍 배 위로 날아올랐다. 왕자와 함께였지만 자연스런 몸놀림으로 선상에 내려서며 그는 소리쳤다.

"하 대주, 빨리 갑시다!"

"국주님, 이게 어찌 된 일입니까?"

"이 사람은 누구요?"

옆으로 달려온 하 대주와 진 장로는 화등잔만하게 뜬 눈으로 물었다.

"우선 출발하십시다. 가면서 얘기해 드리리다."

목영은 다시 왕자를 앞세워 선수의 난간에 서서 다가오는 수적 무리들을 바라보았다. 배가 서서히 선착장을 빠져나오는데 그때서야 선착장에 도착한 수적 무리가 칼을 치켜들며 소리를 질러대었다.

"당장 돌아오시오!"

"공자님을 풀어주거라!"

"이보시오! 이보시오!"

반말과 존댓말이 섞여 알아들을 수도 없이 여기저기서 외침이 난무했다.

어느 한순간 수적들은 우르르 한 켠에 세워진 배로 뛰어오르기 시작했다. 목영의 배를 뒤쫓으려 한 것이다. 목영은 막 선착장을 빠져나와 돛을 올리고 방향을 잡는 배를 바라보다 비웃음을 날렸다.

“바보 같은 놈들, 아직도 뭐가 뭔지 분간을 못하는구나.”

그는 한 자루의 비도를 날렸다.

비도는 힘차게 날아가더니 정확히 돛줄을 끊어내었다. 돛을 잃어 제자리에서 뱅글뱅글 돌아가고 있는 배를 향해 목영이 소리쳤다.

“계속 귀찮게 한다면 공자의 목숨은 없다! 나는 파양호의 초입에서 기다릴 터이니 우리 표국의 배를 찾거든 찾아오너라! 기간은 십 일이다! 십 일 내에 오지 않으면 더 이상 공자를 볼 생각은 말거라!”

그는 수적들의 배와 거리가 멀어지자 하 대주를 돌아보았다.

“이 공자를 선실에… 가만.”

그는 왕자를 하 대주에게 인계하려다 왕자의 옆구리를 바라보았다. 왕자의 옆구리엔 그가 비도로 쓰는 소검만한 까만 검이 꽂혀 있었다.

“공자, 무기는 압수해야겠소.”

목영이 잽싸게 검을 잡아채어 살펴보았다. 손잡이와 검집이 모두 검은색인데 재질은 상아인 듯 매끈거리는 것이 매우 귀한 검인 것 같았다. 손잡이엔 작게 황금색 글씨가 세로로 음각되어 있는데 한쪽엔 두치(斗痴)란 두 글자요, 그 뒤쪽엔 득심(得心)이란 두 글자였다.

“하하하! 두치라……. 내 친구 두칠이 녀석이 생각나는구나. 그 겁쟁이 녀석은 객점 주인이 되었다던데 잘 지내는지 모르겠구나. 하하하!”

산을 내려와 두칠을 찾아보니 이미 오 년 전에 무창을 떠나 동정호 근처의 홍호(洪湖)라는 마을에서 객점을 열었다는 소식을 들었다.

‘이런 무식한 놈을 보았나? 천하의 두치검을 몰라보다니…….’

왕자는 속으로 어이가 없었다. 이 두치검은 원나라 초기의 명장(名匠)인 두치가 만든 검으로 천하에 오직 다섯 자루만이 존재하는 현철로

제련한 검이었다.

이 검은 대대로 황실에서만 이어져 내려오다 홍태조가 금릉성을 장악한 후에 황궁에서 찾아낸 검이었다. 홍태조는 이 검을 명의 건국에 가장 공이 큰 넷째 아들인 지금의 연왕이 순천부로 떠날 때 선물로 하사한 검이었다. 연왕은 이 다섯 개의 검 중에서 하나를 순천부의 대장군인 도일현(都日炫)에게 하사하고 또 하나를 기찰대의 대영반인 하주호(河周護) 총대주에게 하사하였으며 이제 또 하나를 자신에게 이 장강 장악 작전의 총책임을 맡기며 하사한 것이다.

목영이 검을 빼어보니 검날은 검은빛으로 번들거렸다.

"대협, 검이 맘에 드시면 내 선물로 드리리다. 이렇게 만난 것도 인연이라면 인연 아니겠소."

'이 녀석이 무당의 제자라 했으니 이 기회에 선심을 좀 쓰고 어떻게든 관계를 만들어봐야겠다. 명교가 날뛰는 이때 이놈을 이용해 구파를 끌어들일 수만 있다면 아버님도 이깟 두치검에 연연하진 않으리라.'

"응? 하하! 고맙소이다, 고마워!"

목영은 희색을 드러내며 아주 기뻐하였다.

"이보시게, 하 대주. 이분 공자님을 잘 모시게. 뭐, 그럴 리도 없겠지만 그냥 표사 두엇을 붙여 도망가는지만 보면 될 게야. 절대 신체를 구속하거나 하진 마시게."

원래는 한곳에 감금하고 감시를 붙이려 하였으나 자기에게 귀한 칼을 선물하자 마음을 놓은 것이다.

"그리고 구강으로 가십시다. 배에는 연락할 사람만 남겨두고 다들 오랜만에 땅 위에 올라 침상에서 잠을 자봅시다."

옆에서 듣고 있던 왕자가 의아한 듯 물었다.

“아니, 대협, 파양호에서 기다리겠다 하지 않으셨소?”

“하하, 뭐 내가 그렇게 말했다고 꼭 그래야만 하는 법이 어디 있단 말이오. 우리는 구강에 상륙해서 편히 쉬는 동안 수적 놈들은 죽어라 이 배만 감시할 테니 이거야말로 꿩 먹고 알 먹고지. 흐흐흐.”

왕자는 하 대주를 따라가며 생각했다.

‘이놈은 그저 히죽거리며 아무 생각 없는 듯해도 한마디 한마디를 그냥 하는 법이 없구나. 그야말로 아차 하면 코 베어갈 놈이로다.’

목영이 혼자 남아 난간에 기댄 채 두치검을 만지작거리는데 진 장로가 선수에서 배를 지휘하다 이젠 따라오는 배도 없이 조용하자 어찌 된 일인지 들어보려 목영에게 다가왔다.

“헉! 두치검?”

진 장로는 물어보려던 말도 잊은 채 목영이 만지작거리는 검을 보곤 소스라치게 놀란 표정을 지었다.

“국주, 이거 어디서 나셨소?”

“저 녀석이 선물이라고 주더이다. 자식이 상황 판단은 빠르네요. 하하하!”

목영이 고갯짓으로 왕자를 가리키며 웃었다.

“하면 이 검이 무슨 검인지는 아시오?”

“두치검 아니오?”

“검 이름 말고 상징하는 게 뭔지 아시냔 말이오?”

목영은 뜬금없이 무슨 소리냐는 듯 진 장로를 빤히 바라보았다.

“이 검은 연왕가의 상징이오. 저 나이에 이 검을 가지고 있다면 공을 세워 하사받은 것도 아닐 터, 왕의 직계손이란 뜻일 게요. 그것도 아마 적통이거나 가장 총애하는 자식이란 말이오.”

"엥? 그, 그럼 왕자란 말이오?"

"그렇소. 큰일 터지기 전에 어서 데려다 줍시다."

"아니, 그건 또 무슨 말이오?"

목영이 이해가 안 된다는 듯 다시 물었다.

"그래도 모르시겠소? 국주가 데려온 저 사람이 큰왕자란 말이오."

"아니, 그럼 잘된 것이 아니오? 설마 왕자를 잡고 있는데 나 몰라라 하진 않을 것이니 일이 다 해결되었소이다. 난 혹시나 인질이 부실하여 우리 표국의 배와 안 바꾸려고 버티면 어쩌나 그게 걱정이었단 말이오. 하하, 이거 오늘 저녁엔 푸짐하게 먹고 마시고 두 다리 쭉 펴고 자도 되겠습니다그려. 하하하!"

"끙!"

진 장로는 더 이상 말이 통할 것 같지 않자 뒤돌아서 가버렸다.

구강은 호광성과 강서성의 경계에 위치한 데다 장강이 파양호로 흘러드는 초입이어서 당연 사람의 왕래가 잦아 객점이 많이 발달되어 있었다. 그 많은 객점 중에서도 가장 유명한 객점이 장취(長取)객점이었다.

그 장취객점의 넓은 뒷마당에 백여 명의 사내들이 둘러앉아 있었다. 활활 타오르는 모닥불을 사이에 두고 둥글게 앉아 푸짐한 안주와 죽엽청을 서로 권하며 시끌벅적하게 어우러진 사내들은 바로 석목영과 석가표국의 표사들이었다.

실로 오랜만에 땅을 밟아보는 이들은 오늘 국주가 이제 곧 석가의 식솔들과 배를 찾게 되었다며 희희낙락하자 덩달아 그동안의 마음 고생을 훌훌 털어버리고 밤이 깊은 시간임에도 일어날 줄을 모르고 여기저기에서 웃음꽃을 피우고 있었다.

"국주, 이제 그만 하시지요. 밤이 깊었습니다. 게다가 이럴 때 수채의 무리들이 기습을 해온다면 어쩌시려고 그러십니까?"

진 장로가 목영의 옆에 앉아 건너편의 왕자를 슬쩍 바라보며 속삭였다.

"아, 진 장로님은 걱정도 팔자요. 수적들이야 모두 저 파양호 변의 우리 배를 죽어라 감시하고 있을 텐데 뭐가 걱정이오. 설사 여기에 있는 줄 안다 해도 여긴 구강의 객점이 아니오. 아무리 수적들이 간이 크다 해도 도지휘사사(都指揮使司)가 있는 구강 내에까지야 제 뜻대로 활보할 순 없겠지요. 아니 그렇소이까, 공자?"

"그렇습니다. 딸꾹, 그래요. 더구나 대, 딸꾹, 대협께서 계신데 제깟 놈들이 딸꾹, 몰려와 봐야 어찌하겠습니까?"

벌써 몇 잔 술을 마시고 취해 버린 왕자는 누가 아군이고 누가 적군인지도 분간을 못한 채 횡설수설하였다. 처음에 왕자는 자리에 끼어 앉아 어울리는 것조차 부담스러워하였다.

거기다가 언제 죽엽청 같은 독한 술을 마셔보았겠는가?

권하는 술을 한사코 거절하고는 가만히 앉아 이 얘기 저 얘기에 귀를 기울이고 있었다. 그런데 목영과 표사들이 하도 맛있게 먹자 '한번 먹어볼까?' 하며 망설이다가 홀짝 한 모금을 마시게 되었다.

처음에 입 안에 고이는 쓴맛에 인상을 찌푸리던 왕자는 이어서 식도와 배가 화끈하며 싸한 기운이 퍼지자 '어, 괜찮네?' 하며 한 잔, 두 잔 마시게 된 것이다. 그렇게 목영과 주거니 받거니 한 술이 십여 잔을 넘어가자 결국 혀 꼬부라지는 소리를 내며 취하고 말았다.

'노는 꼴이 왕자나 국주나 거기서 거기인 놈들이로다. 아주 죽이 척

척 맞는구나. 에잇, 저래 가지고야 어찌 큰일을 할까? 모든 걸 너무 쉽게 생각하니.'

고지식한 진 장로에겐 이 자리가 영 못마땅하였다. 그때 객점의 점소이가 연신 하품을 해대며 목영에게 다가와 말하였다.

"손님, 밖에 손님을 찾는 듯한 분이 와 계신데 어찌할까요?"

목영이 의아한 눈초리로 점소이를 바라보았다.

"나를 찾아? 이 구강 땅에 나를 아는 사람이 없는데 누굴까? 아무튼 들어오시라 하게."

점소이가 나갔다가 뒤로 일곱 명의 사내들을 데리고 다시 들어왔다. 목영이 자신을 찾는다는 일곱 명의 사내를 보곤 아는 체를 하였다.

"아니, 벌써 우리 배를 돌려주기로 하셨소? 잘 생각하셨소이다. 우선 좀 앉으시오."

사내들은 쭈뼛거리며 다가와선 왕자 앞에 머리를 조아렸다. 그 사내들 중 다리를 약간 절던 한 사내가 말하였다.

"공자님, 저희들이 못난 죄로 공자님이 이렇게 고생을 하시다니 그저 용서를 구할 뿐입니다."

"아, 좌영반이시네? 딸꾹."

왕자는 거슴츠레 풀린 눈으로 사내들을 죽 둘러보다 그중 앞서 말한 사내에게 시선을 고정시키며 말하였다.

"그래, 딸꾹, 다친 상처는 괜, 딸꾹, 괜찮으신 게요?"

"괜찮사옵니다. 염려하지 마시옵소서."

"아주 아, 딸꾹, 아주 다행입니다."

"자자, 상견례는 그 정도로 하시고 술이나 한잔하면서 얘기해 보십시다."

목영이 한 손엔 잔을 들고 또 한 손엔 술병을 들어 좌영반에게 권하며 말하였다. 옆에 있던 진 장로는 사내들이 들어와 하는 얘기를 듣다 이들이 왕자의 일행임을 알고는 깜짝 놀라며 혹시나 이들 외에 다른 무리들이 있나 하여 객점 밖으로 뛰어나갔다.

"술은 되었습니다."

좌영반은 술을 사양하며 목영에게 말하였다.

"저희들은 대협께서 떠나신 후 채주들과 상의를 하였습니다. 그런데 도중에 흥미있는 얘기를 듣게 되어 이렇게 밤늦은 시간에 찾아뵈었습니다."

"잘하시었소. 괜히 밝은 날에 왔다가 도지휘사사 놈들과 드잡이질이라도 벌어진다면 큰일이지요."

목영은 구강 내에서는 당신들의 행동이 자유스럽지 못할 것이라고 은근히 협박하며 웃었다. 좌영반은 목영의 말에 슬쩍 눈꼬리를 치켜떴다가 얼른 표정을 풀며 말하였다.

"정말이지, 장강의 수채가 석가표국의 배와 아무런 연관이 없다는 건 사실입니다. 정말 보지도 못했답니다. 그건 제 수하가 몇 달 전부터 파양호채에 머물러 있었기에 제가 보증할 수 있습니다. 그런데 얼마 전 감강채의 배 두 척이 사라진 사건이 있었습니다. 그 일이 아무래도 대협께서 찾으시는 배와 관련이 있는 듯합니다. 여기 감강채의 채주가 함께 왔으니 자세한 얘기를 들어보시지요."

목영은 아무런 대꾸 없이 표정을 굳히며 감강채의 채주라 지목된 노인을 바라보았다. 방 채주는 목소리를 가다듬곤 말을 이어나갔다.

"그럼 제가 말씀드리겠습니다. 그날 아침, 시간이 지났는데도 배가 돌아오지 않아 이상하게 생각하고 있던 차에 개방의 구강 분타주인 벌목개가 부채주의 시신을 가지고 왔었지요. 파양호 변으로 멱을 감으러 갔던 방도들이 발견했다더군요. 자세히 얘기를 들어보니 감강채의 배인 듯한 두 척의 배가 다른 알 수 없는 두 척의 배를 공격하여 뭔가를 빼앗아 하류 쪽으로 달아났다 했습니다. 공격을 받은 두 척의 배는 그 후 파양호에 가라앉았다 했지요. 저희도 이상해서 다각도로 조사를 했으나 결국 아무것도 알아낼 수가 없었습니다. 다만 저희 순찰선의 책임자였던 부채주의 시신을 조사해 보니 사인은 청살장이었습니다."

"청살장은 어느 문파의 무공이오?"

목영은 화가 치밀어 올랐다. 그것도 모르고 자기는 이제 왕자를 잡아왔으니 다 해결되었다 생각하며 희희낙락하고 있었다니. 누구에게보다도 자기 자신에게 화가 났다. 목영은 궁금한 청살장에 대해 물었다.

"그것은 바로 명교의 무공입니다."

그것도 모르냐는 듯 좌영반이 끼어들었다.

"명교? 그 몇십 년 전 떠들썩했던 명교 말이오?"

"바로 그 명교입니다."

당연하다는 듯이 좌영반이 다시 말하자 목영은 들은 내용을 정리하는 듯 곰곰이 생각하다 다시 물었다.

"그럼 그 배에 타고 있던 다른 수, 흠, 무사들의 행방도 모른단 말이오?"

목영이 수적이란 말을 얼른 무사로 바꾸며 물었다.

"예, 모두 증발한 듯이 사라졌습니다."

목영이 굳은 표정이 된 채 다시 물었다.

"개방의 분타는 어디요?"

“객점 앞에서 좌측으로 쭉 가다가 석천교라는 작은 다리를 건너 우측으로 돌아 계속 가다 보면 마을 끝에쯤에 폐가 같은 집이 한 채 나오는데 그곳이 바로 구강 분타지요.”

다시 감강채의 채주가 답하였다. 목영이 언제 술을 마셨냐는 듯 반듯하게 자리에서 일어서며 좌영반을 향해 말했다.

“당신들은 왕자님을 모시고 돌아가시오. 그리고 왕자님께서 일어나시거든 서로 간에 있었던 불미스러운 일은 모두 잊어버리자 전해주시오.”

좌영반은 목영이 왕자 운운하자 흠칫 놀라 처다보다가 이미 인사불성이 되어 건천당주에게 기대앉은 왕자를 업게 하곤 목영에게 포권하였다.

“그럼 이만. 대협께서 배와 표물을 무사히 찾으시길 바라겠소.”

좌영반과 네 당주, 그리고 감강채의 채주와 송 노인은 왕자를 데리고 총총히 사라져 갔다. 목영은 뒷짐을 진 채 밤하늘 멀리로 시선을 던졌다.

‘만약 모두가 죽은 것이라면……. 명교라……. 네놈들의 살과 뼈를 갈아 마시리라. 감히 석가장을 건드리다니. 여보, 제발 살아 있기만 하구려. 제발.’

감강채주의 말속에서 석가표국의 배가 가라앉은 배일지도 모른다는 생각이 든 목영은 초조함과 분노가 솟아올랐다. 다른 식솔들도 걱정이 되었지만 역시나 아연에 대한 걱정이 가장 컸다.

미우나 고우나 살을 맞대고 산 자신의 부인이었다. 더구나 십오 년을 헤어졌다가 같이 보낸 시간이 겨우 삼 개월여. 처음 만난 순간부터 오늘까지의 순간이 주마등처럼 지나가자 뭉클 그리움이 밀려들었다.

보고 싶었다.

이제는 잘해줄 수 있을 것 같았다. 그런데, 그런데…….

'살아 있을 것이다. 암, 그럼. 아연은 대남궁가의 여식이 아닌가? 그렇게 허무하게 죽을 리가 없지. 반드시 살아 있을 것이다.'

꽉 움켜쥔 주먹. 목영의 주위로 몰려든 기가 파르르 떨렸다.

펄럭.

목영의 옷자락이 강풍을 맞은 듯 펄럭였다.

왕자 일행이 떠나가는 것을 보고 막 들어오던 진 장로는 넋을 잃은 듯이 목영을 바라보았다. 어떻게 천방지축 망나니인 줄만 알았던 국주가 저런 신위를 보인단 말인가?

진 장로는 순간 느낄 수 있었다.

목영의 진정한 힘을 느낄 수가 있었다.

어떻게 그 많은 수적들의 무리 속에서 왕자를 잡아올 수 있었는지, 자신들을 따라오려는 십 장 밖의 배를 향해 정확히 돛줄을 잘라내던 그 비도의 흐름이 무엇이었는지.

눈가에 이슬이 맺혔다.

돌아가신 가주께서 이 자리에 계셨다면 얼마나 기뻐하셨을까?

눈을 감는 순간까지 단 하나의 걱정이 막내인 목영이라며 자신의 손을 잡고 잘 부탁한다던 가주가 지금의 이 모습을 보았다면 얼마나 기뻐했을까.

'그랬었구려. 그것도 모르고 우린 그저 옛 모습으로만 생각했었구려. 진정 장하시외다.'

이미 표사들은 불신의 눈초리로 목영에게 두 눈을 고정시킨 채 멀찍이 떨어져 있었다.

“험험.”

진 장로의 헛기침에 목영이 기를 거두며 돌아섰다.

“진 장로님, 먼저 배로 돌아가 출발 준비를 해주세요. 내 개방 분타에 잠시 들렀다가 바로 가겠습니다.”

“아니, 개방엔 무슨……?”

진 장로는 말을 맺을 수가 없었다. 말을 마친 목영이 진 장로가 물을 샐 도 없이 선 자세 그대로 둥실 몸을 띄워 올리더니 담장을 박차며 한 마리 비조처럼 어둠 속으로 사라져 버렸기 때문이다.

뒷문가에 붙어 있던 작은 인영도 목영이 떠나자 총총히 객점을 나와 어디론가 사라져 갔다.

좌영반 일행은 왕자를 업은 태지당주를 가운데 두고 양 옆과 뒤쪽을 경계하며 신법을 전개해 빠르게 선착장 쪽으로 향하고 있었다.

“서둘러라!”

좌영반은 길을 재촉하며 속도를 높이기 시작했다. 어서 빨리 채로 돌아가야 안심을 할 수가 있으리라. 야심한 시각이라 하나 혹 순찰하는 놈이라도 맞닥뜨린다면 그야말로 낭패였다.

현재 황제와 연왕의 대치 상태 속에서 각 지방군은 서로 눈치를 보며 우왕좌왕하는 시기였지만 이 구강의 도지휘사사는 아직 황제파에 속하는 곳이었기 때문이다.

물론 장강을 연왕 측에서 장악하고 나면 상황은 달라질 것이다. 이 구강의 대문이라 할 수 있는 파양호를 연왕 측이 완전히 장악한다면 아마도 구강의 지방군도 연왕 측에게 고개를 숙이게 될 것이다. 그러나 지금은 파양호채의 도움을 받고 있다 하나 힘으로 관군을 제압할 만한 세력은 되지 못했다.

일행이 선착장에서 좀 더 하류 쪽으로 내려온 호변가에 도착하자 감강채의 송 노인이 나서서 몇 번 새소리를 내었다. 잠시 뒤 풀숲에 숨어 있던 한 소선이 다가오자 일행은 훌쩍 뛰어올라 배에 옮겨 탔다. 배에는 좌영반을 따라온 어영대 이십여 명이 타고 있었다.

"어서 가자. 무하채의 주선에 올라야 그래도 안심할 수 있으니 그때까지는 긴장을 늦추지 마라."

좌영반이 한 소리 하자 모두 머리를 조아렸다. 네 명의 수부가 힘차게 노를 저으며 호심으로 막 나가는데 멀리서 큰 배 한 척이 서서히 다가왔다. 처음엔 그저 지나가는 배려니 했는데 일정 거리가 되자 큰 배는 노골적으로 소선을 향해 다가왔다.

"아무래도 들킨 듯하옵니다."

옆에 있던 태지당주가 당황한 표정으로 말하자 선내에 일순 긴장이 배가되었다.

"음, 우리가 너무 쉽게 생각했나 보다. 일단 어떻게 나오는지 두고 보자. 만약 싸움이 벌어진다면 태지당주는 왕자님을 끝까지 보호하라. 그리고 방 채주는 신호탄을 준비하시오. 모두 전투 준비를 하라. 전투가 벌어지면 나와 세 당주는 저 배로 뛰어올라 간다."

모두가 큰 배를 주시하며 검을 빼어 준비를 갖추었다. 그런데 서서히 다가오던 큰 배는 십 장 거리가 되자 갑자기 속도를 높이며 맹렬히 소선을 향해 달려들었다.

"어, 어……."

모두들 기겁할 수밖에 없었다. 확인이고 뭐고 없이 그대로 달려들어 소선을 박살 내려 하니 단단히 준비했던 일행도 당황할 수밖에 없었다.

결국 큰 배는 그대로 소선을 들이받았다.

쾅!

소선의 잔해들이 튀어 오르는 사이 일행은 물속으로 뛰어들었다.

방 채주는 물속으로 뛰어들기 전 신호탄을 쏘아 올렸다.

팡!

파양호채의 대선을 부르는 신호였다.

태지당주도 한쪽 팔로 왕자를 잡고 다른 한 손에 칼을 든 상태로 물속으로 뛰어들었다.

갑자기 찬 물속에 들어가자 술에 취해 깊이 잠들었던 왕자는 퍼뜩 정신을 차렸다. 그러나 하필 정신을 차린 곳이 물속이었으니 그는 연거푸 꿀떡꿀떡 물을 마시며 허우적거렸다. 태지당주는 할 수 없이 왕자를 잡고 다시 물 위로 솟아오를 수밖에 없었다.

"푸하! 쿨럭쿨럭!"

왕자는 겨우 숨을 몰아쉬며 밭은기침을 해대었다.

그때 저만치 멀어졌던 큰 배에서 화살이 빗발치듯 날아왔다. 태지당주는 재빨리 물 위로 칼을 휘둘러 화살을 쳐내었다. 여기저기에서 물 위로 올라온 일행이 화살을 쳐내며 왕자에게 접근해 왔다.

"왕자님, 괜찮으신지요?"

좌영반이 다가와 왕자를 살피고는 명령을 내렸다.

"모두 잠수하여 호변가로 가서 주선이 오길 기다린다. 자, 가자."

다시 한 번 왕자를 쳐다본 후 좌영반이 앞장섰다.

"왕자님, 어서 다시 물속으로 들어가야 합니다. 숨을 크게 들이마시십시오."

태지당주는 왕자에게 말하고는 왕자가 크게 숨 쉬기를 기다렸다가 다시 물속으로 잠수해 들었다. 탁한 물 탓에 앞이 잘 보이지 않았지만 검은 형체를 따라 물속을 유영해 가기 시작했다.

그러나 그들은 얼마 나아가지 못하고 다시 물 위로 떠올랐다. 왕자는 무공을 따로 익히지 않았으니 긴 호흡을 유지하기가 어려웠기 때문이다. 왕자 뒤를 따르던 십여 명의 무리는 같이 물 위로 올라 화살을 막을 수밖에 없었다.

그사이 앞으로 나간 대원들과의 사이가 자꾸 벌어졌다. 어두운 밤, 어두운 물속, 의사 소통마저 어려운 지경이다 보니 서로 간의 통제가 힘든 상황이었다.

왕자 일행이 다시 물속으로 잠겨들어 막 앞으로 나아가려 하는데 뭔가 빠르게 물살을 가르며 날아왔다. 깜짝 놀란 한 어영대원이 검을 휘둘렀다. 그러나 물속에서의 몸놀림은 자연 느릴 수밖에 없었고 다가오는 물체는 너무 빨랐다.

퍽!

대원의 가슴으로 박혀든 건 짧은 쇠작살이었다.

핏물이 검게 물속으로 번져 나갔다.

이어 다시 몇 개의 쇠작살이 날아들었다.

두 개는 겨우 피해내었으나 다시 한 대원이 배를 관통당하여 물결에 떠내려갔다.

태지당주는 손을 흔들고 더 깊이 잠수해 들었다. 다른 대원들도 신속히 산개하며 깊이 잠수해 들었다. 다시 왕자를 끌며 앞으로 나가려는데 왕자가 몸을 흔들며 입을 가리켰다. 다시 숨이 막혀오는 것이다.

태지당주는 잠깐 고민하였다.

그러나 숨이 막혀 죽으나 화살에 맞아 죽으나 죽긴 매일반이었다.

태지당주는 왕자를 끌고 다시 물 위로 올랐다. 막 숨을 쉬고 다시 내려가려 하는데 어느새 물소리를 들었는지 다시 머리 위로 화살비가 내리꽂혔다.

급히 왕자를 끌어내려 몸으로 감싸며 잠수를 시도하는데 허벅지에 화끈한 통증이 전해졌다.

결국 그는 화살을 맞고 만 것이다.

태지당주는 얼른 화살 대를 부러뜨리곤 다시 물속 깊숙이 들어가며 물 위에서 보아둔 호변가로 방향을 잡아나갔다. 그렇게 물속을 헤엄쳐 가는데 앞쪽으로부터 한 십여 명의 무리가 다가왔다.

아마 앞서 갔던 동료들이 걱정이 되어 다시 돌아오는 모양이었다.

그들과 막 합류하는데 다가온 무리 중 한 명이 태지당주를 향해 작살을 내질렀다. 복부에 박혀드는 작살을 믿기지 않는 듯 바라보던 태지당주가 왕자의 손을 놓으며 서서히 물결을 따라 흘러갔다.

왕자가 태지당주를 잡으려 허우적거렸으나 양쪽에서 다가든 무리들이 두 팔을 잡아 꼼짝 못하게 하고 물 위로 떠올랐다. 물 위로 떠오르자 무리 중 한 명이 품에서 유지로 싸두었던 신호탄을 꺼내어 쏘아 올렸다.

펑!

신호탄이 날아오르자 여기저기에서 불빛이 피어올랐다.

갑자기 물 위가 환해지며 거선 세 척이 모습을 드러내었다. 그중 가까이 있던 한 척이 서서히 다가와 십여 가닥의 밧줄을 던졌다. 왕자를 사로잡은 무리들이 밧줄을 잡고 배 위로 도약하기 시작했다. 왕자를 옆구리에 끼고 날아오른 사내가 선상에 내려서며 왕자를 놓아주자 왕자는 털퍼덕 그 자리에 주저앉고 말았다.

‘이놈들은 또 누구란 말인가?’

그 순간 한 노인이 왕자에게 다가오며 큰 웃음을 터뜨렸다. 건장한 체격에 멋들어진 수염을 기른 노인이었다.

“으하하하! 왕자님께서 우리 배에 오르신 것을 환영하오이다! 도찰원 좌도어사 고지산(高志山)이 인사 올립니다! 으하하하!”

한참을 통쾌하게 웃고 나서 좌도어사는 수하에게 명령했다.

“일좌령, 왕자님을 일단 선실로 모시게. 왕자님, 편히 쉬십시오. 그리고 혹시 필요한 게 있으시거든 언제든지 말씀만 하시구려. 하하하!”

일좌령과 밑의 위장들이 왕자를 잡아 일으키려 하자 왕자가 팔을 뿌리치며 좌도어사를 빤히 쳐다보며 말했다.

“내 발로 걸어갈 테니 부축할 필요 없소.”

일좌령과 왕자가 선실로 내려가자 좌도어사가 다시 한 번 웃으며 이좌령을 불렀다.

“하하하, 이좌령, 우리에게 연락해 준 그 객점 점소이에게는 후한 포상을 내리라고 도지휘사사에게 통보하게. 그리고 빨리 파양호를 벗어나야 하니 전속력으로 항진하도록.”

“예, 명을 받듭니다!”

우렁찬 대답과 함께 이좌령이 사라지자 좌도어사는 옆의 중년인에게 말을 건넸다.

“부좌어사, 이제 소기의 목적은 달성했는데 지금부터가 문제구려. 응천부까지 무사히 입성을 해야 할 텐데.”

옆에 있던 뚱뚱한 중년인이 검고 윤기 나는 수염을 쓰다듬으며 말했다.

“아무래도 인원을 더 충원받아야겠습니다. 지금의 삼백여 명으로는

안심이 되지 않습니다. 파양호채 놈들만 해도 오천이나 되는데다 심어
령이 일천의 군사를 이끌고 파양호로 출발을 했다는데 중간에 연락을
받는다면 장강으로 방향을 돌릴 것입니다. 거기다 이번 일을 잘못 다
룬다면 연왕에게 괜히 명분만 주게 될 수도 있습니다. 아주 은밀하고
조용하게 처리해야겠지요. 그러자면 배는 버리고 육로를 이용해 여기
저기로 산개하여 유인책을 쓸 필요가 있습니다."

"일단 향구(香口)까지 가서 육로와 수로로 나누는 걸로 하세. 자세한
사항은 부좌어사가 계획을 세우고 응천부에도 전서구를 날려 도움을
요청하게."

"예, 알겠습니다."

부좌어사가 선실로 사라지자 좌도어사는 강바람에 몸을 맡긴 채 혼
자 중얼거렸다.

"이번 일만 잘된다면 연왕도 삭봉령을 받아들일 수밖에 없을 텐데.
그리만 된다면 더 이상 걱정할 것이 없겠지."

그렇게 한 척의 배가 힘차게 파양호를 벗어나고 있었다. 다른 두 척
의 배는 떠나가는 한 척의 배를 향해 손을 흔들며 구강의 선착장 쪽으
로 방향을 잡아나갔다. 그 세 척의 배를 멀리 파양호의 풀숲에서 십여
명의 사내들이 주시하고 있었다.

"아, 이제 이 일을 어찌한단 말이냐?"

좌영반이 한줄기 눈물을 뿌리며 땅바닥을 주먹으로 내질렀다.

"일단 채로 돌아가 추적대를 구성해 쫓도록 하시지요. 파양호채의
배가 빠르니 충분히 따라잡을 수 있을 것입니다. 그리고 지금 이쪽으
로 오고 있는 심 장군에게 기별하여 포위망을 구축하면 왕자님을 구출
할 수 있을 것입니다."

건천당주가 일목요연한 계획을 말하자 그래도 길이 보이는 듯하였다.

"그런데 신호를 보낸 지가 언젠데 아직도 감감무소식이냐?"

화가 난 좌영반이 핏발 선 눈을 부릅뜨며 말했다. 괜히 감강채의 채주인 방연이 죄를 진 듯 고개를 숙였다. 그때 멀리서 반짝이는 불빛이 보였다.

"좌영반님, 이제 왔나 봅니다."

진뇌당주의 말에 일행은 일제히 고개를 들었다. 과연 멀리 반짝이는 불빛이 이미 약조된 신호대로 짧게 두 번, 길게 한 번 반짝였다.

"가자."

좌영반이 일어서자 일행은 모두 따라 일어나 물속으로 뛰어들었다. 방 채주만이 잠시 멈추어 품속에서 죽통을 꺼내어 심지에 불을 붙인 후 좌로 세 바퀴, 우로 세 바퀴를 돌려 방향을 알린 후 물로 뛰어들었다.

목영이 방 채주에게 들은 대로 길을 달리자 과연 폐가 한 채가 나왔다. 그러나 오늘 이 개방의 구강 분타엔 뭔가 일이 있는 모양이었다. 덩그러니 남아 있는 문기둥 안팎으로 장작불이 피어오르며 그 주위로 족히 수백 명은 될 듯한 거지들이 모여 있었다.

'구강에는 원래 이렇게 거지가 많은가?'

목영이 맹랑한 생각을 하며 다가가자 문밖으로 모여 있던 거지 중 하나가 목영을 보곤 옆의 거지를 툭 치며 눈짓을 주었다. 서로 눈빛을 마주친 거지들이 뭐야 하는 표정으로 목영에게 앉은 채 주목하였다. 그중 몇몇이 일어나더니 목영을 보곤 물었다.

"뉘신데 이런 야심한 시각에 누추한 이곳까지 오셨는지요?"

두 개의 매듭을 매었으니 이결제자임이 분명하였다. 목영은 거지들을 죽 한 번 훑어보곤 포권을 하며 말하였다.

"석가의 목영이라 하오. 늦은 시간에 죄송하지만 구강 분타주께 급한 볼일이 있어 왔소이다. 분타주를 만나게 해주시오."

말하던 거지는 잠시 곤혹스런 표정을 짓더니 '기다려 보시오' 하곤 안으로 뛰어가 어떤 거지에게 귓속말을 건넸다. 말을 들은 거지는 목영을 한 번 쳐다본 후 천천히 일어나 나왔다.

단정한 걸음걸이와 일정한 보폭이 정심한 무공을 지녔음을 말해 주고 있었다. 그러나 얼굴은 거지답게 꾀죄죄하여 도저히 나이는 분간하기 어려웠다.

"개방의 호룡당(護龍黨) 당주를 맡고 있는 취룡개(醉龍丐)라 하오. 분타주를 찾아오셨다고요?"

목영은 호룡이든 오룡이든 개방의 조직에 관심이 있을 턱이 없었다. 그러니 당연 당주란 직이 어느 위치인지도 몰랐다. 그런 까닭에 개방에서 호룡당이란 방주의 호위대이며 방주가 있는 곳에 호룡당이 있음이니 이곳에 현재 개방의 방주가 와 있다는 것을 모르는 것이 당연했다.

"그렇소. 분타주를 잠깐 만나게 해주시오."

"오늘은 아무래도 어렵겠으니 날이 밝은 후 다시 오십시오."

취룡개는 자신의 지위를 밝혀 지금 이곳에 방주가 있음을 알려주었으니 그냥 돌아가리라 여겼다. 또한 어느 구파의 장문인이나 원로가 찾아온 것도 아니니 이 시간에 방주에게 보고를 하고 있는 분타주를 불러낼 수도 없었다.

축객령을 내리고 막 돌아서는데 다시 목영의 목소리가 들렸다.

"야, 이 거지 놈아! 분타주 좀 보자는데 웬 말이 그리 많으냐? 왕후장상도 이리 만나기 어렵진 않겠다! 당장 불러내라!"

그렇지 않아도 초조하고 다급한 목영이었다. 꾹꾹 참으며 공손히 청하였는데도 무슨 일인지 알아보지도 않고 돌아가라 하니 목영이 폭발하고 만 것이다.

"이놈? 감히 개방에 와서 행패를 부린단 말이냐? 치도곤을 내기 전에 당장 돌아가지 못할까?"

취룡개가 눈을 부라렸다. 그러나 그런 것에 주눅 들 목영이 아니었다.

"흥! 가소로운 소리는 집어치우고 네놈이야말로 치도곤을 내기 전에 얼른 분타주나 나오라 해라!"

목영이 지지 않고 같이 소리치자 결국 취룡개도 폭발하고 말았다.

"정녕 따끔한 맛을 봐야 정신을 차리겠구나!"

취룡개는 아무래도 상대가 쉽게 물러날 것 같지 않자 혼을 좀 내줄 생각으로 땅을 박차며 가볍게 일장을 내질렀다.

용호십팔장의 일장인 용격호비(龍擊虎備)였다. 앞으로 송곳 같은 장력이 뻗치며 뒤이어 둥근 원판형의 기막이 따라오는 공격과 수비의 조화를 이룬 절초였다.

목영은 취룡개가 육장으로 공격을 해오자 자신도 육장으로 상대하기로 마음먹었다. 상대가 무기를 들지 않는데 자신이 검을 빼 드는 건 자존심이 상하는 일이었기 때문이다.

그러나 순간적으로 목영은 주춤했다. 자신은 십단금 외에 아는 장법이 없으니 십단금으로 대항할 수밖에 없는데 처음부터 십단금을 사용하기가 영 꺼림칙하였다. 그러다 자신이 내력의 세기를 잘못 조정해서

혹시라도 상대가 크게 다치기라도 하면 개방과 원한을 쌓는 게 문제가
아니라 오늘 듣고자 하는 얘기를 들을 수 없다는 게 문제였다.

목영은 유운검초를 수도로 펼쳐 보기로 하였다.

취룡개의 장력이 다가오자 목영은 오른손을 쭉 앞으로 내밀며 손목
을 이용하여 빙글 원을 그렸다. 목영의 손길을 따라 둥근 기막이 형성
되어 취룡개의 용격호비에 부딪쳐 갔다. 둥 하고 낮은 소리가 울리며
취룡개의 장력이 슬쩍 방향을 바꾸며 허공으로 사라졌다.

"오호, 별것도 아닌 놈이 소리만 요란했구나."

목영은 취룡개의 일장을 막아냈다는 사실보다 유운검초를 수도로
펼쳐 보려는 자신의 생각이 맞아들자 한껏 들뜬 기분이 되어 상대를
더욱 자극하는지도 모르고 야유의 말을 뱉어내었다.

벌써 안팎의 거지들은 몽땅 우르르 밖으로 몰려나와 문을 중심으로
반원으로 늘어서서 때 아닌 대결에 흥미로운 표정으로 구경하고 있었
다. 이들이 이렇게 태평스럽게 구경하는 건 이 기회에 개방의 다음 세
대 중 수위를 다툰다는 취룡개의 무공을 견식하고자 함이었지 누구 하
나 취룡개가 질 거라곤 꿈에도 생각지 않았기 때문이다. 그러나 일장
의 교환에서 취룡개가 조금도 득수를 하지 못하자 장내에 조금씩 긴장
이 어리기 시작했다.

취룡개는 선공을 하였음에도 상대가 전혀 밀리지 않는 데다 오히려
자신을 경시하는 듯한 말을 하자 바싹 약이 올랐다. 더구나 방 내의 문
도들이 잔뜩 구경하고 있는데 이런 꼴을 당하자 화가 치밀어 오를 수
밖에.

"네놈이 정녕 화를 자초하는구나. 언제까지 그렇게 나불댈 수 있는
지 두고 보자."

취룡개는 그러나 말과는 다르게 신중한 태도로 취선보를 밟아 방위를 이동시키며 장력을 내쏘기 시작했다.

"흥! 얼마든지 오너라!"

목영도 큰소리친 것과는 다르게 감히 상대를 경시하지 못하고 신중하게 초식을 운용하여 대항해 갔다. 유운검초를 수도로 펼치는 것이 생소하니 자칫 낭패를 당할 수도 있다는 생각에 자연 긴장될 수밖에 없었다.

그러다 보니 목영은 제자리에서 빙글빙글 돌며 수비에 임하고 취룡개는 목영의 주위를 돌아가며 공격하는 대치 상태가 되었다.

그렇게 한참을 어울리자 목영은 처음에 허둥대던 몸놀림이 안정되어가며 손으로 펼치는 유운검의 초식에 익숙해져 갔고 효과적인 방법들을 하나하나 몸으로 느끼기 시작하였다. 손목의 떨림을 어떻게 해야 하는지, 상박과 하박의 활용은 어떻게 해야 하는지, 또 장력을 운용하며 발의 방위는 어떻게 두어야 하는지.

물론 가끔은 취룡개의 장력을 다 해소하지 못해 위험에 처하기도 하였으나 그때마다 칠성둔형을 펼쳐 몸을 빼내니 크게 걱정할 바는 아니었다.

'아하, 이렇게 손으로 하는 것은 그것대로 또 묘용이 있는 것이구나. 이제 이것을 유운수(流雲手)라 해야겠다. 벌써 몇 개의 무공을 만들었는지 모르겠구나. 문파를 하나 차려도 되겠다.'

스스로의 자찬에 빠져 마냥 하늘로 올라가는 목영이었다.

그때 한 노인이 안에서 나오자 개방의 무리들이 분분히 고개를 숙이며 자리를 내어주었다. 그 노인은 맨 앞으로 나와 흥미 어린 눈으로 목영과 취룡개의 대결을 보다가 옆에 자신을 따라 나온 한 거지 노인에게 물었다.

"구 장로, 취룡개와 어울려 밀리지 않는다니 대단하구려. 나이도 많은 것 같지 않은데. 구 장로는 저것이 무슨 장법인지 혹 알아보시겠소?"

"글쎄요, 아마 검법을 수도로 펼치는 듯합니다. 하지만 아직 익숙지 않은 듯 가끔 초식의 연결이 끊기는군요."

옆에서 두 노인의 말을 들은 개방도들은 깜짝 놀랐다. 검법을 수도로 펼친다 함은 그 검법에 정통해야 함은 물론 기를 자유자재로 다룰 수 있는 경지가 아니고선 흉내조차 내기 힘든 일이었기 때문이다. 더구나 상대는 취룡개와 비슷한 연배로 보이는데 그러한 경지에 벌써 올랐다는 게 믿기지 않는 일이었다.

다시 한참을 어울려 장력을 서로 주고받는 가운데 목영은 이제 그만 여기에서 끝내기로 작정하였다. 상대는 공격을 하고 자신은 방어만을 하니 이대로는 밤새 어울려도 결판이 날 것 같지 않았다.

결국 십단금을 쓰기로 마음먹은 목영은 다가온 장력을 지금까지와는 달리 밀어내다가 갑자기 접자결을 운용하며 밑으로 힘을 가했다. 과연 생각대로 취룡개가 비틀하며 찰나지간 중심을 잃었다.

이미 십단금의 장력이 목영의 손을 떠나 파르륵 허공을 가르며 취룡개에게 다가갔다. 중심을 잃어 피하기도, 그렇다고 장을 마주치기도 이미 늦은 취룡개는 순간 당황하여 어쩔 줄을 모르는데 그때 맨 앞줄로 나서서 둘의 대결을 바라보던 노인이 둘 사이를 가르며 달려들었다.

"멈춰라!"

소리치며 달려든 노인이 목영의 장에 맞서 일장을 내질러 왔다.

항룡유회(抗龍有悔).

강호에 이름 높은 개방의 강룡십팔장이 시전된 것이다.

두루룽!

한 소리 울림 속에 장력이 사라지고 둘은 모두 중심을 잡기 위해 한 쪽 다리를 뒤로 짚은 채 서로의 눈을 바라보았다.

개방도들은 놀람을 감추지 못했다. 누가 개방 방주의 강룡십팔장과 동수를 이룬단 말인가? 그렇다면 지금까지 취룡개를 봐주고 있었단 말인가?

물론 총망지간에 방주가 전력을 다하지는 않았겠지만 그렇더라도 놀라운 일이 아닐 수 없었다.

그러나 방주인 홍면개(紅面丐)의 놀람은 더 더욱 컸다.

장을 마주친 오른손으로 스며든 음유한 내기가 혈맥을 진탕시키고 있었기 때문이다. 겨우 일 주천의 호흡으로 내기를 가라앉히며 방주는 생각했다.

'과연 무당의 십단금이 강호일절이라 하더니 명불허전이구나.'

목영도 감탄의 눈빛으로 홍면개를 바라보았다.

'허, 나의 십단금을 이리도 쉽게 받아내는 자가 있다니, 세상의 기인이사가 모래알처럼 많다는 게 헛소리가 아니었구나.'

"보아하니 무당의 제자 같은데 누구의 문하이신가?"

홍면개는 무당의 누가 저와 같은 제자를 길러냈는지 궁금함을 감추지 못했다.

"예, 저는 석목영이라 하오며 송우 진인께서 사부가 되십니다."

목영이 평소보다 많이 겸손해진 자세로 말하였다.

홍면개는 목영의 말을 듣더니 연신 고개를 저어댔다.

"아니야, 아니야. 정말 송우에게서 무공을 배웠느냐?"

"사실 실질적인 스승은 무애 사형이라 할 수 있습니다. 그리고 하산하기 전 몇 년간은 청우 사숙조에게 사사하였습니다."

그제야 홍면개가 고개를 끄덕였다.

"그럼 그렇지. 청우 어른의 손길이 닿았음이구나. 그런데 이 야심한 시각에 웬 비무더냐?"

홍면개는 지금까지의 일을 슬쩍 비무로 바꾸며 용건을 물었다.

"소질이 급히 물어볼 것이 있어 분타주를 뵈러 왔습니다."

홍면개가 송우 진인에게는 하대를 하고 청우 사숙조에게는 존대를 하자 목영은 조카를 자청하며 말하였다.

"그렇다면 그냥 들어왔으면 될 것을. 일단 누추하나 들어가도록 하자."

목영이 취룡개를 바라보며 사악한 비웃음을 흘리곤 홍면개를 따라 들어갔다.

취룡개만 붉어진 얼굴로 혼자 씩씩댈 뿐이었다.

안으로 들어가자 홍면개의 말대로 과연 누추하기 이를 데 없었다. 시큼한 냄새가 진동하였고 바닥과 벽이 검은 때로 번들거렸다.

목영이 들어가자 안쪽의 가마니 위로 홍면개가 좌정하고 그 옆으로 한 명의 거지 노인이 앉았다. 그 반대편엔 대머리 중년 거지가 앉았다. 옆에 앉은 거지노인은 개방의 정보를 취합, 분석하여 방주에게 보고하는 목목개 장로였으며 그 맞은편의 중년 거지가 바로 구강 분타주인 벌목개였다.

"소개가 늦었네. 나는 미천하나마 개방을 이끌고 있는 홍면개라 하네. 그리고 이쪽은 목목개 구 장로이고 이쪽이 구강 분타주인 벌목개일세. 무엇이든 물어보게나."

홍면개가 구강 분타주를 소개하며 말했다.

"아, 방주님께서 여기에 계신 줄은 몰랐습니다. 혹 무례했더라도 너그러이 용서해 주십시오."

목영이 깊이 허리 숙여 인사를 건넸다. 그리고 다시 덧붙여 말을 이어갔다.

"저는 석가장의 막내로서 석가표국을 이끌고 있습니다. 그런데 얼마 전 파양호 근처에서 저희 배 두 척이 사라졌습니다. 해서 파양호채에 알아본 바 파양호에서 배 두 척이 침몰하는 사건이 있었다 하기에 그 사건의 목격자인 개방에 좀 더 자세한 사항을 듣고자 왔습니다."

갑자기 장내가 조용해졌다. 거지들은 놀란 눈으로 서로서로 눈을 맞추기에 바빴다. 목영이 이상함을 느끼고 이 사람 저 사람에게 눈길을 주다가 벌목개를 주시했다.

"석가표국의 국주셨구려. 그런데 국주, 이 일은 매우 중요합니다. 이미 들으셨는지 모르지만 명교와 관련된 일이기에 우리도 촉각을 곤두세우고 있는 중입니다. 그러니 제 물음에 솔직히 답해주시오. 혹 귀 배에 여인이 타고 있었습니까?"

순간 목영은 가슴이 철렁했다.

"그, 그, 그렇습니다. 그 여인이 어찌 되었습니까?"

그러나 급한 목영의 물음을 비켜가며 벌목개는 다른 질문을 던졌다.

"그러면 표물은 무엇이었습니까? 그리고 누구와 거래한 것입니까?"

벌목개도 몹시 급한 듯 무릎걸음으로 앞으로 나서며 물었다. 홍면개와 목목개도 예리한 눈초리를 빛내며 바싹 긴장한 채 목영을 주시하였다.

"그 여인이 살아 있습니까?"

목영이 다시 채근하였다. 분명 아연을 이르는 말 같았다.

벌목개가 목목개에게 시선을 주며 어찌할까를 눈빛으로 물었다.

목목개 구 장로는 잠깐 생각에 잠겼다가 목영에게 말했다.

"국주, 먼저 우리의 물음에 답해주면 우리도 그 여인의 행방을 말해 드리리다. 이 일은 한두 사람의 목숨이 문제가 아니오. 수많은 인명과 관계된 일이란 말이오. 자, 말해 주시오. 표물은 어디로 가는 거였으며 무엇이었습니까?"

'이런 육시랄 놈들, 사람 목숨이 위태롭다는데도 제 볼일 보기에만 바쁘구나. 나한테야 그 한 목숨이 더 중요하단 말이다. 그런데 이 일을 어쩐다? 사실대로 대화장에 황을 팔았다고 할 수도 없고. 그래, 대충 높은 놈을 걸고넘어져야겠다.'

목영은 순간적으로 기지를 발휘하여 사실을 숨기기로 작정하였다.

"그게 원래 표물의 내용은 발설이 금지되어 있는 것이 표국의 법도지요. 하나 이렇듯 개방의 높으신 어른들이 물어보시니 고하도록 하겠습니다. 표물은 금릉의 충의장으로……."

"충의장? 정녕 충의장이라 하였습니까?"

목목개가 자기도 모르는 새에 언성을 높였다. 그럴 수밖에 없는 것이 금릉의 충의장이라 하면 현재 명의 최고 권력자인 한림학사 황자징 대감이 머무는 곳이 아닌가.

"예, 분명 충의장으로 가는 표물이었습니다."

목영이 능청스럽게 대꾸하였다.

"그럼 내용물은 무엇이었습니까?"

"그게……."

목영이 난처한 듯이 좀 말을 끌다가 얘기했다.

"사실은 저도 정확히는 보지 못했습니다. 표물을 맡기는 자들이 한사코 내용물의 확인을 거부하였는지라. 무슨 궤짝 같은 것에 넣고 촘촘히 밀봉되어 있었습니다. 다만 저들이 하는 얘기를 언뜻 들으니 무슨 화(火)라 하더이다. 뭐, 이것이면 능히 백만 대군을 얻음과 같다 했습니다."

'흥, 이제 네놈들이 생각을 해보려무나. 습격한 놈들이 명교 놈들이랬으니 화라 하면 뭔가 연관된 게 있겠지.'

"화라……. 화… 엇? 성화령?"

목목개가 중얼거리자 방주와 분타주 모두 목목개를 빤히 쳐다보다 성화령이란 말에 화들짝 놀랐다.

"이제는 여인의 행방을 말해 주시지요."

목영은 더 이상 이들의 반응이 궁금할 게 없었다.

빨리 아연에 관한 얘기를 듣고자 하였다.

세 거지는 서로 잠시 눈빛을 교환하다 방주가 고개를 끄덕이자 벌목개가 말하기 시작하였다.

"그 여인은 그날 파양호에서 발견되었지요. 여기저기 부상이 심하였으나 다른 상처는 문제될 것이 없었는데 다만 홍살장에 맞으며 몸속에 침투한 화기가 문제였지요."

"홍살장이라 하면……."

목영이 청살에 이어 다시 듣는 홍살장에 대해 물었다.

그의 물음에 이번에는 목목개가 답하였다.

"바로 명교의 삼색신장을 일컬음입니다. 청살, 홍살, 백살. 청살은 음한장이고 홍살은 열양장입니다. 백살은 음양이 비로소 조화를 이루지만 맞고 나면 몸속에서 음양의 충돌을 일으킵니다. 이 홍살장의 열양지기는 내기를 손상시키며 서서히 단전까지 침투합니다. 당한 사람은 높은 열로 똑바로 정신을 차리기가 어렵지요. 이 열기를 몰아내고자 하면 당한 사람과 동일한 내공을 익힌 고수가 기를 불어넣어 아주 강한 힘으로 일시에 몰아내거나 아니면 아주 부드러운 기를 이용하여 당한 사람의 기와 홍살기의 중간에 완충 지대를 형성시켜 놓은 후 한 십여 일에 걸쳐 서서히 뽑아내는 방법이 있습니다. 그러나 그런 고수는 당금 강호에 몇 찾아보기가 어려울 것입니다. 또 하나 주의할 것은 치료를 한 후에도 한동안은 햇빛을 보면 안 됩니다. 열기로 인하여 눈이 많이 상해 있으니 한 보름 정도 눈이 정상으로 돌아올 때까지는 눈을 가려야 합니다.”

“음…….”

목영은 아연이 쉽게 회복할 수 없는 중상을 입었다는 말에 참담한 표정을 지었다.

“그런데 그 여인은 지금 어디 있습니까?”

“그 여인은 지금 이곳에 없습니다. 의원이 임시방편으로 열기를 가라앉히자 그 여인은 조금 정신을 차린 듯했지요. 그런데 어젯밤 아무도 모르게 사라져 버렸습니다. 남은 약을 가져갔으니 아마도 십 일은 버틸 수 있을 것입니다. 그러나 그 후에는 다시 혼수상태가 되기 쉽습니다.”

‘이 마누라가 끝끝내 속을 썩이는구나. 그냥 가만하나 있을 것이지.’

속으론 아연을 나무라면서도 목영의 눈엔 눈물이 그렁하였다.

“하면 어느 방향으로 갔는지도 모르십니까?”

다시 벌목개가 나서서 말하였다.

"저희로서도 그것은 알 수 없지요. 다만 없어진 것을 안 후에 곳곳을 수색하였으나 종적을 발견하지 못한 걸로 보아 아마 배를 타지 않았나 생각할 뿐입니다."

목영이 고개를 숙인 채 잠시 앉아 있다가 일어났다.

물론 아연의 내력을 이야기해 주고 개방에게 도움을 요청한다면 자신이 찾는 것보다는 쉽게 찾을 수도 있겠지만 그리되면 이번 거래가 여기저기에 소문이 날 테고 결국은 황을 거래한 것이 들통날 수도 있었다.

앞으로 연왕이든 황제든 어느 쪽이 득세할지도 모르는 상황에서 석가장을 위험에 빠뜨릴 수도 있는 일이기에 목영은 일단 그냥 일어나기로 한 것이다. 더구나 개방에서 꼭 시간 내에 찾는다는 보장도 없지 않은가?

"말씀 고마웠습니다. 그리고 저희 표국 사람을 구해주시고 또 잠시나마 돌봐주심에 감사드립니다. 저는 이만."

목영이 포권을 한 후 밖으로 나오자 방주를 비롯하여 모두가 따라 나왔다.

"그럼 이만."

목영은 다시 한 번 고개를 숙여 포권을 취하곤 그대로 발을 튕겼다. 갑자기 그 자리에서 꺼지듯 사라진 목영은 이미 십 장여를 벗어나 다시 한 번 발을 튕기며 어둠 속으로 사라져 갔다.

"허허, 무당의 성세는 한 세대를 더 하겠구나."

방주는 감탄의 눈빛으로 목영이 사라진 어둠을 응시하였다.

목영이 떠난 후 방주와 목목개, 그리고 취룡개와 벌목개가 모여 앉았다.

“구(具) 장로, 그래, 그 얘기를 어떻게 해석해야 한단 말인가?”

방주가 정보를 담당하는 목목개를 향해 의견을 물었다.

“방주님, 아직은 뭐라 추측하기 어렵습니다만 정말로 성화령이 출현했다면 이거야말로 큰일입니다. 성화령이 있다면 명교의 정통성을 주장할 수 있으니 명교의 부활은 물론이요, 건곤대나이신공의 위력이 다시 강호를 위협할 것입니다. 일단은 금릉의 충의장이라도 감시를 해야 할 것 같습니다. 그것이 충의장으로 가는 표물이었다니 그것을 빌미로 황 대감이 명교의 잔당들을 이용할 생각이었는지도 모르지요.”

“아무튼 황제와 연왕이 대치한 상황 속에서 서로의 필요에 의해 연합이라도 한다면 큰일이 아닙니까?”

벌목개도 걱정스런 표정으로 한마디 하고 나섰다.

“정말 일이 점점 더 어렵게 되어가는구나. 그럼 충의장의 일은 구 장로가 알아서 처리하도록 하게.”

구 장로에게 충의장의 일을 맡기며 방주는 얼굴에 깊은 시름을 담았다.

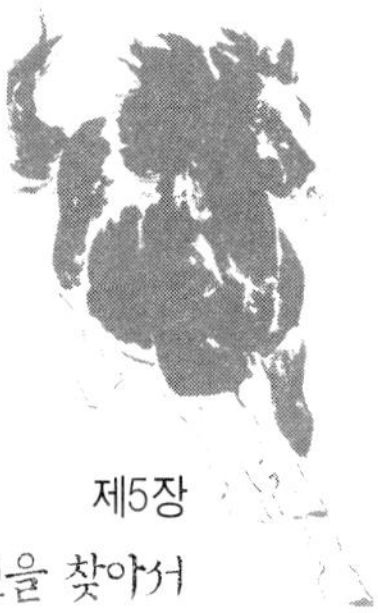

제5장
부인을 찾아서

새벽. 인시(寅時:3~5시) 말인데도 여름의 아침은 일찍 시작되어 뿌연 여명을 뿌리고 있었다. 한 사내가 새벽의 구강대로를 질주하고 있었다. 한 번씩 땅을 박찰 때마다 십여 장씩을 쑥쑥 나아가며 순식간에 구강대로를 벗어나 선착장을 향해 가는 이 사내는 개방의 구강 분타를 나온 목영이었다.

신법을 전개해 나가며 목영은 생각해 보았다.

'나라면 이 상황에서 어디로 갈까? 갈 곳은 단 세 곳이다. 그 셋 중 하나일 텐데 시간이 없으니……. 어떻게든 십 일 이내에는 찾아야 한다. 무창으로 돌아가는 경우, 아니면 우리 지부가 있는 무호로 가서 연락을 취한 후 처리 방법에 따라 응천부로 계속 가려는 경우, 그리고 또 하나는 황산의 남궁세가로 가서 도움을 요청하는 것인데……. 어디일까? 어느 길을 택했을까?'

어느덧 목영은 결론도 내지 못한 채 선착장에 도착하였다. 그런데 배가 보이지 않았다.

'아니, 우리 배가 어디로 간 거야?'

의아한 생각에 여기저기를 둘러보는데 앞에서 소선 하나가 물살을 가르며 다가왔다.

"국주님, 여깁니다, 여기요!"

하 대주의 말소리에 목영이 훌쩍 뛰어 배에 올랐다.

"아니, 어찌 된 일이오?"

난간에 걸터앉으며 목영이 물었다.

"예, 한밤중에 관선이 출동하여 모든 배들을 물러나게 했습니다. 아마도 여기에서 무슨 전투가 있었던 모양입니다."

"그래요? 혹 다른 이상한 일은 없었습니까?"

"그 후에 파양호채의 배로 보이는 거선 십여 척이 하류 쪽으로 갔습니다. 십여 척에 만약 수적들을 가득 채웠다면 거의 천여 명이 이동한 것이지요. 전쟁이라도 하려는지……. 아, 그리고 새벽녘에 사천표국의 배가 지나갔습니다. 여기까지는 평소에 잘 오지 않는데 뭔가 중요한 표물 건이라도 잡았나 봅니다."

멀리 석가표국의 배가 보이기 시작하자 목영은 다시금 초조해지기 시작하였다.

'지금 이 순간의 선택에 부인의 목숨이 달린 것이나 마찬가지다. 만약 잘못된 선택이라면 돌이킬 시간이 없지 않은가. 어디로 갈까? 어디로 갔을까?'

표국의 배에 도착하자 목영이 훌쩍 뛰어 급히 선상으로 오르며 진장로를 찾았다.

“진 장로! 진 장로!”

떠날 준비로 이것저것 한창 선부들에게 지시하던 진 장로가 급히 뛰어왔다.

“무호로 갈 것입니다. 배를 출발시키시고 하 대주와 국주실로 오세요. 상의드릴 것이 있습니다.”

목영이 먼저 선실로 내려가자 진 장로는 하 대주를 찾아 국주실로 들어갔다. 침통한 표정의 목영이 작은 탁자에 앉아 기다리고 있었다.

“그간 알아본 바에 의하면 아무래도 우리 표국의 배는 명교의 습격으로 침몰한 듯합니다.”

“그럴 수가!”

목영의 말에 진 장로와 하 대주는 망연한 표정을 지었다.

“그런데 개방에서 구출한 유일한 생존자가 있는데 아마도 부국주인 듯하오.”

목영은 간단히 상황을 간추려 말해 주고 현재 아연의 상태에 대해서도 알려주었다.

“그나마 불행 중 다행이군요.”

진 장로가 그래도 목영의 부인 되는 남궁아연이 아직은 살아 있다 하니 한 가닥 안심의 눈초리로 말했다.

“그렇지만 어디에서 부국주님을 찾는단 말입니까? 거기다 이백여 식솔들이 몰살을 하다니? 도대체 어찌해야 하는지요?”

도무지 아연이 간 방향을 짐작조차 할 수 없자 하 대주가 답답한 듯 물었다.

“일단 진 장로님과 하 대주는 무호로 계속 가셔서 우리 지부에 부국주가 왔는지 확인하세요. 거기에서 만나시면 무조건 의원에게 보이시고 황산의 남궁가로 기별을 주세요. 저는 향구에서 내려 남궁가로 가겠습니다. 아무래도 둘 중 하나일 것 같습니다. 그리고 본가에 기별을 넣어 이백여 식솔들의 행방불명을 가족들에게 통보하고 적절한 배상을 하도록 해주세요. 자, 그만들 나가보시고 향구에 도착하면 저를 부르세요.”

진 장로와 하 대주가 힘없는 몸짓으로 인사를 하고 나가자 목영은 간밤을 꼬박 새워 피곤한 몸을 침상에 뉘었다.

사천표국의 국주 남우연(南遇然)은 입 안이 바싹바싹 마르고 있었다.

별일없이 파양호를 통과하여 한시름 덜었다 싶은 순간에 갑자기 어디서 배 한 척이 나타났다. 처음엔 그저 지나가는 배려니 했지만 웬걸? 슬금슬금 다가와서는 갑자기 화살을 날려대기 시작하였다. 응사를 하며 열심히 도주를 하였지만 놈들은 이십 장 거리를 유지하며 끈질기게 따라붙고 있었다.

놈들이 노리는 것은 분명하였다.

황(黃).

지금 이 배에는 금릉의 대화장으로 가는 황이 이만 관이나 실려 있었다. 사천의 내로라하는 사대상가가 합작으로 추진한 거래였다. 그 사대상가 중엔 사천의 제일상가인 성도상가도 끼어 있었으며 이 성도상가는 바로 오대세가의 일가인 당문과 사돈지간이었다.

아마 성도상가에서 나온 황 만 관은 당문에서 흘러나온 것이리라.

그런 만큼 신중하고 극비리에 추진한 일인데 도대체 놈들은 이 배에 황이 실려 있음을 어찌 알았을까?

그렇다 해도 사실 이쪽의 세력도 만만치 않았다.

당문에서 나온 십여 명의 무사가 호위를 해주고 있기 때문이었다.

그런데도 스멀거리는 이 불안은 아마도 놈들이 그것까지 알면서도 달려드는 듯한 느낌 때문이었다.

다시 한 번 배가 기우뚱거리며 급격히 방향을 틀었다. 날아온 화살 중 몇 개를 제외하곤 물속으로 처박혀들었다. 기우뚱하던 배가 다시 균형을 잡으며 앞으로 질주해 나갔다.

"국주, 이대로 뒤를 내준 채 쫓기기만 해선 안 되겠소. 마침 저 앞쪽에 산 굽이를 돌아 강물이 휘어져 있으니 속도를 줄여 강변 쪽으로 붙어 매복을 합시다. 아무래도 한번 실력 행사를 해야 할 것 같으니."

사천당문의 수장 격인 당성천(唐聖天)이 국주 남우연에게 다가와 말했다. 당성천은 현 문주인 당만천(唐滿天)의 막내동생이며 당문의 장로였다.

잔뜩 긴장한 채 뒤쪽만을 주시하던 남우연이 앞쪽을 살펴보니 과연 강물이 급격히 휘어져 있었다. 강변으로 돌출된 산자락이 있어 숨기에는 안성맞춤인 것 같았다.

"알겠습니다. 저희는 그저 장로님만 믿겠습니다."

"걱정 마시오. 수적 나부랭이들이야 한주먹거리나 되겠소. 허허허."

멋들어진 수염을 쓰다듬으며 호기롭게 웃는 당성천이었다.

'제발 그리되어야 할 텐데.'

사천표국의 배는 서서히 속도를 줄이며 크게 원을 돌아 강변으로 방향을 잡아나갔다. 그런데 이상한 것은 그렇게 맹렬히 날아오던 화살들이 배의 속도가 줄어드는 순간인데도 잠잠해진 것이었다.

돛을 내려 완전히 속도를 줄이며 돌출된 산자락으로 다가가는 순간 갑자기 강물 속에서 오십여 개의 갈고리가 날아올랐다. 배의 난간으로 갈고리가 박혀드는 순간 이미 날아오른 수피인들이 갈고리에 달린 밧줄을 잡아채며 벌써 몇몇은 선상으로 날아 내리고 있었다.

"어어, 적이다!"

"막아라!"

배의 난간 아래로 몸을 숨긴 채 뒤이어 올 배를 주시하며 잔뜩 긴장하고 있던 표사들이 당황하여 소리치며 칼을 빼 들었다.

슉슉!

그러나 날아드는 수피인들의 공격은 생각보다 빨랐다. 어느새 오십여 자루의 비도가 허공을 가르고 있었다. 막 몸을 일으키며 칼을 빼어 들던 표사들이 비명을 터뜨렸다.

"으악!"

선상에 내려서 다시 한 번 비도를 날리곤 수피인들은 협봉검을 빼 들었다. 표사들은 이미 이십여 명이 죽거나 부상당한 채 널브러져 있었고 그나마 남은 표사들도 어찌할 바를 몰라 우왕좌왕하고 있었다.

'이놈들이 이제 보니 매복 지역으로 우리를 토끼몰이 하듯 몬 것이구나. 교활한 놈들. 어쩐지 뒷 배가 이십 장 안으론 접근을 하지 않기에 내심 불안했었는데.'

갑작스런 선공에 표사들이 무기력하게 당하자 남우연은 화가 머리 끝까지 솟아올랐다. 미리 눈치채지 못한 자신이 한심스럽기까지 하였다.

"당황하지 마라! 적은 겨우 오십여 명일 뿐이다! 침착하게 대형을 갖추어라!"

남우연이 표사들을 독려하며 장검을 빼 들었다.

남우연은 한때 점창에서 무공을 익혔었다. 사일검에는 이르지 못했지만 회풍무류검은 자유자재로 펼치는 경지였다. 조금 더 무공에 전념할 시간이 주어졌다면 사일검법까지 전수받을 수 있었지만 부친이 일찍 돌아가시는 바람에 독자인 남우연은 가업을 잇기 위해 하산할 수밖에 없었다.

막 남우연이 수피인들에게 다가서려는데 한 소리 우렁찬 외침이 들렸다.

"모두 물러서시오!"

십여 명의 흑의 경장인들이 표사들을 뛰어넘어 허공으로 도약했다.

일단 사태의 추이를 지켜보고자 뒤에 있던 당성천 이하 당문의 무사들이 흑의인들의 기습에 표사들이 대응하지 못하고 희생만 늘어나자 발빠르게 나선 것이다.

"감히 당문의 일에 간섭하다니, 얼마나 대단한 놈들인지 보자."

당성천이 허공에 몸을 띄운 채 두 손의 암기를 뿌렸다.

연환십이참(連環十二斬).

당문의 비전 암기술.

열두 개의 암기가 시간 차를 두고 상대가 피하려는 방향을 차례차례 점하며 날아들었다.

당성천과 함께 날아오른 당문의 무사들도 허공에서 이미 수피인들을 향해 암기를 날리고 있었다. 수피인들은 빠르게 좌우로 흩어지며 날아오는 암기를 피하다가 이미 자신이 피할 위치를 선점하며 암기가 날아들자 할 수 없이 제자리에서 협봉검을 휘둘러 암기를 쳐내었다.

그러나 그 날아드는 암기 중엔 천뢰구가 섞여 있었다. 협봉검에 튕겨진 천뢰구는 펑 소리와 함께 폭발하며 수십 개의 강침을 비산시켰다.

"으악!"

급히 수피인들이 허공으로 도약하며 강침을 피해내려 했으나 가까이에서 폭발력에 의해 넓게 퍼지며 날아오는 강침을 다 피해낸다는 건 무리였다.

"접근전을 펼쳐라!"

수피인 중 우두머리인 듯한 사내가 앞으로 달려나오며 외쳤다.

뒤쪽에 있던 수피인들은 앞서 나가는 사내를 따라 막 선상에 내려서는 당문의 무사들에게 거리를 좁히며 다가들었다.

암기술의 약점인 접근전을 시도한 것이다.

그러나 당문의 무사들은 그렇게 만만치 않았다. 앞으로 나설 때 이미 물러날 준비를 한 듯 선상에 내려서자마자 다시 발을 튕겨 뒤쪽으로 물러나며 일제히 구환살(九幻殺)의 수법으로 소도를 날렸다. 너무나 빨라 허공에 아홉 개의 잔상을 남긴다는 구환살.

소도는 정확하게 수피인의 복부를 파고들었다.

"윽!"

텅! 텅!

달려나오던 수피인들 중 여덟 명이 소도에 맞아 선상을 뒹굴며 다시 쓰러지고 겨우 두 명만이 날아오는 소도를 피해 바닥을 굴렀다. 그러나 그들이 몸을 일으키자마자 당성천은 다시 한 번 손을 휘저었다. 미세한 우모침 수십 개가 흑의인들에게 날아들었다.

암기란 원래 작을수록 다루기가 어려운 법이었다.

작은 암기는 허공을 나는 동안 바람의 영향을 많이 받을 수밖에 없으니 웬만한 공력으론 정확하게 목표를 맞추기가 당연히 힘들지 않겠는가.

그러나 역시 당문의 장로였다.

당성천이 뿌린 우모침은 빠르게 흑의인들을 향해 날아들었다. 다시 날아든 우모침에 맞은 두 명의 흑의인은 푸들푸들 경련을 일으키며 넘어졌다.

우모침엔 극독이 발라져 있었던 것이다.

이제 선상 위엔 삼십여 명의 수피인들만이 칼을 거눈 채 슬금슬금 서로 눈치를 보며 서 있었다.

뒤로 물러났던 당성천이 다시 앞으로 천천히 나서며 일갈했다.

"썩 물러가거라! 기회는 이번 한 번뿐이다! 더 이상 귀찮게 한다면 모두 죽여 버리겠다!"

공력이 실린 목소리가 울려 퍼지며 좌중을 압도했다.

'과연 당문이로다. 괜한 걱정을 했구나.'

남우연도 이제는 느긋하게 장내에 시선을 주고 있었다.

그때 십여 장 거리로 접근한 뒤를 따르던 배에서 한 인영이 배의 난간을 박차며 날아올라 사천표국의 배로 건너왔다.

"엇!"

순간 당성천은 바싹 긴장했다. 십여 장의 거리를 쉽게 좁히는 노인의 신법과 기도가 예사롭지 않았기 때문이다. 까만 얼굴에 툭 불거진 광대뼈가 음침한 인상을 풍기는 노인이었다.

당성천은 그러나 불안한 감정을 표정으로 드러내지 않으며 날아든 노인을 향해 말했다.

"네놈도 이들과 한패로구나! 도대체 네놈들은 누구냐?"

노인을 향해 말하며 당성천은 오늘 일이 쉽진 않겠다는 생각을 했다.

선상에 내려서 예리한 눈으로 장내를 훑어보던 초로의 노인은 당성천을 보며 말했다.

"당문이로구나. 짐작은 했었지. 하나 당문 정도가 본 교의 행사를 감당할 수 있을까? 혹 당만천이라도 왔으면 모를까."

"누군데 감히 당문을 업신여기는 것이냐? 네놈의 이름이나 들어보자!"

가주의 이름을 함부로 불러대자 분기탱천한 당성천이 노호를 터뜨렸다.

"저승에 가서나 알아보려무나."

노인은 비웃음을 흘리며 일장을 내질렀다. 하얗게 탈색된 손바닥 안에서 더 하얀 구슬이 튀어나와 찰나에 당성천의 면전으로 날아들었다.

"엇? 이제 보니 네놈은?"

그러나 당성천은 말을 끝맺지 못하고 급히 신형을 좌로 이동시키며 연환십이참에 이어 추혼비접(追魂飛蝶)을 펼쳤다.

혼까지 소멸시킨다는 나비 모양의 암기인 추혼비접.

노인은 흔들림없이 연이어 삼 장을 내질렀다.

연환십이참으로 날아들던 암기들이 장력에 휘감겨 방향을 잃고 날아가 버리자 노인은 추혼비접을 향해 다시 한 번 하얀 구슬을 날렸다.

퍽!

둔탁한 소리가 울리더니 순간 추혼비접은 산산이 부서지며 우모침을 쏘아내었고 하얀 구슬은 하얀 빛줄기를 쏟아내었다. 그러나 우모침은 계속되는 노인의 장력에 휘말려 흩어져 버린 반면 빛줄기는 당성천을 향해 빠르게 다가들었다.

"헉!"

헛바람을 뱉으며 당성천은 재빨리 다시 한 번 좌측으로 몸을 날리며 삼양신장(三陽神掌)을 내질렀다.

팡팡팡!

가죽 북 터지는 소리가 울리며 당성천의 삼양신장과 백살장이 허공에서 마주쳤다. 그러나 빛살처럼 퍼지는 장력을 모두 해소하지 못하고 결국 당성천은 옆구리에 하나의 빛줄기를 맞고 말았다.

"컥!"

당성천의 옆구리는 마치 조법에 당한 듯이 구멍이 뻥 뚫린 채 핏줄기를 뿜어내었다.

그 순간 노인은 잠시의 여유도 없이 예의 그 백살장을 날렸다. 이미 옆구리의 상처로 움직임이 둔화되어 피하기엔 늦었음을 직감한 당성천은 남아 있는 모든 기를 끌어올려 삼양신장을 전개했다. 그러나 이번에 날아온 백살장은 앞의 것보다 더 중(重)의 기운이 강했다.

당성천의 삼양신장을 쭉 밀어내며 다가든 백살장이 당성천의 바로 앞에서 빛줄기를 쏟아내었다.

"으악!"

장력에 맞는 순간 당성천이 처절한 비명을 쏟아내었다.

"앗! 장로님!"

순간 당문의 무사들과 표사들의 놀란 외침 속에 당성천은 피화살을 뿜으며 뒤로 주르륵 밀려나 배의 난간에 부딪쳤다가 앞으로 고꾸라졌다.

"이놈!"

"죽어라, 이 원수 놈아!"

남아 있던 당문의 무사들이 도약하며 암기를 뿌려댔다.

다시 노인은 쌍장을 내질렀고, 하얀 구슬이 날았다. 뒤에 있던 수피인들도 협봉검을 휘두르며 전장으로 뛰어들었고 이미 옆으로 다가온 배에서도 흑의인들이 날아들기 시작했다.

"모두 쳐라!"

외침 소리와 함께 남우연과 표사들도 전장으로 뛰어들자 선상은 혼전에 빠져들었다. 당문의 무사들은 모든 걸 무시하며 오직 노인에게만 달려들었으나 역부족이었다.

당문의 암기들은 노인에게 접근도 하기 전에 장력에 휘말려 엉뚱한 곳으로 날아가 버리고 하얀 구슬만이 허공을 날아 정확하게 당문의 무사들에게 틀어박혔다.

한 명, 두 명 당문의 무사들은 허무하게 쓰러져 갔다.

남우연은 검에 잔뜩 진기를 운용하여 회풍무류검을 펼쳐 갔다. 단순한 듯한 내려 베기였지만 슬쩍슬쩍 휘어지는 빠른 변검으로 수피인 둘을 베어내며 다시 앞으로 한 걸음을 나서는데 두 자루의 협봉검이 양옆에서 찔러왔다.

급히 움직임을 멈추며 올려 베기와 내려 베기로 두 검날을 막 쳐내는데 앞에서 한 자루의 붉은 협봉검이 달려들었다. 확 다가든 협봉검이 갑자기 세 개의 검날로 나눠지며 상중하를 노리며 다가들자 남우연은 검을 다시 올려치며 세 개의 검날을 쳐내려 하였다.

그러나 세 검 중 맨 마지막의 검날은 처음 두 개와는 다르게 느린 검초로 변식되더니 남우연의 검이 지나간 후에 다가들어 복부에 박혀들었다.

"헉, 쿨럭!"

박힌 검을 흑의인이 회수하자 남우연은 기침과 함께 핏물을 흘리며 그대로 무너져 내렸다.

이제 표사들은 모두 시신이 되어 널브러져 있었고 당가의 두 무사만
이 남아 노인에게 달려들고 있었다. 노인이 암기를 피해 허공에서 두
번 몸을 틀며 방향을 전환하고 다시 이장을 격출하자 하얀 빛무리 속
에서 두 무사가 비명을 지르며 쓰러졌다.

당문의 무사들을 모두 해치운 노인이 선상으로 내려서자 한 흑의인
이 다가와 고하였다.

"지(地)호법님, 모두 처리하였습니다."

노인은 잠시 숨을 고른 후 흑의인에게 눈길을 돌렸다.

"시간이 생각보다 많이 지체되었다. 피해도 큰 것 같고. 얼른 시체
들을 정리하고 황을 옮겨 싣도록 해라."

"존명."

흑의인은 먼저 시체들을 선실로 이동시키고 화물 칸의 황을 선상으
로 옮겨 쌓도록 지시했다. 수하들이 시체들을 다 치우고 황을 선상에
거의 다 쌓아갈 무렵 강물 굽이를 돌며 배 한 척이 보이기 시작했다.

순간 당황한 흑의인은 노인을 바라보았고, 노인은 굳게 다문 입에
힘을 주며 나타난 배를 주시하였다.

목영은 잠이 덜 깬 눈으로 뱃전에 서서 멀리 옆으로 보이는 두 척의
배를 바라보았다. 진 장로가 사천표국의 배가 습격을 받은 듯하다며
급히 깨워 막 올라온 길이었다.

그러나 목영은 사천표국의 배를 도와줄 마음이 별로 없었다.

어서 빨리 길을 재촉하여 아연을 찾는 게 급했기 때문이다.

그런데 이십여 장을 격하고 두 배를 바라보며 그대로 지나치려던 목
영의 눈에 잔뜩 쌓여 있는 자루가 눈에 들어왔다. 석가표국에서 실었

던 황 자루와 너무도 흡사했다.

순간 목영은 하 대주에게 명했다.

"하 대주, 저쪽 배로 가봅시다."

아무런 지시가 없어 그대로 지나치나 보다 생각하며 그대로 방향을
유지하다가 갑작스럽게 국주가 명하자 조타수는 낑낑대며 타를 최대한
잡아당겼다. 그러나 거선은 그렇게 쉽게 방향 선회를 할 수 있는 것이
아니었다. 선체가 기우뚱거릴 뿐 계속 가던 방향을 고수하며 흘러갈
뿐이었다.

"비켜봐라. 그렇게 해서야 언제 저 배까지 가겠느냐?"

답답해진 목영은 선미로 몸을 날려 조타수를 밀어내곤 직접 공력을
운기하여 타를 잡아당겼다.

그렇게 힘으로만 한다고 거선의 방향이 급히 돌려지겠는가?

결국 우지끈 하며 타가 부러지고 말았다.

"이런."

목영은 이제는 단순한 나무 몽둥이가 되어버린 타를 멀뚱히 들고 서
서 겸연쩍은 표정으로 조타수와 하 대주를 번갈아 바라보았다. 그러다
저쪽으로 멀어지는 배를 보더니 그대로 배의 난간을 박차고 오르며 나
무막대를 앞으로 내던졌다.

십여 장을 날아간 목영은 물 위로 떨어진 나무막대를 밟고 다시 튀
어 올라 멀리 서 있던 사천표국의 배로 날아들었다.

하 대주와 표사들은 입을 쩍 벌리며 놀란 표정을 지었다.

저 먼 거리를 날아가다니.

지난밤 취기에 느꼈던 국주의 신위가 저 정도일 줄이야.

이미 목영의 성취를 느끼고 있던 진 장로만이 입가에 웃음을 그리며

선부들을 재촉했다.

"뭣들 하는가, 어서 배를 저쪽으로 몰아가야지?"

그제야 조타수가 부러진 반 토막의 타에 달려들었다.

선상에 있던 흑의인들은 목영이 날아들자 지호법을 중심으로 모여들었다. 지호법은 일단 목영의 의도를 알아보고자 무뚝뚝하게 물었다.

"뉘신데 이렇게 함부로 남의 배에 뛰어드는 것이오?"

목영이 선상에 내려서서 휘 둘러보니 여기저기 핏자국이 싸움의 흔적을 보여주고 있었다.

"사천표국의 배인 모양인데 수적의 침입을 받은 듯하기에 염려가 되어 한번 건너와 보았소이다. 그런데 수적들은 다 물리친 모양이구려."

목영이 웃음을 지으며 말하자 지호법은 이놈이 자신들의 정체를 모르겠거니 생각했다.

"염려해 주서서 감사하오이다. 보시다시피 수적들을 모두 처리했으니 그만 돌아가 주시오. 우리도 좀 쉬어야겠소이다."

괜히 일을 더 이상 확대시키고 싶지 않았기에 지호법은 그냥 돌아가 주기를 간절히 빌었다. 그러나 목영은 싱글거리면서도 돌아갈 생각이 없는 듯 선상에 쌓아놓은 자루로 다가갔다.

"그런데 왜 멀쩡한 표물을 꺼내고 계시는지 모르겠군요. 설마 하니 수적의 배를 빼앗아 이제부턴 저 배로 이동할 생각은 아니겠지요? 하하하!"

목영이 바로 옆에 대어져 있는 배를 가리키며 웃었다. 순간 선상이 조용해지며 목영의 웃음소리만이 낭랑하게 울려 퍼졌다. 딱히 뭐라 대꾸할 말을 찾지 못한 지호법은 얼굴을 찌푸리다 돌연 목영과 같이 웃으며 말했다.

"허허허, 괜한 호기심으로 목숨을 단축하시는구려. 진작 그냥 돌아 갔으면 서로에게 좋았을 것을."

말을 하며 눈짓을 하자 흑의인들이 목영을 포위하며 협봉검을 빼 들 었다.

"오호, 입막음을 하시려고? 그나저나 수적 놈들은 항상 이렇게 떼거 리로 몰려드네?"

'이렇게 된 이상 이놈부터 처리하고 저 배를 잡아야겠구나.'

노인은 배가 다가오기까지 기다릴 수 없다 판단하곤 포위한 흑의인 들에게 고개를 끄덕였다. 목영은 포위를 당했으면서도 실실 웃음을 흘 리며 여유있게 뒷짐을 지었다.

"흥, 언제까지 웃을 수 있는지 두고 보자. 쳐라!"

한 흑의인이 목영을 노려보며 공격 명령을 내리자 흑의인들은 네 명 이 한 조가 되어 목영에게 달려들기 시작했다. 목영은 웃음이 남아 있 는 얼굴로 송문검을 빼 들었다.

네 개의 칼날이 전후좌우에서 다가들자 목영은 앞으로 한 걸음을 내 디뎌 두 칼날 사이에 빙글 작은 원 하나를 그려 넣곤 다시 좌측으로 일 보를 내디디며 몸을 돌려 뒤에서 다가온 칼날의 옆면을 쭉 밀어내었다.

유운검의 십초식인 회회운수(回回雲水)에 이은 무운창파(舞雲滄波)였 다. 앞의 두 검은 목영이 그린 원 안으로 누가 잡아당긴 듯이 밀려들어 와 목영이 좌로 피하자 그대로 옆을 스쳐 지나갔다.

그렇지만 그것이 다가 아니었다.

목영의 옆을 스치듯 지나간 검날은 목영의 검에 밀려 한쪽으로 기우 뚱 밀려난 자기편의 옆구리에 박혀들고 말았다.

“헉!”

“으악!”

놀람과 비명이 교차하며 두 명의 흑의인이 쓰러지고 자신들도 모르게 자기편의 옆구리에 검을 찌르고 만 두 흑의인은 당황하여 순간적으로 움직임을 멈췄다. 그 순간 목영의 십단금이 파르르 허공을 날아 흑의인의 등판에 작렬했다.

“크윽.”

단 한순간에 네 명의 흑의인을 처치한 목영이 선상을 박차며 다시 다가오는 검날을 향해 달려들었다.

“얏!”

한 소리 기합과 함께 그는 검끝을 좌우로 흔들어 찔러오던 협봉검을 비껴내고 검이 밀려나며 훤히 드러난 옆구리에 십단금을 쏘아냈다.

팡팡!

다시 두 명의 흑의인이 튕겨져 나가며 선상에 널브러지자 흑의인들은 주춤 물러나려 하였다. 그러나 이번엔 목영이 무리 속으로 다가서며 연이어 십단금을 발출했다.

“멈춰라!”

순식간에 십여 명의 흑의인이 쓰러지자 가만히 지켜보던 노인이 선상을 박차며 목영의 앞에 떨어져 내렸다.

“알고 보니 무당의 제자였구나. 과연 무당검은 언제 보아도 춤사위처럼 아름답구나. 하나 중과부적이라. 혼자서 얼마나 버티는지 보겠다. 살무진(殺霧陣)을 펼쳐라!”

살무진은 명교의 독특한 진법으로 다수가 소수의 고수를 상대할 때 유용한 공격 방법이었다. 돈표(수리검에 끈을 달아 회수할 수 있는 병기)를 이용하여 원거리에서 다수가 동시에 공격함으로써 고수는 제대로 힘을 쓰지 못하고 지쳐 쓰러지게 되는 것이다.

"이건 또 뭐냐? 쯧쯧, 그런다고 달라질까?"

목영은 살무진이 뭔가 하여 의아한 눈으로 바라보다 이십여 명의 흑의인이 자신의 주위를 빠르게 돌기 시작하자 혀를 차며 말했다.

그러나 같은 검은색 복장에 빠른 속도로 돌아가는 흑의인들은 검은 장막이 쳐진 듯 보일 뿐 한 사람 한 사람을 분간할 수가 없었다. 목영도 내심 바싹 긴장하지 않을 수 없었다.

빠르게 돌아가던 흑의인들은 무리 중 누군가의 개(開)란 외침에 일부는 뛰어오르며 아래로 돈표를 날렸고 일부는 몸을 낮추며 위로 돈표를 던졌다. 흑의인들의 움직임을 주시하던 목영은 무질서하게 돈표가 날아오자 제자리에서 팽이처럼 몸을 회전시키며 검으로 허공에 물결을 그렸다.

유운노해(流雲怒海).

다수를 상대할 때 가장 효과적인 유운검 십이초식의 절초가 펼쳐졌다.

돈표들이 목영이 펼친 검파의 물결에 성난 대해 속의 조각배가 파도에 휩쓸리듯 검파에 밀려 주위로 흩어져 버렸다. 돈표들이 그에게 아무런 타격을 주지 못하고 오히려 저희들끼리 부딪치려 하자 흑의인들은 재빨리 돈표를 회수하며 다시 돌아가려 하였다.

그러나 잠시 멈춘 순간을 놓치지 않고 목영이 비도를 연이어 뿌려댔다. 회도류로 날아간 비도는 어김없이 흑의인의 허벅지와 옆구리로 박혀들었다.

목영이 파양호채에서 사용하고 남은 일곱 자루의 비도를 날리자 정확히 일곱 명이 쓰러졌다. 살무진을 만들었던 흑의인들은 동료들이 비도에 쓰러지자 어찌할 줄을 몰라 멍하니 서 있기도 하고 어떤 이는 뛰려는 자세를 취하기도 하며 선임자를 바라보았다. 선임자도 당황하긴 마찬가지여서 노인을 바라보고 있을 뿐이었다.

너무 쉽게 살무진이 깨지자 노인은 얼굴을 찌푸리며 흑의인들에게 짜증난 목소리로 말했다.

"이런 바보 같은 놈들, 모두 물러나거라!"

노인은 앞으로 나서며 목영에게 말했다.

"무당엔 청우 말고 사람이 없는 줄 알았더니. 아무튼 너만한 나이에 그만한 경지라니 대단하구나. 그러나 오늘 이 자리를 무사히 벗어날 순 없을 게다."

말을 마치며 노인은 목영을 향해 일장을 내질렀다.

백살장(白殺掌).

하얀 구슬이 목영에게 빠르게 다가왔다.

삼색신장의 최고 장법이 다시 한 번 선상 위에 그 빛을 뿜어내었다.

그때 거의 다 접근해 온 석가표국의 배 위에서 진 장로가 다급하게 소리쳤다.

"국주, 마주치면 아니 되오! 피하시오!"

원래는 좀 더 일찍 올 수 있었지만 타가 반 동강이 나버렸으니 어쩌겠는가? 조타수가 짧은 타를 잡고 방향 전환을 하느라 용을 쓰다 지쳐 쓰러져 결국 하 대주가 공력을 운기해 겨우겨우 오는 길이었다.

'알려주려면 빨리 알려주든지……. 누구 약 올리는 것도 아니고.'

그는 이미 피하기엔 늦었다고 판단하고는 검을 빙글 돌리며 유운검 중 회운지수(回雲至水)를 펼쳤다. 그러나 목영의 의도대로 꺾여야 할 장력은 그대로 검배를 밀고 들어왔다.

'이게 뭐야?'

목영은 검에 밀려드는 강대한 힘에 깜짝 놀라 더 빨리 검을 돌리며 뒤로 물러났다.

우당탕탕탕!

미처 보법을 전개하지 못해 죽어라 검을 돌리며 소리도 요란하게 뒷걸음질로 한참을 밀려나던 목영은 겨우 배의 난간을 박차며 빙글 허공을 돌아 좌측의 뱃전으로 하얀 구슬을 밀어냈다.

팍!

뱃전에 부딪친 하얀 구슬은 배의 난간을 가루로 만들며 사라져 버렸다. 그 모습을 본 목영은 간담이 서늘해질 수밖에 없었다.

'괴이하기 짝이 없는 장법이로다. 다시 마주치면 어디가 다쳐도 크게 다치겠구나. 그렇다면 어디 보자, 저놈이 제격이겠다.'

그는 재빨리 좌우를 두리번거리더니 선상을 박차며 옆으로 뛰었다. 그의 목표는 노인의 왼편에 있는 한 흑의인이었다.

당황한 흑의인이 두 손을 마구 흔들었지만 목영은 뒤로 돌아가며 흑의인의 뒷덜미를 잡아챘다. 흑의인을 잡은 목영은 이미 자신의 움직임에 따라 노인이 다시 한 번 발출한 하얀 구슬을 향해 흑의인을 냅다 집어 던졌다.

팡!

"으악!"

하얀 구슬에 맞은 흑의인은 칠공으로 피를 뿌려대며 날아갔다.

"이런 나쁜 놈!"

노인이 이를 갈며 다시 목영에게 접근하려 하였다. 그러나 그는 노인에게서 도망치며 또 다른 흑의인을 잡으려 하였다. 그러자 흑의인들은 그에게 잡히지 않으려 이리저리 달아나기 시작했다. 선상에서 갑작스럽게 혼전이 벌어졌다.

"이, 이런."

노인은 어처구니없는 상황에 탄식을 뱉어내며 몸을 날렸다. 노인은 목영의 등 뒤로 바싹 접근하여 다시 백살장을 발출하려 하였다. 순간 깜짝 놀란 목영은 아무나 손에 잡히는 흑의인을 뒤로 던지며 달아나는 흑의인들 사이로 섞여들었다.

목영이 흑의인들 안으로 숨어들자 바로 뒤에서 뛰게 된 흑의인은 옳다구나 하며 칼을 찔렀다. 그러나 목영이 갈지자로 더 빨리 속력을 내며 뛰자 협봉검은 연신 허공을 찌를 수밖에 없었다.

찔릴 듯 찔릴 듯 도망치는 목영에게 약이 바싹 오른 그 흑의인은 더욱 속력을 내며 목영을 쫓았다. 당연히 그의 걸음에 맞춰 목영의 걸음도 빨라졌고. 그러자 목영의 앞에서 도망치던 흑의인도 기겁을 하며 더욱 빨리 뛰었다. 그렇게 한 덩이가 되어 뛰어가는 무리 뒤로 목영이 내던진 흑의인을 한쪽으로 밀어내며 노인이 쫓기 시작하였다.

쫓고 쫓기는 추격전이 좁은 배 위에서 벌어지자 그들은 자연히 빙빙 돌아가는 원형을 이루게 되었다. 이렇게 되고 보니 이젠 누가 누구를 쫓는지도 불분명해진 채 서로 배 위를 뱅뱅 돌게 되고 말았다.

몇 바퀴를 돌고 나자 도저히 이대로는 끝을 낼 수 없다고 생각한 노인은 원의 안쪽으로 나와 안쪽에서 같은 방향으로 함께 뛰며 점점 목영에게 접근해 갔다.

그러나 쉽게 백살장을 쓸 수는 없었다.

빠르게 움직이는 와중에 자신의 수하들과 섞여 있으니 자칫 잘못하면 수하만 잃을 염려가 있기 때문이었다.

다시 몇 바퀴를 돌고 나자 안쪽에서 뛰어 훨씬 유리해진 노인이 거의 목영에게 접근하여 어깨를 나란히 할 수 있는 위치가 되었다. 드디어 노인은 백살장을 뿌리려 손을 들었다.

"이거나 먹어라!"

막 노인이 손을 드는 순간 목영이 급한 김에 손에 들었던 송문검을 재빨리 던졌다.

깜짝 놀랐지만 큰 장검이 날아오자 노인은 장을 발출하려 들었던 손으로 칼배를 후려쳤다.

땅!

검은 멀리 날아가 선상에 꽂혀 버렸다.

그 짧은 순간 노인의 신형은 잠시 주춤하였고, 그 틈을 한 자루의 비도가 아래로부터 파고들어 노인의 복부에 깊숙이 박혔다.

퍽!

노인이 장검을 쳐내는 순간 무리를 이탈한 목영이 노인을 향해 두치검을 사용해서 회도류를 시전한 것이다.

"이, 이놈이?"

한껏 치켜뜬 불신의 눈으로 자신의 배에 꽂힌 검을 바라보면서도 노인은 목영을 향해 다시 다가가려 하였다.

목영의 좌수가 빙글 돌아 나오며 십단금을 발출했다.

빡!

"으악!"

노인은 비명을 지르며 가슴이 함몰된 채 뒤로 날아가 바닥을 뒹굴었다.

"지호법님!"

그때까지도 뭐가 어떻게 된 건지 알지 못한 채 계속 뛰던 흑의인들은 비명 소리에 걸음을 멈추며 쓰러진 지호법을 불렀다.

그 순간 가까스로 배를 사천표국 배의 옆에 고정시킨 석가표국의 표사들이 진 장로를 선두로 건너왔다.

목영이 예리한 눈으로 흑의인들을 한차례 쓸어본 후 말했다.

"모두 무기를 버리고 항복하라! 항복하는 자는 살려주겠다!"

목영이 득의의 웃음을 지으며 일갈하는데 다가온 진 장로가 목영에게 속삭였다.

"잠시 전의 장법이 백살장입니다. 이놈들이 바로 명교도입니다."

"뭣이? 그럼 이놈들이 원흉이란 말이오?"

목영의 눈에서 불꽃이 튀었다.

한데 잠시 진 장로를 주시하며 고개를 돌린 순간을 놓치지 않고 흑의인들 중 다섯이 선상을 박차며 그에게 달려들었다.

"죽어라, 이놈!"

그러나 목영의 움직임이 한 박자 더 빨랐다.

진 장로를 한쪽으로 급히 밀어내며 목영이 우수를 뻗어 다섯 개의 칼날 속을 누볐다. 손목을 따라 좌우로 파르륵 떨리는 손바닥이 한 개의 칼배를 쳐서 두 개의 칼날과 엉키게 만들고 다시 손등으로 또 하나의 칼배를 때리자 남은 두 개의 칼날도 엉켜들었다.

그 순간 목영의 좌수가 빙글 돌아 나오며 연이어 이 장을 발출했다.

파방!

이어 다시 우수가 뻗어 나오며 손목의 움직임에 따라 방향을 바꾸며 삼 장이 발출되었다.

파바방!

다섯 명의 흑의인이 한순간에 목숨을 잃었다.

뒤로 피를 뿌리며 날아가는 흑의인을 따라 목영이 다시 몸을 날렸다.

허공으로 뛰어오르며 다시 삼 장, 선상에 내려서며 바싹 좁혀진 흑의인들에게 다시 삼 장이 발출되었다.

빠박!

뼈가 부서지는 기이한 음향이 울리는 가운데 비명도 없이 그저 '헉' 소리와 함께 다시 여섯 명의 흑의인이 쓰러졌다.

"모두 도망쳐라!"

한 흑의인이 목영에게 달려들며 외쳤다. 그러나 이미 석가장의 표사들이 포위망을 단단히 구축하고 있었고 수적으로도 훨씬 많았다. 거기다 목영의 무위에 사기도 충천했다.

챙챙!

여기저기서 칼 부딪치는 소리가 울리며 선상에서 격돌이 벌어졌다.

목영도 다시 흑의인들에게 뛰어들었다.

다가온 검날에 손바닥을 붙여 옆으로 당기며 중심이 무너진 흑의인을 향해 일장을 뻗어낸 후 목영은 그 흑의인이 쓰러지기도 전에 다시 몸을 띄워 올렸다.

빙글 공중제비를 돌아 전장의 한가운데로 뛰어든 목영은 표사들과 싸우느라 등을 보이는 흑의인들을 향해 다시 십단금을 내쏘기 시작했다.

파르륵! 빡!

광분한 그는 손속의 사정을 전혀 생각하지 않고 닥치는 대로 흑의인들을 주살했다.

얼마 지나지 않아 남은 흑의인의 수는 십여 명이 채 되지 않았다. 그나마 상처를 입지 않은 사람은 거의 없는 듯 모두가 여기저기서 피를 흘리고 있었다. 흑의인들은 두려운 듯 목영을 바라보며 칼을 겨눈 채 저희들끼리 등을 붙이고 잠시 거친 호흡을 가다듬고 있었다.

목영이 잠시 그들을 바라보다 선상 위에 널려 있는 시체들을 바라보았다.

뭔가 진한 허탈감, 외로움 같기도 한 감정이 밀려들었다.

당연히 석가표국의 배를 습격해 식솔들을 살해한 원흉들에게 복수를 했으니 조금이라도 통쾌한 감정이 들어야 마땅할 것 같은데 아니었다. 앞에서 상처를 입은 채 두려운 눈길로 자신을 바라보고 있는 흑의인들이 왠지 불쌍하게 여겨지기도 했다.

"무기를 버리거라. 목숨만은 살려주겠다."

목영이 담담한 표정으로 말했다.

진심이었다.

더 이상 죽음을 보고 싶지 않았다.

흑의인들은 목영의 말에 저희들끼리 눈을 마주치더니 갑자기 우렁찬 외침을 토해내었다.

"미륵현신! 광명천하!"

그리곤 스스로 칼을 목에 꽂았다.

꾸르륵! 쿵!

흑의인들이 잠시 가래 끓는 소리를 내다가 이내 잠잠해지며 모두 갑판 위로 널브러졌다. 깜짝 놀란 눈으로 바라보던 목영은 절레절레 머리를 흔들곤 진 장로에게 다가갔다.

“제 목숨을 끊다니 참으로 독한 놈들이오.”

목영의 말에 침중한 표정으로 진 장로가 말했다.

“이들이 바로 명교도입니다. 적에게 포로가 되지 않는 것이 명교의 교리이지요. 참으로 무서운 현혹입니다.”

“명교라…….”

목영이 진 장로의 말을 작은 소리로 되뇌었다.

목영이 먼 하늘로 시선을 주는데 자루 안의 물건이 무엇인지 궁금하여 제일 먼저 다가가 자루부터 확인한 하 대주가 부리나케 뛰어와 보고하였다.

“국주님, 저 자루들은 모두 황이옵니다. 한 이만 관은 될 듯싶습니다.”

“그래요? 잘됐군요. 어서 옮겨 싣고 떠나도록 합시다.”

옆에서 얘기를 듣던 진 장로가 심각한 표정으로 끼어들었다.

“국주, 아마도 저 황은 사천표국의 표물인 듯하외다. 아마 당문도 관련되어 있을 것입니다. 돌려줌이…….”

그러나 진 장로는 말을 끝까지 할 수 없었다. 목영이 눈을 가늘게 뜨며 말을 잘랐기 때문이다.

“아니지요, 아니에요. 저는 사천표국 사람의 손가락 하나, 발가락 하나 건드리지 않았습니다. 그저 명교 무리에게서 빼앗았을 뿐이지요. 사천표국과 명교가 이 황을 차지하기 위해 싸움을 했든 아니면 내기를 했든 이긴 건 명교가 분명하지 않습니까? 그 명교를 이긴 건 우리 석가표국이구요. 그러니 당연 이 황은 우리가 차지함이 마땅합니다. 아니 그렇습니까? 하하하!”

목영이 언제 심각했었냐는 듯이 호탕하게 웃었다.

도대체 네놈도 양심이 있느냐 하는 표정으로 진 장로와 하 대주가 쳐다보자 목영은 웃음을 지우며 어기적어기적 자리를 피해서 두치검과 송문검을 챙겼다. 그리고선 석가표국의 배로 건너가려다 다시 뒤돌아서 하 대주에게 소리쳤다.

"하 대주, 저기 타가 부러졌으니 이 배의 타도 뽑아오시오!"

"국주, 시체들은 어찌할까요?"

하 대주가 뒤처리를 묻자 배를 건너가려던 목영이 별걸 다 묻는다는 표정으로 퉁명스럽게 말했다.

"갈 길이 급합니다! 좀 있으면 관군이 와서 처리해 줄 것이니 시체 걱정일랑 하지 않으셔도 될 겁니다! 자, 서두르세요!"

그 말을 끝으로 휑하니 목영은 몸을 날렸다.

석가표국의 배가 황을 옮겨 싣고 떠난 후 한 흑의인이 조심스레 시체 더미 속에서 일어났다. 아까 싸움 중에 목영이 백살장을 막기 위해 뒤로 던졌을 때 지호법이 구석으로 밀어냈던 그자였다.

그는 구석으로 처박히며 잠시 정신을 잃고 있었다. 정신을 차렸을 땐 모든 상황이 끝나 있었고 적들로 보이는 사내들이 황을 옮겨 싣고 있었다. 죽은 듯 가만히 누워 있다가 모두 떠나자 그제야 조심스럽게 일어난 것이다. 표사들이 배의 한쪽으로 치워놓은 시체 더미 속에서 일어난 사내는 지호법의 시체를 찾아 둘러메더니 훌쩍 배에서 뛰어내려 강변으로 올라가서는 숲으로 사라져 갔다.

금릉 충의장(忠義莊).

현 대명의 실질적인 권력이라 할 수 있는 한림학사 황자징 대감이 머무는 곳이다.

밤이 깊었음에도 오늘은 무슨 중요한 일이 있는지 큰 장원 안 여기저기에 횃불을 밝힌 채 많은 병사들이 곳곳을 순찰하며 철통같은 경비를 하고 있었다. 절도있는 걸음걸이로 보아 평소에 고된 훈련으로 잘 단련되어 있으며 사기 또한 높고 군기도 엄정함을 알 수 있었다.

장원의 깊숙한 내원. 호국전(護國殿)이라 일필휘지 힘있게 쓰여진 편액이 걸려 있는 전각 안에 여러 명의 사내가 탁자에 둘러앉아 있었다.

이부, 호부, 예부, 병부, 형부, 공부 등 육부의 상서 대감들을 비롯하여 여러 대감들이 모두 모였고 거기에 오군도독부의 장군들이 모두 자리해 있으니 대명의 문무에 걸친 권력 실세들이 한자리에 모인 것이었다.

"대감, 드디어 오늘 조례에서 삭봉책이 통과되었습니다. 황제 폐하께서 그간 미루고 미루어 오시다 결국 저희들의 뜻을 받아주셨습니다."

시강학사로 황제의 총애를 받고 있는 방효유가 기쁨을 감추지 못하며 들뜬 목소리로 말했다.

건문제는 어렸을 때부터 책을 좋아하는 학자풍의 기질을 풍겼다. 자연 그의 주위에는 문사들이 많이 모이게 되었다. 그러다 보니 황제에 등극하여서도 문사와 문관을 가까이했다. 이 중에 가장 총애하는 두 학사가 있었으니 그들이 바로 황자징과 방효유였다.

이들 신진관료는 이때야말로 왕권강화책에서 벗어나 분권 체제의 신권(臣權) 강화를 이룰 호기로 보고 군을 장악한 병부상서 제태대감과 뜻을 맞춰 개혁 정책을 추진하고 있었다.

태조인 주원장은 한때 문을 숭상하는 이런 건문제를 못마땅하게 여졌다.

 신흥 국가의 기틀을 잡는 데는 역시 힘을 바탕으로 한 왕권 강화와 중앙 집권 체제를 공고히 해야만 빠른 안정을 이룰 수 있다고 생각한 것이다. 그래서 적통 중 이런 호전적인 기질과 압도적 위엄을 가진 연왕을 차기 황제로 언급한 적도 있었다. 그러나 적자 승계의 원칙을 처음부터 어길 수 없다는 원로 대신들의 강력한 반발에 할 수 없이 건문제에게 황위를 물려주었다.

 막상 황제의 위를 건문제에게 넘겨주었으나 아직은 어린애에 불과하였다. 자신의 사후가 안심이 안 된 태조 홍무제는 군의 힘을 오군도독부로 집중시켜 병부 휘하에 두고 그 병부상서에 건문제의 사람인 제태를 임명하여 어린 황제를 보필하도록 한 것이다.

 "그것참 잘되었습니다. 역시 황제 폐하의 영명하심과 백성을 사랑하시는 마음이 하해와 같습니다. 허허허."

 상석에 앉아 있던 황자징이 기쁜 웃음으로 방효유의 말에 화답했다.

 물론 황 대감은 이미 전날 밤에 황제를 배알하고 이 모든 일의 처리를 어찌어찌하시라 고했으며 차후의 일까지 일일이 황제에게 일러주었다. 그리고는 오늘 조회엔 신병을 핑계로 슬쩍 빠졌다.

 자신이 있었다면 또 말 많은 호사가들이 황제를 현혹하여 자신이 이 일을 주도했다 할 것이니 황제의 위엄을 세우는 데도 오늘 같은 날에는 자신이 빠지는 것이 옳았다.

 "그러면 이제 일의 처리를 어찌했으면 좋겠소?"

 황 대감은 이미 흉중에 복안이 있었지만 형식적으로나마 여러 사람의 의견을 물었다.

 "아니, 방책이랄 게 무어란 말입니까? 이미 폐하의 어명이 떨어졌는데. 삭봉령을 전달하고 말을 안 듣는 놈들은 그저 군사를 동원하여 모두 쳐 죽여 버리면 되지 않습니까? 폐하의 어명을 거역한다면 대역죄인입니다, 대역죄인."

단순하고 호전적인 형부상서 고홍석(高興錫)이 대뜸 말하고 나섰다.

'저놈은 단순해서 앞뒤 생각이 없으니⋯⋯. 그렇지만 단순한 만큼 부리기는 좋으니 갈아치울 수도 없고. 그냥 제발 입이나 다물고 있어라.'

황 대감은 속으론 답답해하면서도 겉으론 웃으며 말했다.

"역시 형부상서 고 대감은 성격이 화끈하십니다그려. 허허허. 그러나 일시에 시행하자면 이십여 명이나 되는 봉왕들이 한꺼번에 들고일어날 테니 시끄럽지 않겠습니까? 이런 일일수록 조용히 매듭을 지어야지요."

"제 생각도 그렇습니다. 아무래도 연왕은 좀 부담스러우니 다음으로 미루고 이번엔 금릉에서 가까운 다섯 왕에게만 삭봉령을 전달하도록 하지요. 항주, 합비, 남창, 양주, 제남의 봉왕들만 잘 처리된다면 그 지역의 지방군을 강화하여 차후 진행에 있어 무슨 일이 생기더라도 방비가 용이할 것입니다. 그 오왕(五王) 중 다만 합비의 화왕(華王)이 좀 걱정이 되나 그는 군사 수가 얼마 되지 않아 단독으론 움직이기가 힘들 것입니다."

황 대감과 함께 신진관료로 황제의 총애를 받고 있는 방효유가 황 대감의 말에 동조하며 상세한 방안을 이야기하였다.

"그게 좋겠습니다. 연왕은 북방의 강력한 군대가 있는 북평에서 실질적인 권력을 행사하고 있습니다. 괜히 먼저 건드려 화를 자초하지 말고 먼저 우리의 방비를 튼튼히 한 후 민심을 보아가며 처리해도 늦지 않을 것입니다."

황 대감은 이 문제에 대해 이미 방 대감과 교감을 나누었다. 그러나 모르는 척 시침을 뚝 떼고 방 대감의 말에 슬쩍 동조하듯 말하며 분위기를 잡아나갔다. 그리고선 말이 길어지기 전에 얼른 결론을 내었다.

"그럼 다른 의견이 없으시면 그 문제는 그리 처리하도록 하십시다. 그리고 연왕의 일은 너무 걱정들 마십시오. 곧 좋은 소식이 있을 겝니다."

"아니, 좋은 소식이라니요? 대감, 괜히 궁금하게 하지 마시고 말씀 좀 해주시지요. 저희도 같이 기뻐할 수 있게요."

이제껏 아무 말 없이 앉아 있던 이부상서 조명환이 그의 말에 궁금한 듯 묻자 황 대감은 기분 좋게 웃었다. 원래 말해 주려던 것이었지만 좋은 소식이란 좀 뜸을 들이며 시간을 끌어야 더 기쁨이 크고 알려주는 당사자도 기분 좋은 게 아닌가?

"허허허, 다들 궁금해하시니 말씀드리겠습니다. 여기 도찰원의 총통령도 계시지만 우리 도찰원에서 연왕의 왕자를 생포하여 호송 중에 있습니다."

"아니, 그게 정말입니까, 총통령?"

"그런 일이?"

잠시 장내가 놀람과 감탄의 소리로 넘쳐 났다.

"그러나 아직 안심할 단계는 아닙니다. 그래서 이 일이 마무리된 다음에나 여러분께 말씀드릴 생각이었지요. 자, 자세한 얘기는 여기 총통령에게 듣도록 하십시다."

황 대감은 총통령에게 자세한 얘기를 부탁하였다.

"어험, 저희 도찰원의 좌도어사가 연왕 측에서 장강의 파양호로 왕자를 급파했다는 첩보를 입수하고 급히 구강으로 갔지요. 구강에서 기회를 엿보던 중 마침 좋은 기회를 포착하여 왕자를 사로잡는 데 성공했다 합니다. 그러나 파양호채의 수적이 오천인데다 기찰대의 대원도 아마 몇백은 동원되었을 것입니다. 어떻게든 이들의 추적을 따돌리고 이 금릉에 무사히 도착해야만 안심할 수 있을 겁니다. 현재 장강의 동정호파에 협조를 요청하였고 우리도 충원군을 급파하여 좌도어사를 돕도록 했습니다만 일이 커지게 되면 아무래도 저들에게 명분을 제공하게 되고 저들이 뭉칠 수 있는 기회를 주게 되는 것이니 조심해서 다루고 있습니다. 아마 곧 두 발 쭉 뻗고 주무실 수 있는 날이 멀지 않은 듯합니다."

총통령이 수염을 쓰다듬으며 뽐내는 듯한 웃음을 지으며 말했다.

"이 모두가 여러분이 그동안 노심초사한 덕에 하늘이 우리에게 선물을 주신 것이 아니겠습니까? 이 일만 잘 마무리된다면 연왕에 대한 걱정은 더 이상 하지 않아도 될 것입니다. 자, 그러면 오늘은 이만 회합을 마칩시다. 내일 오왕(五王)에 대한 삭봉책 시행은 폐하의 윤허를 얻어 공표하도록 하십시다. 그 일은 여기 계신 방 대감과 여러 대감들이 다시 수고 좀 해주셔야겠습니다."

"수고랄 게 뭐가 있겠습니까? 당연히 이 나라와 백성을 위해 저희가 할 일이지요."

방 대감의 겸양의 말을 끝으로 서로서로 인사를 하며 자리를 파하고 모두들 물러 나왔다.

모두가 돌아간 후 황 대감은 병부상서 제태대감, 그리고 도찰원 총통령과 함께 자리를 옮겨 충의장 후원에 있는 죽림원(竹林院)으로 갔다. 거기엔 이미 한 환관이 자리를 잡고 있다가 일행이 다가가자 자리에서 일어나 예를 갖추었다.

"아, 벌써 와 있었구려. 자, 다들 앉읍시다."

황 대감이 먼저 자리를 잡으며 다들 앉기를 권했다. 자리에 앉고 나자 황 대감은 정자를 지키고 있는 병사들의 부장을 불러 멀리 물러나라 이르곤 목소리를 낮춰 은밀하게 대화를 나누기 시작했다.

"총통령, 황의 구입 건은 어떻게 되어가시오?"

"그게 영 신통치 않습니다. 무창의 석가상회, 그리고 사천의 성도상가를 대상으로 정하여 흥정은 잘 마무리가 되었으나 황이 중간에서 자꾸 없어지고 있습니다. 물론 우리는 배상을 받으면 되니 손해 볼 건 없지만 황의 확보엔 큰 차질을 빚고 있습니다. 해서 다시 대륙상가와 협상을 진행하고 있습니다."

도찰원의 총통령이 곤혹스런 표정을 지었다.

"대감, 아무래도 뭔가 심상치 않습니다. 저희 지방군에서 올라온 보고로는 석가의 황은 마교가 가로챈 듯 보입니다. 청살장이 출현했다 들었습니다."

제태대감의 말에 모두 놀란 표정을 지었다.

"마교라면 명교를 말씀하시는 게요?"

황 대감은 못 미더운 듯 다시 한 번 확인하였다.

"예."

"명교라니? 그놈들이 아직 살아 있었단 말이오? 더구나 이 중요한 시기에 우리 일을 방해하고 나선다면 이거야말로 큰일이지 않습니까?"

황 대감은 근심 어린 표정을 지었다. 그와 눈을 마주치며 제태대감이 다시 말을 이었다.

"그리고 사천의 황은 더 더욱 오리무중입니다. 분명 명교로 보이는 자들이 습격하여 사천표국과 당문의 사람들을 모두 살해한 듯한데 다시 그들도 누군가에게 습격을 당한 듯합니다. 남은 시체를 조사해 보니 대부분은 내가중수법에 당했고 일부는 칼에 당했습니다. 아마 제삼의 세력이 등장했거나 구파가 나선 것 같습니다."

"음, 명교에 구파라……. 명교는 우리 황제든 연왕이든 모두를 적으로 간주할 텐데……. 그래, 놈들의 의도는 무엇인 것 같소?"

황 대감의 물음에 이번엔 총통령이 대답했다.

"지금으로선 뭐라 딱 집어 말하긴 힘들 것 같습니다. 그러나 놈들이 황을 노렸다면 상대가 누가 됐든 일전을 해보고자 하는 것이겠지요. 일단은 우리와 연왕이 대치한 틈을 타서 구파를 누르고 대륙에 거점을 마련하고자 하는 게 아닌가 생각됩니다. 그런데 더 큰 문제는 놈들이 우리가 황을 매입하려는 것과 그 길목을 어떻게 그리 정확하게 알고 있느냐 하는 것입니다."

"일리있는 생각이오. 그런데 총통령께서는 명교의 끄나풀이 우리 쪽에 있을 거란 얘기요?"

"일단은 좀 더 조사를 진행해 봐야 자세한 내막을 알 수 있을 것입니다. 다만 우리 측 어딘가에서 정보가 누설되었다고 보는 게 맞을 듯합니다. 내부에 대한 조사도 병행해야겠습니다."

"허, 할 일이 태산인데 다른 일로 신경을 써야 한다니……."

"아무튼 이번 대륙상가와의 거래는 철저하게 대비해야 할 듯합니다. 우도어사를 직접 보내서 차질이 없도록 하겠습니다."

황 대감의 걱정스런 표정에 총통령은 결의에 찬 표정을 지었다.

"구파의 움직임은 어떻소?"

황 대감은 명교가 출현했다 하니 구파의 움직임이 궁금한 모양이었다. 오랜 침묵을 깨고 구파가 활동을 시작한다면 연왕과의 대치 상태에 중요한 변수가 될 수 있기 때문이었다.

"아직은 조용합니다. 그저 다들 웅크린 채 기회를 엿보고 있겠지요. 다만 개방이 좀 활발하게 움직이는 것 같습니다. 여기 충의장에도 감시의 눈길이 부쩍 늘었습니다."

황 대감은 짜증스런 목소리로 말을 받았다.

"그놈의 거지 새끼들, 설마 화통도감(火筒都監)의 일을 눈치챈 건 아니겠지요?"

"화통도감의 일은 사실 개방보다도 명교가 걸립니다. 저들이 황을 탐했다면 당연히 지금 개발한 신화약의 제조법에도 눈독을 들일 것입니다. 더구나 그쪽까지 명의 간세가 있다면 정말 큰일이지요."

"그렇다면 지금 계획하고 있는 화통도감의 일도 안심할 수 없단 말이오?"

황 대감은 눈을 크게 뜨며 총통령을 바라보았다.

"불안하지만 이번의 계략이 적중만 한다면 기찰대의 간자뿐 아니라 명교의 간자까지 한 번에 처리할 수 있는 좋은 기회가 될 것입니다."

총통령은 불안하더라도 결코 물러나선 안 된다는 단호한 입장을 밝혔다. 황 대감은 그의 말에 두어 번 고개를 끄덕이곤 먼저 와 있던 태감에게 물었다.

"장인태감, 신화약의 제조는 어찌 돼가시오?"

"예, 이미 새로운 화약의 실험이 성공하여 모든 준비는 다 갖추어졌습니다. 그러나 황과 초석이 턱없이 부족합니다. 재료만 제대로 구비

된다면 수개월 내에 대량으로 생산이 가능하옵니다.”

장인태감이 황 대감의 물음에 엷은 미소로 답했다. 자신이 맡은 일을 잘 해내고 있으니 인정 좀 해달라는 표정이었다. 장인태감이란 사례감태감 중 제일 우두머리로 환관을 총지휘하는 자라 할 수 있었다. 태감이 화통도감의 일을 관리하고 있기에 당연 장인태감의 관리 하에 있게 된 것이다.

그러나 황 대감의 반응은 냉담했다. 환관을 우습게 여기는 뿌리 깊은 생각에 태감에게 흔쾌히 수고했다는 말 한마디를 하지 못했다. 장인태감은 씁쓸한 표정을 지을 수밖에 없었다.

지금까지 명나라의 화약과 화포는 정말 조잡한 수준이었다. 그런데 육팔봉(陸八峯)이란 자가 가문 대대로 연구해 온 자료를 가지고 어느 날 화통도감을 찾아왔다.

과연 폭발력을 배가시킨 획기적인 화약을 제조할 수 있는 방법이 거기에 있었다. 그러나 문제는 그게 매번 성공하지 못하고 열에 다섯 번 정도만 성공한다는 것이었다.

홍무제는 그에게 평민의 신분임에도 종육품의 벼슬을 주고 화통도감에서 연구를 계속하도록 하였다. 그것이 이제야 결실을 맺는 중이었다.

그런데 이미 그러한 사실을 알고 있는 연왕 측에서 그 제조법을 가로채기 위해 기찰대가 활발히 활동하고 있었다. 기찰대의 첩자였던 화통도감의 일꾼을 잡게 되어 그 사실을 알아낸 후 경비를 강화하고 일꾼들의 출신 성분을 일일이 조사하였으며 만전에 만전을 기하고 있는 중이었다. 당장 연왕이 거사를 일으키지 못하는 이유 중하나가 바로 이 신화약 때문이니 어떻게 하든 꼭 지켜야만 하는 것이었다.

"이제 정말로 중요한 시기가 되었소. 이 고비만 넘긴다면 나라의 기틀을 굳건히 할 수 있을 것이오. 가일층 분발해 줄 것을 당부드리오. 총통령은 이번 대륙상가와의 협상을 잘 마무리하여 황의 확보에 차질이 없도록 힘써주시고 또 기찰대의 움직임에 촉각을 곤두세워 그 누구도 넘보지 못하도록 집 단속에도 힘써주시오. 장인태감은 화통도감의 일에 더 신경 써서 경비에 만전을 기해주시오. 그리고 총통령에게는 아울러 명교와 구파의 움직임도 꼭 챙기도록 부탁드리겠소. 그럼 오늘은 이만 돌아들 가시고 차후에 다시 차근차근 의논해 봅시다."

사람들은 황 대감에게 예를 갖춘 후 모두가 자리에서 일어나 충의장을 떠났다.

축시(丑時:새벽1시~3시) 초.
한 야행인이 금릉 대화장의 담을 박차고 어둠 속으로 날아올랐다.
대화장.
금릉엔 큰 규모의 장원들이 워낙 많기에 결코 다른 장원들에 비해 크다고 할 수는 없었지만 아담하게 꾸며진 정원 하며 여러 채의 전각들이 이곳 금릉이 아니라면 어디에 내놓아도 제법 자랑할 만한 규모였다.

어둠과 적막에 싸인 대화장을 나온 야행인은 담장의 그림자를 따라 몸을 숨긴 채 조심스럽게 이동하여 몇 채의 장원을 지나더니 한순간 신법의 속도를 배가시키며 금릉의 외곽 지역으로 향했다. 한참을 달려가던 야행인은 길가의 나무 위로 날아올라 잠시 뒤를 살피더니 한 허름한 장원의 담을 넘어 안으로 들어갔다.

안으로 들어간 야행인이 한 전각 앞에 멈추자 안에서 불쑥 작은 소리로 물어왔다.

"어디에서 온 뉘시오?"

"섬에서 온 오기주요."

야행인의 대답에 조용히 문이 열리더니 한 사내가 옆으로 비켜섰다.

야행인이 안으로 들자 사내가 얼른 문을 닫은 후 야행인을 한쪽 편의 서가로 안내했다. 서가의 한쪽 귀퉁이에 걸린 끈을 당기자 서가가 옆으로 밀려나며 아래로 향한 계단이 나타났다. 야행인이 아래로 내려가자 서가는 원래대로 제자리를 찾았고 문을 열어주었던 사내는 다시 탁자에 앉아 책을 읽기 시작했다.

야행인이 계단의 끝에 다다르자 또 하나의 문이 앞을 가로막았다.

야행인은 거침없이 다가가 똑똑 두 번을 두드린 후 잠시 뒤에 다시 세 번을 두드렸다. 그러자 소리없이 문이 열렸다. 야행인이 안으로 들자 안에는 야행인과 같은 복장을 한 다섯 명의 사내들이 이미 자리하고 있었다.

바닥엔 둥근 원이 여섯 개가 그려져 있었는데 그 원 안엔 각각 부(副), 우(右), 녹(綠), 자(紫), 남(藍), 흑(黑)이란 글자가 써 있었다.

야행인은 그중 비어 있는 녹 자의 원 안에 부복하며 작게 말했다.

"미륵현신, 광명천하. 부교주님을 뵙습니다."

야행인이 녹 자 위에 앉으며 부 자 위의 복면인에게 머리를 조아렸다.

“모두 모였으니 회의를 시작하겠다. 먼저 우리가 황을 가로채기 위해 도모한 두 번의 습격 중 사천표국의 일이 실패하였다. 그 와중에 지호법이 목숨까지 잃었다.”

“아니, 지호법께서? 도대체 흉수가 누구랍니까? 지호법님이 당하시다니요?”

남(藍) 자 위의 사내가 분한 듯 떨리는 목소리를 뱉어냈다.

“다행히 황기당의 대원 중 한 명의 생존자가 있어 흉수가 누군지는 밝혀졌다. 지호법을 해한 흉수는 무당파의 고수였다.”

계속된 부교주의 말에 모두가 고개를 쳐든 채 불끈 눈에 힘을 주었다.

“무당이라니? 그렇다면 청우자가 다시 강호로 나섰단 말입니까?”

자(紫) 자 위에 앉은 자기당주(紫旗黨主)가 무당에서 지호법을 죽일 수 있는 유일한 인물인 청우자를 거론했다. 청우자가 아니라면 지호법이 설사 싸움에서 졌다 하더라도 목숨까지 잃는다는 건 상상이 안 되는 일이었다.

“청우자는 아니다. 흉수는 삼십대의 사내였다.”

“허어, 그럴 수가…….”

“삼십대라니?”

흉수가 삼십대의 장년인(壯年人)이라 하자 모두가 믿기지 않는 듯 불신 가득한 표정이 되었다.

“아무튼 흉수에게 우리를 건드린 대가를 치르게 할 것이다. 총단에서 이미 황호법과 오행기(五行旗) 중 목행기에게 살명(殺命)을 내렸다. 현재 흉수의 얼굴을 알고 있는 황기당의 대원을 앞세우고 추적 중이니 곧 좋은 소식이 올 것이다. 문제는 과연 그가 독자적으로 우연히 행한 일인지, 아니면 무당파가 직접 관여한 일인지 하는 것이다."

"차라리 이 기회에 무당을 쓸어버리지요."

흑기당주가 부교주에게 말했다.

부교주는 그 복면인을 바라보며 쓴웃음을 지었다. 자신이라고 왜 그러고 싶지 않겠는가? 지호법의 복수를 통쾌하게 하고 싶은 마음이야 다 같을 것이다. 그러나 기분대로만 해서야 어찌 큰일을 도모할까.

"아직은 아니다. 단순히 무당만을 생각한다면 그리 못할 것도 없겠지만 우리의 적은 무당만이 아니질 않느냐. 이제 곧 중원을 질주할 날이 올 것이다. 그때까지는 자중하여 일을 처리해야 할 것이다."

부드러운 음성으로 타이르듯 부교주는 흑기당주에게 말하곤 녹 자위의 사내를 보며 물었다.

"녹기당주, 화약의 제조법에 관한 일은 어찌 되어가는가?"

"예, 이제 마지막 부분이 남았습니다. 황과 초석의 배합은 이미 제가 숙지하였고 규석의 배합 부분만을 알아내면 될 터인데 아무래도 단시간 내에는 알아내기가 힘들 듯합니다."

녹기당주는 고개를 조아리며 점점 기어들어 가는 목소리로 말하였다.

"허참, 십여 년을 붙어 있었는데도 아직이란 말이냐? 혹 생활이 편하다 보니 교의 일에 무성의한 것이 아니더냐?"

날카로운 추궁에 녹기당주는 두려운 눈빛이 되어 황급히 고하였다.

"아니옵니다. 그럴 리가 있겠습니까? 다만 영감이 워낙 철저히 단속하는 데다 때가 이르렀다 생각되기 전에는 다음 단계의 비법을 알려주지 않는지라. 정말 죄송합니다."

녹기당주가 다시 한 번 사죄하듯 머리를 조아렸다.

"이제 더는 시간이 없다. 요즘 들어 부적 금릉에 거지들이 많아졌다. 아마도 개방이 뭔가 눈치를 챘는지도 모르겠다. 구파가 이곳 금릉의 일을 눈치채기 전에 어서 일을 끝내는 수밖에 없다. 영감에게 알아내기 어렵다면 화통보록(火筒寶錄)이라도 훔치도록 해라. 아니면 영감을 잡아 족치든가."

부교주가 최후 통첩의 의미를 담아 녹기당주에게 말하였다.

"예, 알겠습니다."

녹기당주가 머리를 조아리며 대답하자 우 자 위의 사내가 부(副)교주를 향해 말했다.

"부교주님, 구파의 시선을 다른 곳으로 돌려놓을 필요가 있지 않을까요?"

부교주가 우 자 위의 사내를 보며 고개를 끄덕였다.

"과연 우사의 눈은 날카롭구먼. 그렇지 않아도 총타에서 그 일로 소뢰음사에 도움을 요청하였네. 삼뇌승이 이미 중원으로 이동했다 하니 조만간 강호에 큰 일이 벌어질 걸세. 그러나 그것 또한 한계가 있음이니 어쨌든 화약의 제조 비법을 빨리 손에 넣어야 할 것이네."

부교주는 잠시 말을 끊고 좌중을 둘러본 후 다시 덧붙여 말했다.

"그리고 현재 연왕부의 왕자는 도찰원에 사로잡혀 이곳 금릉으로 호송 중이다. 다시 기회를 보아 대별산에서의 실패를 만회해야겠다. 이 일은 광명우사가 남기당과 흑기당을 데리고 처리하도록. 만약 우리가 잡아올 수 없다 해도 도찰원이 금릉으로 호송하는 것만은 어떻게든 막아야 한다. 만약 그 왕자로 인하여 연왕이 삭봉령을 아무 저항 없이 받아들인다면 우리의 일은 그만큼 더 어려워질 것이다. 이 점 명심하여 맡은 바 책무에 소홀함이 없도록 하라.”

“미륵현신! 광명천하!”

복면인들은 함께 입을 맞춰 큰 소리로 부르짖곤 각자 자리를 떠 흩어져 갔다.

향구에서 배를 내린 목영은 이십여 자루의 비도와 말 두 마리, 그리고 건량을 장만한 다음 남궁세가가 있는 황산으로 길을 재촉했다.

구강 방향에서 남궁세가로 길을 잡는다면 어느 쪽으로 가든 고우산(古牛山)을 넘는 것이 제일 빠른 길이었다.

고우산으로 밤낮을 가리지 않고 말을 번갈아 타며 달려가는 목영은 시간이 지날수록 점점 더 초조함을 금할 길이 없었다. 잠도 자지 못한 채 엿새 밤낮을 달린 목영은 뿌얀 먼지에 싸여 거의 상거지 꼴이 되었다.

그렇지만 아연을 찾을 때까지는 한가하게 객점에 들어 잠을 청할 수는 없는 일이어서 잠을 자며 말을 달리고 말을 달리며 잠을 잤다. 말을 달린 지 칠 일째 되는 날 밤이 깊은 시간에 서홍(西興)이라는 조그만 마을에 당도한 목영은 요기나 할 심산으로 홍몽객점(紅夢客店)이라는 작은 객점에 들었다.

다행히 늦은 시간이었지만 주인으로 보이는 아낙은 싫은 기색 없이 목영을 맞아주었다.

“어서 오세요. 먼 길 오신 듯한데 방도 준비해 드릴까요?”

목영이 가까운 자리에 앉으며 말했다.

“아닙니다. 그저 요기나 하고 갈 생각이니 소면하고 장육 좀 주시오.”

아낙이 물잔을 놓아주곤 주방으로 가더니 잠시 뒤에 음식을 내왔다. 아마 주방장이 이미 집으로 돌아간 까닭에 직접 음식을 해온 모양이었다.

며칠을 건량으로만 견뎌온 목영은 게걸스럽게 먹기 시작했다.

눈 깜짝할 새에 소면을 해치운 후 장육을 반쯤 먹고 나자 그제야 포만감을 느낀 목영은 거억 트림을 하고 나서 아낙에게 말을 건넸다.

"혹시 검은색 경장 차림에 큰 키의 여인이 이곳을 지나가지 않았소? 얼굴은 미인형에 아주 시원스레 생긴 여인인데. 눈도 크고요."

목영의 말에 잠시 생각에 잠기던 여인이 대답했다.

"글쎄요, 워낙 많은 사람들이 다녀가니 일일이 기억할 수는 없지요. 그런데 그 여인은 왜 찾으시는 겐지?"

목영은 순간적으로 여인이 뭔가 알고 있으면서 숨긴다는 인상을 받고 얼른 말을 이었다.

"그 여인은 제 안사람 되는 사람입니다. 부상을 당해서 빨리 찾아야 하니 안다면 얼른 말씀 좀 해주시오."

목영은 말과 함께 은원보 하나를 탁자 위에 올려놓았다.

돈을 보자 여인은 얼른 계산대에서 일어나 가까이 다가왔다.

"뭘 이런 것까지. 찾는 사람이 그 여인인지는 모르겠지만 손님이 말씀하신 인상착의와 비슷한 여인이 오늘 아침에 이 객점을 떠났습니다. 음, 어제 저녁 늦게 들어 하룻밤을 묵고 떠났지요. 그나저나 한바탕하신 게요? 부부 싸움은 칼로 물 베기라 하였으니 얼른 찾아서 집으로 돌아가세요. 그렇게 예쁜 부인을 밖으로 돌게 해서야 되겠어요? 호호, 에구머니나."

주저리주저리 말을 늘어놓던 아낙은 비명과 함께 엉덩방아를 찧고 말았다. 아낙의 말을 듣자마자 목영이 앉은 채로 몸을 튕겨 밖으로 사라졌기 때문이다.

'방향을 제대로 잡긴 잡았구나.'

아연을 찾아 나선 후 처음 듣는 소식에 그래도 조금은 안도하며 목영은 말에 박차를 가했다.

제6장

상봉

상봉

황산에는 남궁세가를 비롯한 많은 무림문파가 자리하고 있었다.

부용검파(芙蓉劍派), 만목장(萬木莊), 금우부(金牛府) 등등.

그러나 모든 문파들이 남궁세가의 그늘에 가리어 기를 펴지 못하고 있었다. 그중에서도 부용검파는 결코 남궁세가에 뒤지지 않는 세력을 가졌지만 강호에서는 알아주는 이가 드물었다.

부용검파의 현 장문인인 탁숭명(卓崇明)은 전대 장문인이자 자신의 아버지였던 탁붕호(卓鵬豪)로부터 남궁가의 위에 우뚝 서고자 하는 가문의 숙원 속에서 키워졌다.

어려서부터 가문의 심법인 미리백환공(迷離百幻功)을 연마하기 시작하여 삼십 전에 구성의 경지에 올랐다. 또한 부용검법은 그때 이미 대성을 이루어 가문의 기대에 부응하였고 본인 스스로도 서로 칼을 맞대

진 않았지만 현 남궁가의 가주인 남궁철(南宮鐵)에게 결코 뒤지지 않을
거라 자부하고 있었다.

그러나 남궁가엔 넘지 못할 거목이 하나 있었으니 천하이검존의 일
인인 남궁소천이었다. 이 노인네는 세월마저 비껴가는지 구십이 다 된
지금도 정정하기만 하니 부용검파로선 미치고 환장할 노릇이었다.

이십여 년 전엔 고심 끝에 맞서기 힘들다면 더 가까이 다가가 확실
한 우군으로 만들어보자는 마음에 남궁가와 연을 맺고자 하였다. 바로
큰아들인 탁선웅(卓先雄)과 남궁가의 여식인 남궁아연의 혼사를 추진
한 것이다.

다행히 아들 녀석도 좋아하였고 남궁가의 어른들도 가히 싫은 기색
이 아니어서 이젠 되었다 하고 한시름 더는데, 아닌 밤중에 홍두깨라고
어느 날 큰아들 녀석이 다리 한쪽과 팔 한쪽이 부러진 채 두려움에 떨
며 실려온 사건이 발생하였다.

얘기인즉 미래의 신부감인 남궁아연이 자기는 평범한 남자는 싫다
며 비무나 한번 해보자기에 나섰다가 이 지경으로 두들겨 맞았다고 했
다. 울화가 치밀어 올랐지만 여자에게 맞았다고 대놓고 떠들 수도 없
어 남궁철의 사과 몇 마디로 조용히 넘어갈 수밖에 없었다.

당연 혼사 얘기는 없었던 것으로 하였으나 그 일로 인하여 남궁가의
명성은 더 올라가고 부용검파는 오히려 자존심에 커다란 상처를 입고
말았다.

그때부터 탁승명 부자(父子)는 절치부심 이를 악물었다. 언젠가는
이 수모를 돌려주고 남궁이라는 이름 위에 우뚝 서리라. 그것이 이십
년 전의 일이니 아직도 그 언젠가는 멀기만 한 것이다.

이제 장남인 탁선웅의 나이도 마흔하나가 되어 가문의 명예를 위해

뭔가를 해야 할 시기가 되었다. 다행히 그 길은 멀리 있지 않았다.

황산 주변엔 남궁가를 비롯하여 여러 무가들이 자리하고 있어 산적을 찾아보기 힘들었다. 그러나 황산에서 조금만 벗어나고 보면 제운산, 고우산, 구화신을 중심으로 녹림산채가 막강한 성세를 이루고 있었다.

그중에서도 고우산은 강남녹림의 총본산으로 유명하였다. 강남과 장강을 잇는 요지이다 보니 사람들의 발길이 많을 수밖에 없었고, 그러니 당연 산적들도 그곳으로 모일 수밖에 없었다. 물론 관에서도 토벌령을 내리고 몇 번이나 관군을 동원하였지만 그때만 잠시 주춤할 뿐 산적의 기세는 수그러들 줄을 몰랐다.

더구나 건문제와 연왕의 대치로 정국이 어수선해지자 산적들의 기세는 오히려 더 높아져 이제 웬만한 무리로는 낮에도 안심할 수 없는 지경에 이르게 되었다.

드디어 강호상에 부용검파의 기치를 드높일 절호의 기회라 여긴 탁선웅은 또 다른 황산의 무림문파인 만목장과 연합하여 고우산의 산적 토벌에 나선 것이다.

해서 양 파의 사백여 무사가 해질 무렵 고우산을 오르고 있었다.

구강을 떠난 남궁아연은 검과 간단한 건량을 준비한 후 말을 재촉하여 남궁세가로 가는 중이었다. 그 이유는 목영이 생각한 대로 무슨 도움을 요청하고자 한 것이 아니라 선상 위의 노인이 자신에게 홍살장을 날리기 전에 한 말 때문이었다.

그 노인은 분명 자신의 할아버지를 거론하며 원수라 하였으며 잘 알고 있는 듯 말했었다. 따라서 이번 일의 흉수를 알아내기 위해선 일단 할아버지를 만나보아야 했다. 이제 이 고우산을 넘어 십 일이면 세가에 닿을 수 있으리라. 그러나 문제는 자신의 몸 상태였다.

구강을 떠나올 때만 해도 견딜 만하더니 점점 시간이 지날수록 열이 오르며 눈앞이 어른거리고 온몸이 붕 뜬 듯 정신을 차리기 힘들었다. 그나마 머리맡에 있던 약을 가져오길 천만다행이어서 지금까지 견뎌왔으나 이젠 약도 다 떨어졌다.

도중에 마을에 들러 약을 더 구해보고자 했으나 귀한 약재인 듯 큰 도시로 나가보라 하며 의원들은 고개를 저을 뿐이었다. 그러나 길을 돌아갈 순 없었다. 하루라도 빨리 홍수를 알아내야 대책을 세워도 세울 수 있으리라. 그래야 석가장의 몰락을 막을 수 있을 것이다.

아연은 질끈 힘을 주어 눈을 감았다가 뜨며 머리를 세차게 한번 흔들었다. 조금 또렷하게 보이는 듯하던 시야가 다시 흐려지며 몽롱해졌다.

이젠 빨리 세가에 당도하는 수밖에 다른 도리가 없었다.

아연은 말에 박차를 가하며 앞쪽의 산길을 오르기 시작하였다.

아직 해가 남아 있었지만 산속은 생각보다 빨리 어둠이 밀려오는 곳이어서 아연이 산 정상쯤에 다다랐을 땐 이미 앞을 분간하기 어려웠다. 산길을 오르느라 중간에서 말을 내린 아연은 겨우겨우 정상에 도달할 수 있었다.

크게 한 번 심호흡을 하곤 다시 길을 가려 하는데 앞쪽에서 확하고 불빛이 피어올랐다. 갑작스런 불빛에 아연이 눈을 가늘게 하며 앞을 주시하자 불을 등진 채 이십여 명의 사내가 나타났다.

"어서 오너라, 이놈들. 매복을 하자마자 걸려드는구나. 엉? 겨우 한 놈이네?"

오늘 고우산에는 황산파로부터 대대적인 공격이 있을 거라는 정보를 입수하여 제운산과 구화산의 산적들까지 총출동하여 여기저기 길목에 매복을 하고 있었다.

그중 산 정상 쪽에 매복을 할당받은 산적들이 막 자리를 잡던 중에 인기척이 나자 재빨리 불을 지피며 나선 것이다. 한데 불빛에 드러난 건 달랑 검은 경장 차림의 한 명뿐이지 않은가.

"놈들이 아닌 모양이네? 그렇다면 막간에 장사나 해볼까? 으하하하! 자, 가진 것을 모두 내어놓아라. 가만가만, 이거 계집년이 아니냐? 으흐흐흐, 이거 오늘 횡재를 하는구나."

사내들 중 한 명이 과장되게 큰 웃음을 지으며 걸어나오다 아연이 여자임을 알아보곤 음흉한 웃음을 흘렸다.

"으하하하! 잘해보시오, 연 조장."

뒤에 있던 산적들이 덩달아 맞장구를 쳤다.

아연은 아득함을 느꼈다. 평소라면 몇십 명의 산적쯤이야 안중에도 없을 일이지만 지금은 아니었다.

노인의 일장을 맞은 후 몸속에 스며든 기이한 열양기가 혈맥을 야금야금 파먹듯이 침투하더니 이젠 단전까지 위협하는 지경이었다. 몸은 열이 올라 온전한 정신을 유지하기 어려울 정도였고 눈앞의 사물은 왜곡되어 어른거렸다.

이런 상태라면 그야말로 단 한 초식이라도 전개하기가 어려울뿐더러 억지로 내공을 사용하고자 한다면 눌러둔 열기가 폭발하고 말 테니 혈맥과 단전이 상하게 될 터였다.

아연은 입술을 꽉 깨물었다. 입술이 터져 피가 흘렀지만 그 아픔에 조금 정신을 차릴 수가 있었다.

‘그래, 이대로 주저앉을 수는 없지. 똑바로 정신을 차린다면 한 번의 기회는 오리라. 어떻게든 그 기회를 놓치지 말고 빠져나가야 한다.’

아연이 마음을 추스르며 스스로를 위로하고 격려하는 동안 연 조장이라 불린 건장한 체구의 사내가 더욱 앞으로 다가와 스멀거리는 눈빛으로 아연의 아래위를 훑어보며 말했다.

“흐흐, 고것참 실하게도 생겼구나. 자자, 이 오라비와 함께 가자. 내 너 하나 호강시켜 줄 능력이야 없겠느냐?”

능구렁이처럼 음흉한 표정으로 말하다 사내는 갑자기 아연에게 두 팔을 벌리고 뛰어들었다. 아마 번쩍 안아 들 요량이었나 보다.

그 순간 아연이 검을 빼 들며 그대로 내려 베기를 시도했다.

그러나 굼벵이같이 느린 칼 놀림에 사내는 쉽게 뒤로 물러났다.

“그럼, 그럼. 너무 다소곳하기만 해서야 흥취가 나겠느냐? 으하하하!”

“하하하!”

뒤에서 건들거리던 산적 무리들도 같이 웃었다.

그렇게 아연이 내지른 일검을 쉽게 피하자 사내는 기고만장하여 마음을 턱 놓고 요것을 어떻게 요리할까 궁리하기 시작했다. 그러나 아무리 부상을 당했다 하여도 아연이 가까이 다가온 산적을 베지 못할 정도는 아니었다. 아연의 일검은 산적들을 방심시키고자 한 허초일 뿐이었다.

아연은 모든 산적들이 웃느라 정신이 없는 그 순간 발을 팅겨 사내의 품으로 뛰어들며 건장한 사내의 몸으로 뒤쪽에 있는 산적들의 시야를 가리며 검을 사내의 목에 박아 넣었다.

“끄륵.”

사내는 웃느라 처든 고개를 숙이지도 못한 채 비명조차 지르지 못하고 불신 가득한 눈망울만 뛰룩뛰룩 굴렸다. 아연은 검을 빼내며 그대로 뒤돌아서서 땅을 박차 산길을 달려나갔다.

그녀가 칼을 빼내자 사내는 피를 콸콸 쏟으며 끄르륵 소리와 함께 쿵 쓰러져 버렸다.

"어, 어?"

"연 조장! 연 조장!"

잠시 동안 뭐가 어떻게 된 것인지 몰라 어리둥절해하던 산적들은 연 조장을 부르며 우르르 몰려나왔다. 그들은 연 조장이 이미 목에 칼을 맞아 절명했음을 깨닫곤 '저년 잡아라' 하고 소리치며 박도를 빼 들었다. 그들은 매복을 해야 한다는 임무도 잊은 채 아연이 사라진 방향으로 달려가기 시작했다.

아연은 멀리서 소리치는 산적들의 외침을 들으며 다시 한 번 땅을 박차려다 휘청이며 바닥으로 쓰러졌다.

이미 침투한 열양기가 몸속에서 날뛰기 시작한 것이다.

눈앞이 캄캄해진 채 산적들의 외침이 멀어지는 느낌 속에 점점 정신이 아득해졌다.

'이대로 여기서 끝이구나.'

마지막 남은 의식이 꺼져 가는 순간 아연은 문득 남편의 얼굴을 떠올렸다.

철없이 어리기만 한 남편.

무던히도 못살게 군 것 같다.

그러나 그건 남편이 미워서가 아니었다.

어려서부터 집안의 사랑을 독차지하다 보니 너무나 당연히 자신만을 사랑해 주길 바랐었다.

부질없는 소유욕이었는지도.

이젠 다시 볼 수 없다는 생각에 너무도 지난날이 후회스러웠다.

좀 더 다정하게 대해줄걸.

결국은 자신의 고집으로 가문의 몰락만을 남겨준 채 이대로 떠나게 되다니.

용서하세요.

아연은 마지막으로 작게 남편을 부르며 의식의 끈을 놓은 채 깊은 나락으로 빠져들었다.

"여보……."

아연이 쓰러진 후 잠시 뒤에 횃불을 든 산적들이 우르르 산길을 달려왔다. 달려오던 산적들은 길에 쓰러져 있는 아연을 보곤 멀찍이 떨어져 멈춘 채 쭈뼛거렸다.

"왜 여기 쓰러져 있지?"

한 산적이 의아한 듯 말하자 다른 산적이 말을 받았다.

"또 속임수를 쓰려 하는 건 아닐까?"

연 조장이 어떻게 당하는지도 모르게 칼을 맞았으니 이번에도 무슨 속임수가 있나 하여 쉽게 다가들지 못한 것이다. 저희들끼리 수군대던 산적들 중 두 놈이 눈빛을 교환하더니 박도를 곧추세운 채 천천히 아연에게 다가갔다. 가까이 다가온 산적은 박도로 아연을 쿡쿡 찌르며 살피더니 그래도 움직임이 없자 그제야 가까이 다가와 아연을 살폈다. 한 녀석이 여기저기 살펴보고 맥도 짚어보고 하더니 뒤의 무리에게 말했다.

"이년이 어디가 아픈가 본데? 몸이 불덩이 같아."

"그래? 그럼 일단 산채로 데려가자. 뭐, 죽으면 할 수 없지만 만약 살아난다면 채주에게 바치자구. 이 정도면 두둑한 포상을 받을 게야."

"하하, 그거 좋은 생각이다."

서로 간에 의견 일치를 보자 그중 한 녀석이 아연을 둘러메려 하였다. 그런데 그때 갑자기 앞쪽에서 일단의 무리들이 나타났다.

"그새 또 양민을 죽이다니 이런 천하의 나쁜 놈들! 당장 물러나지 못할까?"

이십여 명의 자색(紫色) 경장인들이 어느새 다가와 삼 장 앞에 멈춰 섰다. 아연을 둘러메려던 산적은 깜짝 놀라 그녀를 그대로 땅에 놓으며 엉거주춤 일어났다.

"네놈들은 누구냐? 감히 이 밤중에 고우산에 올라 우리에게 시비를 걸다니."

제법 기개있게 생긴 한 산적이 앞으로 한 걸음 나서며 웬 참견이냐는 듯 호통을 질렀다. 자색 경장인들은 그 사내의 말에 코웃음을 치며 경멸의 눈초리를 보냈다.

"흥, 우리는 네놈들을 때려잡으러 온 옥황상제님이다! 어서 무릎을 꿇고 죄를 빌지 못할까?"

그들 중 수염을 멋들어지게 기른 한 중년인이 대꾸하였다.

"본때를 보여줘라!"

"모두 죽여 버려라!"

그러자 산적들은 여기저기에서 사나운 말들을 쏟아내며 다시 박도를 세우고 소리를 질러대며 앞으로 뛰어나왔다. 그러나 그것은 이미 약조된 속임수였다.

펑!

그렇게 달려나오던 산적들은 뒤에서 한 사내가 신호탄을 쏘아 올리자 다시 몸을 돌려 ‘와’ 하며 뒤로 달아나기 시작했다.

“흥, 어딜.”

자색인들은 검을 빼 들며 뒤를 쫓아 달려나갔다.

“너무 깊이 쫓지는 말아라. 다른 조와 서로 균형을 맞추는 게 중요하다.”

아까 산적에게 비아냥거리며 말했던 중년인이 쫓아가는 무사들의 뒤에 대고 큰 소리로 말했다. 곧 산적들과 무사들이 사라지고 이제 그곳에는 세 명의 자색 경장인만 남게 되었다. 한 중년인과 두 노인이었다. 그들은 서로 눈길을 한 번 마주치더니 길에 쓰러져 있는 아연에게 다가갔다.

“여인네였군요. 어쩌다 이런 봉변을. 쯧쯧.”

그중 한 노인이 불쌍한 마음에 혀를 차며 죽은 듯 누워 있는 아연의 맥을 짚었다.

“허, 아직 살아 있군요. 그런데 이상한 열양지기가 느껴집니다. 내가장법에 당한 듯한데……. 산적 중에 이런 고수가 있단 말인가?”

노인은 의아한 표정을 지었다.

본래 내가장법 중 이렇게 내력을 침투시키는 장법은 그 배움이 까다롭고 보통의 내력으론 엄두도 내기 어려운 공부였다. 그런데 이런 산중에서 내가중수법에 당한 여인이 산적에게 쫓기고 있었으니 이상히 여길 수밖에.

노인의 말에 중년인이 나섰다.

“어디, 나도 좀 봅시다. 헉!”

막 몸을 구부리던 중년인이 깜짝 놀라며 헛바람을 삼켰다.

“이, 이 여인은 남궁아연?”

“예?”

“뭐라구요?”

두 노인이 동시에 놀라서는 부랴부랴 품속에서 화섭자를 끄내어 불을 밝혔다. 불빛에 드러난 얼굴을 유심히 보며 중년인은 망연한 표정에 빠져들었다.

한때 자신과 혼삿말이 오갔던 여인.

이를 갈며 언젠가는 벽을 허물어보고야 말겠다고 수없이 다짐한 남궁가의 여식.

자신을 인정사정없이 흠씬 두들겨 패서 결국은 파혼지경이 된 여인.

얼마나 복수를 하고 싶었던가.

밤마다 꿈에서라도 질근질근 밟고 싶었던 그 여인이 이렇게 다 죽어가는 모습으로 자신의 앞에 나타나다니.

중년인은 잠시 고민하였다.

어찌할 것인가? 이대로 죽도록 내버려 둘까? 아니면 큰소리치며 시체나 남궁가에 전해줄까? 그것도 아니라면 지금 살려줘야 하나? 살아난다면 과연 자신에게 고맙다는 말 한마디라도 할까?

“휴우.”

복잡한 시선으로 아연을 바라보던 탁선웅은 긴 한숨을 뱉어내곤 품속에서 약병을 하나 꺼내어 들었다.

“소장주, 이 여인을 구하시려고요?”

옆에 앉은 노인이 탁선웅을 보며 물었다.

“그게 사람의 도리 아니겠습니까? 아무리 맺힌 게 많다 하나 죽어가는 사람을 그냥 둘 순 없지요.”

노인이 고개를 끄덕이며 대답했다.

“잘 생각하셨습니다. 살아난다면 이번 일은 크게 칭송받을 일입니다. 이번 산적 토벌의 일과 함께 안휘에 소문이 쫙 날 겁니다. 모두가 우리 부용검파를 다시 볼 테지요. 허허허.”

“암요. 조 장로의 말이 백번 옳습니다. 이 기회에 남궁가의 코를 납작하게 해줍시다. 으하하하!”

옆에 섰던 노인도 같이 맞장구를 쳤다.

탁선웅은 노인들의 말에 슬며시 미소 지으며 아연의 입속에 팥알만한 작은 약을 십여 개 넣어주곤 혈도를 꾹 눌러 약이 목구멍을 넘어가도록 조치하였다.

이 약은 부용검파만의 내가요상약이었다. 혈맥을 보호하고 내기가 타격을 받았을 때 진원진기가 상하지 않도록 하는 효험이 있는 약이었다.

탁선웅은 약이 잘 퍼져 나가도록 명문혈에 약간의 진기를 주입하여 주곤 아연을 번쩍 안아 들었다.

뭉클한 여인의 감촉이 두 손 가득 전해져 오자 한때 사랑했던 마음이 가슴 한쪽에서 불쑥 솟아올라 얼굴이 화끈 달아올랐다.

“흠흠.”

괜히 혼자 부끄러워 헛기침을 하며 두 장로에게 말했다.

“아무래도 산 아래의 지원대에게 데려다 주어야 할 듯합니다.”

“그러는 게… 엇!”

막 그리하라고 대답하려던 조 장로는 깜짝 놀랐다.

뭔가 검은 물체가 그들의 머리 위를 훌쩍 뛰어넘어 지나갔기 때문이다. 급히 고개를 돌려 확인하는데 다시 휙 머리 위를 넘어 그들의 앞쪽에 한 인영이 날아 내렸다. 그 흑의인은 다시 훌쩍 뛰어올라 세 사람에게 달려들었다.

"어?"

"웬 놈이냐?"

세 사람은 급히 뒤로 물러나며 자세를 잡는데 생각보다 흑의인의 몸놀림이 빨랐다. 거기다가 탁선웅은 아연을 안고 있는 관계로 평소처럼 움직일 수가 없었다.

그 흑의인은 순식간에 거리를 좁히더니 탁선웅의 어깨를 밀어내며 아연을 빼앗아 훌쩍 뒤로 물러났다.

탁선웅은 검을 빼어 들며 호통을 내질렀다.

"당장 그 여인을 내려놓지 못할까?"

뒤로 물러났던 두 장로도 다시 탁선웅의 옆으로 다가서며 분노의 표정을 지었다.

"이놈이 감히!"

그 흑의인은 그들이 뭐라 하든 전혀 신경 쓰지 않고 품에 안은 여인을 가만 내려다보더니 작게 말했다.

"여보, 이제야 찾았구려."

이 흑의인은 바로 아연을 찾아 나선 석목영이었다.

고우산에 당도하여 산을 오르며 제발 오늘은 찾게 해달라고 산신령님, 부처님께 마음속으로 빌고 또 빌었다.

오늘이 십 일째. 오늘이 지나면 아연이 의식을 잃기 쉽다 했으니 찾기가 더 어려울 터였다.

그래서 마음속으로 간절히 기도하며 고우산에 오른 것이다.

오르다 보니 여기저기 매복도 보였고 무리 지어 싸우는 모습도 보였다. 뭔가 큰일이 벌어지는 듯하여 내심 더 불안해진 목영은 싸우는 무리들을 무시한 채 빠르게 여기저기를 살피며 길을 재촉했다.

한참을 달려 지금 앞에 있는 세 사람을 발견하곤 지금까지와 같이 머리 위를 뛰어넘어 계속 가려다 흘깃 한 사내가 안고 있는 사람을 보게 되었다.

치렁치렁한 머릿결로 여자임을 알게 되자 급히 다시 돌아와 다짜고짜 여인을 빼앗아보니 과연 남궁아연이었다.

축 늘어진 아연을 안고 있자니 가슴이 뭉클해 왔다.

그래도 이제 찾았으니 되었다.

'빨리 조용한 곳에 가서 치료를 해야겠구나.'

개방에서 들은 바로는 자신의 내기로 충분히 치료가 가능하리라 생각되었다.

그런데 그런 목영의 급한 마음을 앞의 세 사람은 몰라주었다.

"이놈, 말이 말 같지 않으냐? 당장 그 여인을 내려놓아라!"

탁선웅이 악을 써댔다. 옛 여인을 지키지 못하고 적의 수중에 빼앗기자 기가 막히고 화가 치솟아 오른 것이다. 또한 너무 쉽게 아연을 빼앗겼다는 수치심도 일었다.

다행히 약을 복용하여 몸 상태가 좀 안정된 아연은 고른 숨을 쉬고 있었다. 그러나 그것을 모르는 목영은 그저 자신이 늦지 않게 아연을 찾았다 생각하곤 적이 안심하며 악을 쓰는 탁선웅을 바라보았다.

"뉘신데 남의 부인을 내놓으라 하시오?"

목영은 저놈이 흑심을 품었나 생각하며 퉁명스럽게 말했다.

'헉! 저놈이 그녀가 내 부인이 아니란 걸 어찌 알았지? 그렇다고 제

놈이 그녀의 남편과 알기라도 한단 말인가? 흥! 그럴 리가 없지.'

목영은 제 부인을 왜 내놓으라고 하느냐 말한 것인데 탁선웅은 앞에 있는 사내를 산적으로 오해하여 자기 부인이 아닌 것을 어찌 알았을까 하고 의아하게 생각할 뿐이었다.

"이 산적 놈아, 누구의 부인이든 네놈이 상관할 일이 아니다! 네놈은 정녕 제정신이 아니로구나. 목숨이 경각에 달했는데도 여자를 탐하다니!"

사실 목영의 차림새는 산적과 다를 바가 없었다. 옷은 땀과 때에 찌들어 낡을 대로 낡아 보이는 데다 얼굴도 시커멓고 머리카락도 흩어져 있으니 자연히 산적이라 오해를 받을 만하였다.

"정 여인을 탐한다면 할 수 없지. 받아라, 이놈!"

이어서 한마디를 덧붙이곤 탁선웅은 검을 휘둘러 갔다.

"야, 이놈아, 누구보고 산적이라고 하는 게냐? 더구나 내 부인을 내가 데려가겠다는데 네놈이 무슨 참견이냐?"

목영이 두 번의 칼질을 피해내며 소리쳤다.

"허, 이놈이 그래도 정신을 못 차렸구나. 어디, 모가지가 잘리고도 헛소리가 나오는지 두고 보자."

탁선웅은 계속 공격을 해대었다. 그는 꿈에도 목영이 아연의 남편이라고는 생각하지 못한 것이다.

목영은 정말 속이 탔다. 이제 아연을 찾았으니 빨리 치료를 해야 할 터인데 이상한 놈이 알아듣지 못할 헛소리를 지껄이며 발목을 잡고 있으니 머리에서 김이 날 지경이었다.

거기다가 탁선웅의 검은 무시할 만한 것이 아니었다. 남궁가를 목표로 절치부심한 검이었다. 미리백환공을 바탕으로 펼쳐지는 부용검은 변검을 바탕으로 하여 허초와 살초가 어지럽게 섞여 있어 그야말로 상대의 눈을 어지럽히는 검법이었다.

목영은 쩔쩔맬 수밖에 없었다.

사방에서 밀려오는 검날이 순간순간 서너 개의 검으로 쩍쩍 갈라져 들어오니 아연을 안고 있어 움직임도 둔하고 다른 방어 초식을 사용할 수도 없는 목영은 겨우겨우 검날을 피할 뿐이었다.

탁선웅은 계속 몰아붙여 목영이 길가로 밀려나자 회심의 미소를 지으며 부용검의 절초인 미인연심(美人戀心)을 펼쳐 내었다.

세 개의 검날이 먼저 다가들어 눈을 어지럽히고 이어 수줍은 듯 뒤에 숨었던 마지막 변초가 갑자기 다가오자 목영은 순간 어쩔 줄을 몰라 하며 허둥댔다.

목영이 허둥대며 자기도 모르게 몸을 웅크리자 공교롭게도 마지막 검날이 아연의 가슴을 향하게 되었다.

"앗!"

"헉!"

목영이 깜짝 놀라 움찔하는 순간 탁선웅도 움찔하며 급히 칼을 회수했다. 목영 못지않게 탁선웅에게도 아연은 보호해야 할 중요한 사람인 것이다.

"휴~"

안도의 한숨을 쉬면서도 목영은 찜찜했다. 아니, 제놈이 뭔데 남의 부인을 내놓으라 하고 또 다칠까 봐 전전긍긍한단 말인가.

'아무래도 저놈이 내 마누라에게 단단히 반한 모양이구나. 한번 본때를 보여줘야겠다.'

목영은 아연을 왼쪽 어깨에 둘러메고는 검을 빼 들었다.

과연 목영이 검을 들자 상황이 바뀌었다.

탁선웅의 부용검은 현란한 변초로 다가들었지만 목영이 탁선웅의 검을 향해 빙글빙글 원을 그려 넣기 시작하자 부용검의 변환이 딱딱 끊어지기 시작했다. 변초란 쾌를 동반한 연속성을 가져야 제 위력을 발휘하는데 목영의 검이 부용검의 김로를 가닥가닥 끊어내자 그 묘용을 잃고 만 것이다.

탁선웅을 상대함에 있어 목영은 좀 여유가 생겼지만 그렇다고 목영의 마음까지 여유로운 것은 아니었다. 시간이 흐를수록 오히려 초조해지는 건 목영이었다. 어서 빨리 그녀를 치료해야 하는데 탁선웅이 놔주질 않으니 점점 분노와 함께 살심이 일기 시작하였다.

"이놈, 당장 물러서지 못할까? 왜 자꾸 나를 핍박하는 것이냐?"

목영이 탁선웅의 검을 튕겨내며 물러날 것을 종용했다.

"흥! 이놈아, 살고자 한다면 당장 그 여인을 내려놓고 꺼지거라!"

"아니, 내 마누라를 내가 데려가겠다는데 네놈이 웬 참견이란 말이냐?"

목영이 자신의 부인임을 다시 한 번 말했으나 이젠 정말 씨도 안 먹힐 소리였다.

"산적 놈이 감히 남궁가의 사람을 모욕하는 것이냐?"

"아니, 뭐이라고? 네놈이 그건 어찌 알았단 말이냐? 아무래도 네놈이 내 마누라에게 흑심을 품은 것이 어제오늘 일이 아닌 모양이구나!"

목영은 앞의 사내놈이 아연의 가문까지 운운하자 두 사람의 관계가 부쩍 의심스러워 목청을 높였다.

탁선웅은 사실 아연과의 혼사가 파경에 이른 후에 미움과 그리움이 교차하는 묘한 감정 속에서 하루하루를 보냈다. 그러나 가문의 일이 중함을 알기에 그러한 감정에 대해 누구에게도 말하지 못하였다. 그런데 이제 웬 산적 놈이 자신의 속마음을 짚어내자 두 장로 앞에서 부끄럽고 민망하지 않을 수 없었다.

"이, 이……. 그렇다, 이놈아! 네놈이 남편이라 하니 네놈만 죽이면 그 여인은 내 차지가 되겠구나!"

너무 흥분하고 화가 치밀어 올라 탁선웅은 제가 무슨 말을 하는지도 모른 채 지껄였다. 뒤에 있던 두 장로는 자신들의 소장주가 이성을 잃어 되는 말, 안 되는 말을 가리지 않자 얼굴을 찌푸렸다.

"풍 장로, 아무래도 우리가 마무리를 지어야겠소. 에서 지체할 시간이 없습니다."

조 장로가 칼을 빼며 말하자 풍 장로도 고개를 끄덕이며 칼을 빼 들었다.

"화는 네놈이 자초했으니 검이 무정타 원망 말아라!"

조 장로는 한 소리 일성을 내질러 자기들도 싸움에 참여함을 우회적으로 알리며 목영의 하체를 공격해 왔다.

목영이 훌쩍 뛰어올라 조 장로의 일검을 피하는데, 때맞추어 풍 장로도 뛰어오른 목영을 베어오자 일시지간 피할 도리가 없어 보였다. 목영은 그 순간 검을 풍 장로의 검에 붙였다가 탄자결을 운용하여 강하게 튕겨내며 다시 한 번 공중으로 튀어 올라 옆으로 날아 내리려 하였다. 그 순간 탁선웅은 목영이 내려올 자리를 미리 선점하며 검을 뿌렸다. 이제는 꼼짝없이 탁선웅의 검에 제 스스로 달려들어 검을 맞는 형국이 되어버리자 목영은 순간 어쩔 줄을 몰랐다.

'이런, 제기랄, 꼼짝없이 칼을 맞게 생겼구나. 어디, 그렇다면?'

재빨리 머리를 굴린 목영은 몸을 비스듬히 하여 다가오는 칼끝이 아연을 향하도록 하였다. 앞에 있는 중년인이 아연을 끔찍이 생각하니 그것을 이용할 심산이었다.

"이런 비겁한 놈!"

생각대로 탁선웅이 칼을 회수하며 목영을 욕하였다. 그러나 그 덕에 목영은 무사히 땅에 착지하였다.

"흥! 비겁한 걸로 따지면 네놈들이 한 수 위다. 한 놈으로 안 되니 세 놈이 달려들면서 별 소릴 다 하는구나."

목영은 다시 다가온 검날들을 밀어내며 대꾸하였다.

그때 뒤쪽에서 십여 명의 무사들이 빠르게 접근해 왔다. 아까 산적을 추적해 갔던 무사들 중 일부가 소장주와 두 장로가 오지 않자 무슨 일인가 하여 다시 뒤돌아온 것이다.

"아니, 여기에도 한 놈이 있었구나! 아마 산적 두목인 모양이다! 모두 쳐라!"

되돌아온 무사들 중 우두머리인 듯한 사내는 소장주와 두 장로가 한 사내를 상대로 싸우고 있자 산적 두목쯤 되겠거니 생각하고 모두에게 공격하도록 명령했다.

"둘러멘 여인을 다치게 해선 안 된다! 차륜전을 펼쳐 지치게 만들어라!"

탁선웅은 행여 부용검파의 무사들이 아연을 다치게 할까 하여 주의를 주고는 목영이 지쳐 스스로 물러나도록 만들기 위해 차륜전을 펼치도록 했다.

이제 상황은 점점 최악으로 치닫게 되었다.

열세 명으로 불어난 무리가 사방에서 돌아가며 검을 찌르고 베어오자 목영은 잠시의 여유도 없이 막아내기에 바빴다.

시간이 흐를수록 목영은 서서히 지쳐 가기 시작했다. 아연을 어깨에 둘러멘 채 싸우고 있으니 당연히 배 이상 힘들고 거기다 한 손밖에 쓰지 못하니 비도든 장법이든 모든 게 무용지물이었다. 그렇다고 검을 버리고 비도를 쓸 수도 없었다. 연속으로 다가오는 검날들이 목영에게 잠시의 여유도 주지 않았기 때문이다.

목영은 이제 기진맥진하여 그야말로 드러누워 버리고 싶었다. 입 안에서는 단내가 나기 시작한 지 오래되었고 아연을 메고 있는지 칼을 들고 있는지 모를 지경이었다.

'아, 여기가 끝이란 말인가? 정말 허무하구나. 내가 죽고 나면 마누라는 저놈이 데려가겠지. 안 돼!'

마누라에게까지 생각이 미치자 피가 거꾸로 솟아올랐다.

그때 풍 장로의 검이 하체를 베어왔다. 목영이 급히 옆으로 한 발을 이동하였으나 반응이 늦고 말았다. 풍 장로의 검이 지나간 허벅지에서 피가 주르륵 흘러내렸다. 깊은 상처는 아니었으나 움직임은 더욱 어렵게 되었다.

그 순간 목영의 머리 속으로 하나의 생각이 섬광처럼 스쳐 지나갔다.

대저 칼이란 찌르고 베는 무기가 아닌가? 그런데 왜 자신은 유운검의 초식만을 고집하고 있는가.

차라리 마구잡이로 찌르고 벤다 해도 지금보단 나을 것 같았다.

유운검의 초식은 막아야 할 때만 쓰면 되지 않겠는가.

목영은 제자리에서 몸을 팽이처럼 돌리며 유운노해를 펼쳐 다가온 네 개의 검을 튕겨내곤 한 무사에게 다가들어 그대로 목 어림을 찔러 갔다.

지금까지 수비만 하던 목영이 갑자기 뛰어나오자 그 무사는 당황하여 눈을 크게 뜨더니 가까스로 좌측으로 고개를 틀어 피했다. 목영은 목 어림을 지나간 검으로 칼날을 감싸듯이 빙글 돌렸다.

포운지세.

칼날의 상하에 압력을 달리하여 검을 비껴내는 초식이었으나 옆으로 비껴난 무사의 목을 중심으로 펼쳐 내자 순식간에 목이 잘리며 피가 솟구쳐 올랐다.

"으악!"

"헉!"

"저런!"

비명과 사방에서 놀람의 소리가 뒤섞여 흘러나왔다.

"이놈이 끝내 피를 보고자 하는구나! 오냐, 어디 이것도 받아봐라!"

모두가 주춤하는 사이 탁선웅이 단독으로 나서며 목영을 찔러왔다.

쭉 뻗어오던 검이 네 개로 갈라지며 꽃잎을 그렸다. 부용검법 중에서도 가장 화려한 변초를 숨긴 일주사엽(一柱四葉)이었다.

목영은 네 개의 꽃잎 사이로 검을 찌르며 운중만개(雲中滿開)를 펼쳤다. 탁선웅이 그린 네 장의 꽃잎이 목영의 검기에 밀리며 활짝 만개한 듯이 좌우로 퍼져 나갔다. 그 벌어진 꽃잎 사이로 달려든 목영이 아무런 형식 없이 검을 쭉 뻗어내었다.

탁선웅이 급히 좌로 이 보 이동하여 검을 피해내자 목영은 직선으로 뻗어가던 검으로 유운노해의 초식을 따라 세 개의 물결을 그리며 우로 검을 베었다.

"윽!"

답답한 신음 소리와 함께 탁선웅이 가슴을 부여잡으며 뒤로 물러났다. 그의 가슴에선 어느새 피가 뿜어져 나오고 있었다.

"소장주!"

두 장로와 몇몇 무사들이 놀라서 탁선웅에게 몰려들었다.

이런 절호의 기회를 놓칠 목영이 아니었다. 그는 얼른 검을 넣고는 칠성둔형으로 몸을 튕겨 포위하고 있는 무사들에게 다가들었다.

탁선웅에게 모여드느라 허술해진 포위망을 향해 십여 자루의 비도를 날렸다.

"으악!"

다섯 명의 무사가 비명과 함께 쓰러지는 사이 목영은 드디어 포위망을 벗어나 뒤도 돌아보지 않고 그대로 환운종을 전개하며 빠르게 장내에서 사라졌다.

"신호탄을 쏘아 올려라! 그리고 가내의 모든 무사들을 철수시켜 산 아래에 포위망을 형성해라! 어떤 일이 있어도 저놈만은 반드시 잡아야겠다! 당장 추적대를 구성해라!"

풍 장로는 이를 악물며 분노의 눈빛으로 목영이 사라진 방향을 바라보았다. 십여 명이 넘는 인원으로 놈을 잡기는커녕 소장주가 부상을 당하다니 속에서 불덩이가 솟아오를 수밖에.

펑!

붉은 신호탄이 밤하늘에 수를 놓았다. 앞으로 달려나가던 목영은 그 신호탄을 보고 재빨리 숲 속으로 숨어들었다. 이런 상태에서 다시 무사들을 만난다면 이젠 정말 죽은 목숨이었다. 그리고 지쳐 버린 자신도 문제지만 아연의 치료도 서둘러야 할 일이었다.

숲으로 숨어든 목영은 계곡을 따라 산 깊숙이 들어갔다. 우거진 나무 사이로 헉헉대며 달리던 목영은 숨기에 적당한 바위를 발견하곤 그 뒤로 재빨리 몸을 숨겼다.

아연을 내려놓고 대 자로 뻗은 목영은 헐떡대며 숨을 골랐다. 그냥 이대로 잠이라도 한숨 자고 싶었다. 잠시 누운 채 좀 쉬고 나자 이젠 칼에 베인 다리가 욱신거렸다.

"제기랄."

툴툴거리며 몸을 일으킨 목영은 상처 부위를 살펴보았다.

쭉 벌어진 상처에선 아직도 피가 흘러내리고 있었다.

"이런, 이런."

바위 너머를 살펴보니 아뿔싸, 점점이 떨어진 핏자국이 보였다.

이대로 머물러 있는 건 추적대에게 '날 잡아가십시오' 하고 목을 빼고 기다리는 것과 마찬가지리라. 목영은 여기저기 혈도를 눌러 지혈을 시킨 후 바짓단을 쭉 찢어내어 다친 부위를 꼼꼼히 묶었다.

그리고 나서 다시 아연을 안아 들고 이제는 피가 더 이상 흐르지 않도록 조심하며 숲을 헤쳐 나갔다.

얼마를 걸어가자 앞쪽에서 두런거리는 말소리가 들려왔다.

재빨리 몸을 숨긴 목영이 자세히 살펴보니 자색 경장인들이었다.

바로 좀 전에 자신과 한차례 싸웠던 무사들의 일행인 것 같았다. 그들을 가만 살펴보니 부상자를 후송하는 모양이었다. 급히 만든 것 같은 들것을 두 사내가 들고 있고 그 들것 위엔 한 사내가 끙끙거리며 누워 있었다. 그리고 그 뒤로 한 사내가 다른 한 사내를 업고 뒤따르고 있었다.

그들이 지나가길 기다리며 숨어 있던 목영은 퍼뜩 좋은 생각이 떠올랐다. 입가에 예의 그 사악한 미소를 그리며 아연을 바닥에 조심스레 내려놓은 목영은 살금살금 그들의 뒤를 따르기 시작했다. 잠시 뒤를 따르던 목영은 작은 돌멩이를 하나를 집어 들었다. 그리곤 비탈이 심해져 조심조심 내려가는 사내들 중 맨 뒤에서 다른 사내를 업고 가는 사내의 발목을 향해 힘껏 던졌다.

"으악!"

갑작스러운 통증에 막 비탈길을 조심스럽게 디디던 맨 뒤의 사내는 숨넘어가는 소리와 함께 뒤에 업은 사내를 놓치며 앞으로 넘어졌다.

비탈길에서 넘어졌으니 당연 다음은 미끄러지기와 구르기였다.

뒤에 업혔던 사내와 함께 구르기 시작하자 앞서 들것을 들고 가던 사내들도 '어어' 하며 같이 한 무더기가 되어 구르다 미끄러지다 하였다. 그렇게 한참을 비탈진 아래로 구르던 사내들이 길이 휘어지며 그 뒤쪽에 생긴 웅덩이로 처박혀들었다.

"크윽."

목영은 룰루랄라 흥에 겨운 듯 껑충껑충 뛰어 그 웅덩이로 다가갔다.

사내들은 내던져진 짐짝처럼 포개진 채 모두 정신을 놓고 있었다. 다만 한 사내만이 신음 소리를 흘리고 있었다. 그러나 그 소리도 오래 가지 못했다. 목영이 다가가 턱을 가볍게 올려치니 이젠 모두가 잠잠해졌다.

그는 서둘러 사내들을 웅덩이에서 꺼내어 자신과 비슷한 몸집의 사내를 골라 옷을 벗겨내었다. 그리고 또 다른 사내들 중 아연과 몸집이 비슷할 것 같은 사내의 옷을 벗긴 후 검까지 챙겼다.

그리고선 다시 사내들을 웅덩이에 집어넣고 나뭇가지를 꺾어 구석구석까지 꼼꼼하게 가렸다. 이제 사내들이 깨어난다면 모를까 다른 사람이 찾을 염려는 없을 듯했다.

물론 일일이 확인하여 다 죽인다면 확실하겠지만 옷 두 벌 때문에 다섯 명의 사내를 죽인다는 건 못할 짓이었다.

'일단 이곳을 벗어날 때까지만 들키지 않으면 되는 것이니 이 정도로 충분하겠지.'

목영은 사내들의 옷과 검을 챙겨들고 재빨리 아연에게 돌아왔다.

돌아와 보니 아연은 여전히 정신을 잃고 누워 있었다. 다행히 호흡이 고른 것이 크게 걱정할 단계는 아닌 것 같았다. 그래도 어서 치료를 해야 했고 그러자면 치료할 동안 안전한 장소를 찾아야 했다.

일단 자색 경장인으로 변장하여 무리에 섞여 있다가 기회를 보아 산을 벗어나기로 작정한 목영은 옷을 갈아입고 아연의 옷도 갈아입혔다. 그리고 혹 송문검으로 인하여 발각될까 하여 옷과 함께 검도 묻어버렸다.

아연의 머리카락도 너무 긴 것 같아 중간을 싹둑 잘라내고 뒤로 질끈 묶은 후 일부는 앞쪽으로 흐트러뜨려서 얼굴을 잘 알아보지 못하도록 꾸몄다. 마지막으로 그는 사내들에게서 가져온 두 개의 검을 옆구리에 꽂은 다음 아연을 업고서 이미 어두워진 산길을 내려가기 시작했다.

산의 중턱쯤 왔을까? 앞쪽에서 인기척이 들렸다. 목영이 발걸음을 빨리하여 가까이 가보니 두 개의 들것을 든 무리가 조심조심 걸음을 옮기고 있었다.

"같이 가세요!"

목영이 일부러 숨을 헐떡이며 뛰어서 뒤로 따라붙자 맨 뒤에서 들것을 들고 가던 사내가 뒤돌아보며 말을 받았다.

"아, 당신도 부상자를 후송 중이구먼. 그런데 어느 검대 소속이시오? 못 보던 얼굴인 듯한데."

"예, 저는 이번에 들어와 잘 모르실 거예요. 그나저나 이번 일은 생각만큼 쉽지 않나 봐요. 부상자가 꽤나 많은 듯하니. 근데 어디 소속이세요?"

목영이 교묘히 관심을 돌려놓고 오히려 사내의 소속을 물어보았다.

"난 은검대 소속이오. 당신은 이번 토벌전을 위해 고용된 무사라니 철검대 소속이겠구먼. 어쩌다 용병까지 하게 되었소? 웬만하면 한곳에 정착하시지. 그래야 나이 들어 고생이 덜할 텐데."

사내가 주절주절 목영의 고민을 다 해소시켜 주었다. 덧붙여 누가 들을세라 속삭이듯 말을 이었다.

"사실 이 고우산의 산적 놈들은 간단히 볼 놈들이 아닌데 너무 쉽게 생각한 것 같소. 거기다 이놈들이 단단히 준비를 한 모양이오. 여기저기 매복에다 수적으로도 우리의 두 배는 되어 보이니. 그리고 들리는 말로는 우두머리가 상당한 고수래요. 소장주가 맞붙어 부상까지 입었다 하더이다. 이번에 톡톡히 망신을 당했으니 이젠 명예에 연연하지 말았으면 좋으련만. 당신도 괜히 아까운 목숨 버리지 말고 몸조심하쇼."

"예? 그럼 이젠 어찌한대요?"

이번엔 목영의 말을 앞선 사내가 받았다.

"우리 같은 하급무사가 그걸 어찌 알겠소? 우리야 그저 하라는 대로 할 뿐이지."

그들 둘은 모두 이번 토벌행이 매우 못마땅한 듯했다.

목영은 의아한 생각이 들었다. 산적 토벌이란 양민을 구하고 사람 사는 질서를 바로잡는 일이지 않은가? 자랑스럽게 생각해야 옳거늘 어찌 이리 삐딱하게 생각하고 있는 것인지.

그는 다시 물었다.

"산적 놈들이야 토벌해서 씨를 말려야 하지 않겠소? 그 산적들 때문에 많은 양민들이 괴로움을 당하지 않습니까?"

뒤에서 가던 사내가 힐끔 목영을 곁눈질로 바라보며 말했다.

"정인군자 나셨구먼! 그러나 세상은 그렇게 이치대로만 돌아가지 않는다오. 아, 양민을 괴롭힌다면 당연히 관군이 나서야지 왜 우리가 이 고생을 한단 말이오? 제놈들은 그저 황제다 연왕이다 해서 권력에만 욕심을 부릴 뿐이니 산적들이 기승을 부리는 게 아니겠소. 사실 우리 부용검파가 이번 토벌전을 일으킨 이유도 황산제일문파를 만들고자 하는 장주의 욕심일 뿐이지. 설마 우리 장주가 불쌍한 양민을 위해 검을 뽑았을 거라 생각하는 건 아니겠지요?"

그 사내의 말을 받아 앞선 사내가 말을 이었다.

"말 한번 시원하네그려. 이러쿵저러쿵 해도 오히려 이런 큰 산채는 중구난방으로 생길 수 있는 산적 무리를 통제하는 역할도 하지. 거기다 산적이 없다면 제일 먼저 굶어 죽을 사람은 표사들일걸? 표사야 산적이 없다면 그날로 없어질 테니 오히려 산적에게 감사해야 할 일이지."

앞선 사내의 말에 석목영의 가슴이 뜨끔했다.

'아니, 내가 표국의 국주인 걸 이놈들이 알았나? 마치 나를 놀리는 듯하구나. 가만, 진짜 산적이 모두 없어진다면 큰일은 큰일이구나. 표국 내의 그 많은 무사들을 무엇으로 먹여 살리나? 까짓것, 고민할 것 없다. 다 없어지면 내가 산적을 하면 되지. 박도를 들고 짠 나타나는 산적 영웅! 중원 천지의 미녀들도 한 열 명 잡아다가 첩으로 삼아버려

야겠다. 그리고 마누라를 표국의 국주로 앉히면 되겠지. 호호호.'

목영이 요상한 생각에 빠져 혼자 웃음 짓다가 아연에게 생각이 미치자 다시금 마음이 급해졌다.

"무사님들, 좀 빨리 갑시다. 밤도 깊었으니 얼른 내려가 좀 쉬자구요."

"그럽시다. 우리도 빨리 쉬어야겠으니. 자, 다들 서두르세나!"

사내의 외침에 들것을 든 두 사내가 걸음을 재촉하자 모두가 서둘러 그 뒤를 따르기 시작했다. 산을 거의 다 내려와 길이 완만해질 즈음 앞쪽에서 횃불이 밝혀지며 십여 명의 무사들이 나섰다.

"웬 놈들이냐?"

삼십대 초반의 사내 하나가 나서며 묻자 일행을 재촉하던 사내가 답했다.

"예, 저희들은 은검대 소속입니다. 부상자를 데려왔는데요."

잔뜩 긴장한 채 소리쳤던 사내가 앞으로 나와 일행 한 사람 한 사람을 확인하더니 길을 트며 말했다.

"얼른 내려가거라. 다른 조들은 벌써 왔는데 너희들이 제일 늦었다. 천막으로 부상자들을 옮기고 다른 명령이 있을 때까지 쉬도록 해라."

"예, 알겠습니다."

사내는 고개를 까닥여 인사하곤 다시 길을 내려가기 시작했다.

"젊은 놈이 목에 힘만 들어가서……."

뒤에 남은 경계무사들이 보이지 않자 제일 뒤에 있던 사내가 퉁명스레 한마디 하는 것을 잊지 않았다.

아마도 아까 그 사내가 나이는 어리지만 직급은 높은 모양이었다.

산을 다 내려가자 넓은 풀밭 위로 수많은 천막이 쳐져 있고 여기저기 횃불이 타오르고 있었다. 그러나 천막을 배정받지 못한 무사들이 더 많은 듯 모닥불 가에 무리 지어 앉거나 누운 사내들이 훨씬 많은 것 같았다.

들것을 든 사내들은 한 번 쓱 둘러보더니 하얀 색깔에 파란 비둘기가 그려진 깃발이 휘날리는 천막 안으로 들어갔다. 목영이 뒤를 따라 들어가자 환자들을 모포 위에 내려놓던 한 사내가 목영에게 말했다.

"아무 데나 빈자리에 환자를 눕히고 얼른 쉬시구려. 철검대는 좌측 끝쪽에 있을 테니 그리로 가시면 조원들을 볼 수 있을게요."

말을 마치고 사내들은 횅하니 나가 버렸다.

목영은 일단 이곳에서 좀 더 쉬었다가 적당한 장소를 찾아 아연을 치료한 후 새벽녘에 모두 잠든 틈을 이용하여 떠나기로 하고 제일 구석진 자리로 갔다.

천막엔 십여 명의 사내가 이미 누워 있었는데 모두가 잠이 든 듯 숨소리와 가는 신음 소리만 흐르고 있었다. 다만 좀 전에 함께 데려온 두 사내만이 킁킁거리며 이리저리 뒤척였다.

일단 아연을 구석에 내려놓고 한쪽에 놓여진 선반으로 가보니 금창약과 붕대, 그리고 작은 환약 병들이 있었다. 붙여놓은 종이를 읽어보니 진통제와 수면제, 그리고 요상약 등이었다. 금창약과 붕대를 챙기다 킁킁대는 두 사내를 바라본 목영은 수면약을 꺼내 들었다.

수면약을 들고 사내들에게 다가간 목영이 말을 붙였다.

"많이 아프신 모양이오. 우선 이 진통제라도 좀 드시구려."

목영이 수면약을 다섯 알씩 건네주자 사내들은 고마운 눈빛으로 약을 받아 먹었다. 물론 다섯 알이 맞는 수량인지 알 턱이 없는 목영은 예전 자신이 즐겨 쓰던 몽환분의 양과 대충 맞춘 것뿐이다. 잠시 뒤에 두 사내가 조용해지자 목영은 혹시나 다른 환자들이 깰지도 모르는지라 모두에게 돌아가며 다섯 알씩을 먹였다. 물론 모두 잠든 상태여서 입을 벌리고 약을 넣어준 후 혈도를 쳐서 약을 삼키도록 했다.

이제 좀 안심이 된 목영은 아연의 곁으로 와서 앉았다.

그녀가 아직도 고른 숨을 쉬고 있자 그는 일단 다리 상처부터 치료하기로 하였다. 상처는 엉성하게 싸매놓아 피가 배어 나오는 정도였지만 보기 흉하게 벌어져 있었다. 목영은 금창약을 듬뿍 바른 후 붕대로 꼼꼼하게 싸맸다.

혹시라도 나중에 다시 도망갈 일이 생긴다면 피가 흐르도록 해선 안 되기 때문이었다. 치료를 마친 다음 아연을 치료하기 전에 운기를 해서 그동안 지친 몸과 마음을 추스렸다.

다행히 그때까지 얼씬거리는 사람은 아무도 없었다.

사실 부용검파에선 이번 토벌전에 한 의원을 대동했으나 지금은 목영의 활약으로 부상당한 소장주에게 붙어 있느라 다른 환자는 돌볼 겨를이 없었다.

이제 모든 준비는 되었다. 장소만 문제가 될 뿐이었다.

살며시 천막 밖을 살펴보자 가끔 순찰병만 띄엄띄엄 보일 뿐 모두가 잠든 듯했다.

그래도 천막 안은 안심이 안 되었다.

혹시라도 치료 중에 누군가가 들이닥친다면 자신과 아연 둘 다 위험에 빠질 수가 있었다.

소도를 꺼내어 입구의 반대편을 쭉 찢은 다음 밖을 살펴보니 한참 떨어져 마차들이 놓여 있었고 나무에 매어놓은 말들이 보였다. 그 뒤편으로 크지 않은 숲이 눈에 띄었다.

‘옳거니, 저곳이 제격이구나.’

목영은 다시 아연을 안아 들고 조심스럽게 천막 밖으로 나왔다. 좌우를 살핀 후 땅을 박차고 말들을 뛰어넘은 그는 재빨리 숲으로 뛰어들었다. 도중에 말들이 좀 푸륵거렸지만 아무도 신경 쓰는 사람은 없는 듯 보였다.

숲으로 뛰어든 그는 나무 아래 아연을 앉힌 후 자신도 그 옆에 앉아 다시 한 번 주위를 살펴보았다. 아무런 이상이 없었다. 그는 아연의 명문혈에 손바닥을 댄 후 호흡을 고르며 서서히 그녀의 몸속으로 유운기를 흘려보내기 시작했다.

아연의 몸속으로 들어간 유운기를 혈을 따라 이끌자 신기하게도 그녀의 혈맥이 고스란히 자신에게 느껴져 왔다. 처음 해보는 일이어서 새로운 경험이었지만 그만큼 조심스럽기도 하였다. 그녀의 혈맥은 잔뜩 부어올라 있었으며 기이한 열양기가 머물러 있었다.

아마도 홍살기가 혈맥을 잠식해 가는 중인 모양이었다.

목영은 일단 일 주천으로 기를 단전에 이르도록 했다.

단전의 상황은 혈맥이 문제가 아닐 정도로 심각하였다.

아연의 본래의 기는 아주 조그마한 자리를 차지한 채 힘겹게 버티는 듯했고 거의 전부를 열양기가 잠식하여 왕성하게 제멋대로 휘돌고 있었다.

그는 개방의 목목개에게 들은 대로 아연의 기와 열양기가 부딪치고 있는 지점으로 자신의 부드러운 기를 쭉 흘려넣었다. 기가 쌓여가자 정말로 두 가지의 상이한 기는 지금까지와는 달리 순한 양처럼 부드러운 기와 어울려 돌았다. 일각여의 시간이 흐른 후 충분한 기의 완충 지대를 만들었다 판단한 그는 아연의 명문혈에서 손을 떼려 하였다.

생각보다 기의 소모가 심하여 지금까지 한 번도 느껴보지 못한 기의 공허감이 느껴졌고 땀으로 온몸이 흠뻑 젖어 더 이상은 치료하기가 힘들었기 때문이다.

그러나 막 명문혈에서 손을 떼려던 그는 아연의 혈맥에 생각이 미치자 차마 손을 떼지 못했다. 단전도 단전이지만 혈맥의 손상이 크면 다시는 무공을 쓰지 못할 수도 있었다. 그녀의 성격에 만약 무공을 잃는다면 다시는 웃는 모습을 볼 수 없을뿐더러 스스로 목숨을 끊으려 할지도 몰랐다.

'좀 더 힘을 내보는 수밖에.'

목영은 마지막 기를 짜내어 다시 아연의 혈맥 속으로 기를 흘려넣었다. 이제부턴 서서히 혈맥을 따라 기를 인도하며 혈맥에 고여 있는 열양기를 걸러내어 단전 속의 열양기와 합쳐 한쪽으로 밀어놓아야 하는 작업이었다.

그러나 그건 너무 성급한 판단이었다.

전신 혈맥에 기를 불어넣어 일 주천을 시키고 나자 목영의 단전은 텅 비어버렸고 각각의 혈맥에서 끌어 모은 열양지기는 이미 아연의 단전에 머물던 열양지기와 합쳐지며 폭주하기 시작하였다.

급히 이미 심어놓은 유운기를 인도하여 열양지기를 감싸려 하였으나 한번 폭주하기 시작한 열양기는 광포하게 유운기와 부딪치더니 조금밖에 남지 않은 아연의 내기를 향해 맹렬히 달려들었다.

깜짝 놀라 순간적으로 당황한 목영은 일단 기의 충돌을 막고자 급히 흡자결을 강하게 일으켰다.

다행히 열양기는 서서히 속도가 줄며 제자리에 멈춘 듯하였다.

그러나 그것도 잠시, 다시 꿈틀거리던 열양기는 이번엔 역류하듯 혈도를 거슬러 오르더니 목영의 손을 타고 순식간에 목영의 몸속으로 흘러들었다.

"컥!"

심한 고통에 전신이 부들부들 떨려왔다.

밀려들어 온 열양기는 목영의 혈도를 따라 휘돌며 여기저기 혈맥에 상처를 남겼다. 이미 목영의 몸속엔 내력이 하나도 남아 있지 않아 대항할 힘이 없었다. 열양기는 거칠 것 없이 더 더욱 속도를 더하더니 어느 순간에 목영의 백회혈을 강타했다.

꽝!

천지개벽이 이러할까?

목영은 아득히 정신을 잃어가면서도 습관처럼 유운심공을 운기하기 시작했다. 그런데 목영이 무의식적으로 끌어올린 유운심공에 따라 몸 주위로 휘돌던 외기가 백회혈을 따라 물밀듯이 목영의 몸속으로 흘러들기 시작했다.

그렇게 흘러들어 온 외부의 유운기가 열양기를 몰아붙이자 이번엔 열양기들이 몸 아래쪽으로 흘러가기 시작했다. 아래쪽은 텅 빈 상태인데 위쪽에선 거대한 해일처럼 외기가 밀려들어 오자 열양기가 아래로 향하는 건 당연한 일이었다.

그렇게 밀려 내려온 열양기가 이번엔 회음혈에 강하게 부딪쳐 왔다.

꽝!

이제 완전히 정신을 잃어버린 목영은 심공마저도 운기하지 못한 채 한차례 몸을 움찔거리더니 뒤로 넘어져 버렸다.

그러는 외중에도 위에서 내려온 유운기는 열양기를 몰아내며 밖으로 흘러 나갔고 다시 외기가 백회혈로 들어와선 목영의 전신을 휘돌고는 또 회음혈로 빠져나가곤 하였다. 목영이 정신을 잃어 널브러진 상황에서도 유운기는 끊임없이 안팎으로 계속 휘도니 이젠 안과 밖의 경계마저 모호해졌다.

아연의 몸속에서도 이상한 현상이 발생하고 있었다.

원래대로라면 아연의 창궁대연심공(蒼穹大衍心功)에 의한 기가 서서히 제자리를 찾아가며 부드러운 유운기가 흩어져야 맞는 것인데 급격히 열양기가 빠져나가며 단전의 공백이 심하자 유운기도 당당히 단전의 한자리를 차지하여 돌기 시작한 것이다.

그렇게 자연스레 두 개의 이질적인 기운이 서서히 융화되기 시작하자 유운기는 부드럽게 통로를 만들고 그 사이를 창궁대연기가 흐르기 시작했다. 마치 닭이 알을 품듯이 유운기가 창궁대연기를 감싸 강과 유가 조화를 이루게 된 것이다.

두 사람이 무아지경 속에서 자신의 신체에 어떤 변화가 있는지도 모른 채 누워 있는 동안 하루가 지나고 다시 밤이 찾아오고 있었다.

제7장
고우산 전투 (1)

고우산 전투 (1)

"안 노인, 지난밤에 놈들이 갑자기 썰물처럼 빠져나가다니, 혹시 우리의 작전을 눈치챈 게 아니오?"

고우채의 채주인 패력대우(霸力大牛) 소필호(蘇必浩)가 아깝다는 표정으로 고우채의 꾀주머니인 안 노인에게 물었다.

고우채에서는 이번에 부용검파와 만목장이 연합하여 자기들을 토벌하러 온다는 정보를 입수하고는 구화채와 제운채에서 급히 도우러 온 원군들과 작전을 숙의하였다. 해서 얻은 결론이 부용검파의 무사들과 만목장의 무사들을 따로 떼어놓아 각개 격파하기로 한 것이다. 그들은 일단 부용검파의 무사들을 이리저리 유인하여 시간을 끌며 그사이 반대편에서 오르는 만목장의 무사들을 함정으로 유인하여 일거에 섬멸시키고자 한 것이다.

작전대로 모든 것이 순조롭게 이루어지나 했는데 갑자기 만목장의 무사들이 함정을 파놓은 계곡 앞에서 후퇴를 해 산을 내려가 버리자 소필호는 못내 그 기회가 아깝기만 했다. 물론 만목장은 함정을 눈치챈 것이 아니라 부용검파의 신호탄을 보고 급히 하산을 한 것이었다. 부용검파야 소장주가 부상을 당했으니 서둘러 하산을 할 수밖에 없었던 것이고.

"채주님, 부용검파 놈들까지 모두 하산한 것을 보니 만목장 놈들이 눈치챈 건 아닌 것 같습니다. 어쨌든 이왕 이리된 것 차라리 오늘 밤 우리가 선공을 하는 게 낫겠습니다."

안 노인이 채주의 안타까운 마음을 달래며 말했다. 그는 자그마한 체구에다 쪼글쪼글한 얼굴이 전혀 산적으로 보이지 않는 염소수염의 노인이었다.

"그래, 그렇다면 어떻게 했으면 좋겠소? 아무래도 놈들과 전면전을 벌인다면 우리가 불리할 터인데."

소필호는 아무래도 무공으론 산적들이 황산 연합파에 밀리니 무슨 방도가 있는지 물은 것이다.

"그냥 기다리는 게 낫지 않겠습니까? 우리가 산을 내려가 평지에서 싸운다면 우리의 유리함을 버리고 불리한 저들의 진영에서 전투를 해야 합니다."

제운채에서 지원 나온 부채주 무우호(務遇虎)가 산을 내려가는 건 위험하니 차라리 다시 오르길 기다리자는 의견을 내었다. 이번에 제운채에서는 부채주와 함께 이백여 산적들이 이 고우산에 몰려와 있었다. 그리고 구화채에서도 부채주 상구(相救)가 이백여 식술들을 데리고 건너와 있었다. 해서 이 고우산에는 지금 총 팔백여 산적들이 운집해 있는 것이다.

"물론 일리있는 말씀입니다. 그러나 저들이 설마 할 때 의표를 찌른다면 효과가 있으리라 생각됩니다. 우선 저들의 진영을 보면 고우산을 빙 둘러서 요소요소에 매복을 깔아 산을 포위한 형국입니다. 저들의 수가 사백여 명이니 아무래도 포위망이 엷을 수밖에요. 그 점을 이용한다면 충분히 승산이 있습니다."

소필호는 안 노인의 얘기를 심드렁하게 듣고 있다가 말속에서 뭔가 방책이 있는 듯하자 상체를 숙이며 진지하게 다시 물었다.

"그러면 어떻게 하자는 건지 좀 구체적으로 말해 보시오."

안 노인은 소 채주와 이번에 도움을 주기 위해 온 제운채와 구화채의 두 부채주를 쭉 한 번 둘러본 후 대답했다.

"일단 저들의 포위 형태를 보면 북으로 만목장이 포위망을 구축했고 남으론 부용검파가 포위를 하고 있습니다. 이러한 진영이라면 한쪽이 공격을 당하면 그곳을 지원하고자 자연 중간 지점의 무사들이 이동을 해야 하고 그 결과 공백과 치우침이 생기지요. 그때 남은 쪽을 치며 중간 지점에 매복을 한다면 일거에 모두를 섬멸할 수 있을 것입니다."

소 채주와 공격에 소극적이던 두 부채주의 얼굴에 웃음이 떠올랐다.

"호, 그거 괜찮은데요?"

구화채의 부채주가 먼저 찬성하고 나섰다.

"한번 해볼 만합니다. 그러면 좀 더 세세하게 얘기를 해보시지요."

제운채의 부채주까지 찬성하자 안 노인은 이미 생각해 두었던 역할 분담에 대해 얘기하기 시작하였다. 한동안 숙의를 거듭하던 산적들은 밤 깊은 고우산의 어둠 속으로 조용히 사라져 갔다.

소 채주는 멀리 아래로 부용검파의 본진이 보이는 산속에 사백여 부하와 구화채과 제운채의 이백여 산적들을 합해 육백여 명을 이끌고 내려와 신호가 오기만을 기다리고 있었다.

만목장 쪽으로 무 부채주가 갔으니 이제 곧 형식적인 공격이 시작될 테고 그러면 차례차례 그쪽으로 이동하면서 잠시 동안 부용검파의 본진은 고립된 상황이 되리라. 그때를 기해 일시에 쳐들어간다면 승산이 있었다. 더구나 그 후에 다시 부용검파 쪽으로 이동하는 무리들은 상 부채주에게 혼이 날 것이다. 조금 더 기다리고 있자 어둠 속으로부터 약속된 새소리가 들려왔다. 드디어 공격의 순간이 다가온 것이다.

"자, 선발대 출발!"

소 채주의 명령에 고우채의 부채주인 추명구(秋明丘)가 오십여 명의 산적을 이끌고 몸을 최대한 숨긴 채 앞으로 나가기 시작했다. 뒤따르던 오십여 명의 산적들은 앞으로 나아가며 넓게 산개하더니 빠른 속도로 부채주를 따라 이동하기 시작했다.

"자, 우리도 가자."

부채주가 사라지자 곧 고우채의 본대가 움직이기 시작하였다.

추 부채주가 산을 거의 다 내려와 부용검파의 본진이 얼마 남지 않았을 때쯤 십여 명의 무사가 횃불을 밝히며 길을 막아섰다.

"멈추어라! 웬 놈들이냐?"

그러나 산적들은 그 말이 떨어지기가 무섭게 박도를 빼어 들더니 달려들었다.

"산적 놈들이구나! 신호탄을 쏘아라!"

앞선 사내가 소리치며 추명구의 박도를 맞아나갔다. 뒤에서 횃불을 들고 있던 사내가 품속에서 막 신호탄을 꺼내 드는데 숲 속에서 비도가 날아들었다. 산개해 뒤따르던 산적들이 부용검파의 매복조를 향해 달려들기 시작한 것이다.

"헉!"

신호탄을 꺼내던 부용검파의 무사는 얼른 피하며 신호탄을 날리려 하였으나 산적들의 수가 너무 많았다. 다시 이십여 자루의 비도가 날아들자 무사는 신호탄을 포기하고 검을 빼 들어 비도를 쳐낼 수밖에 없었다.

그 순간 이미 거리를 좁힌 산적들의 박도가 날아들기 시작하였다.

다가든 도를 쳐내며 한 산적의 복부에 검을 박아 넣는데 뒤에서 다가든 산적이 목을 베어왔다. 그 검사는 몸을 굽히며 박도를 흘리고 복부에 검을 맞아 쓰러지는 산적에게서 검을 빼내는데 오른쪽 옆구리가 화끈했다.

옆으로 다가선 또 한 명의 산적이 휘두른 박도에 결국 일도를 허용하고 만 것이다. 그 검사는 이를 악물며 아픔을 삼키고는 자신에게 상처를 입힌 산적을 향해 검을 휘둘렀다. 빠른 검날에 옆에서 미처 벗어나지 못한 산적은 왼팔이 싹둑 잘려 나갔다.

"으악!"

그러나 그 비명 소리와 함께 부용검파의 검사도 뒤에서 다시 내려쳐진 박도에 목이 잘리고 말았다.

앞서 추명구의 박도를 상대로 맞서 나갔던 매복조의 우두머리인 이진풍은 추명구와 어울리며 점점 초조해졌다. 자신들의 임무는 적의 선발대를 지체시키며 적의 공격을 본대에 알리는 것인데 결국 신호탄을 쏴보지도 못하고 수하들만 벌써 반수 이상을 잃고 말았으니 답답할 수밖에.

'이대로는 본대가 기습을 받고 말겠구나. 안 되겠다.'

그는 일단 몸을 빼서라도 본대에 적의 습격을 알려야겠다고 결심하였다. 슬쩍 좌우를 살피며 도주로를 살핀 그는 일거에 삼검을 찌르며 추명구를 압박했다.

그러나 명색이 고우채의 부채주였다.

그의 검을 맞아 쩔쩔매면서도 추명구는 물러서지 않고 끈질기게 버텼다. 거기다 좌우와 뒤쪽으로 다가선 산적들은 그의 검을 분산시키는 역할을 톡톡히 하였다. 그는 좌우로 다가선 도를 쳐내고 뒤돌아서서 검을 깊숙이 찔러 넣었다.

한 산적의 가슴에 구멍이 뚫리며 피가 솟구쳤다.

그 순간 그는 수하들에게 소리치며 훌쩍 뛰어올라 포위 대형을 벗어났다.

"모두 후퇴하라!"

이어 다시 한 번 발을 튕긴 그는 멀리 부용검파의 본진을 향해 뛰었다. 그러나 후퇴하라는 그의 말에도 다른 무사들은 포위망을 쉽게 벗어날 수가 없었다. 근근이 버티던 부용검파의 무사들은 오히려 탈출하려 마음먹자 마음이 급해져 매끄러운 공격이 되지 못한 것이다. 얼마 지나지 않아 모두들 산적의 박도 아래 쓰러지고 말았다.

탈출한 사내는 본진으로 들어서며 소리쳤다.

"적의 기습이다! 놈들이 쳐들어온다!"

순식간에 본진이 어수선해졌다.

전날 소장주가 상처를 입어 일단 후퇴하여 포위망을 구축하고 하루를 쉬며 만목장과 다음 작전을 구상하였다. 그 결과 내일 아침에 대대적인 공격을 감행하기로 하고 오늘 밤은 휴식을 취하며 보내기로 양파가 합의를 하였는데 느닷없이 산적들의 공격이라니.

감히 산적들이 선공을 해올 줄은 꿈에도 생각지 못한 일이었다.

"어디, 어디야?"

"적이다! 일어나라!"

여기저기 천막 속에서 우르르 칼을 든 무사들이 뛰어나오고 밖의 불가에 누워 있던 무사들도 일어나며 우왕좌왕하는 순간 중앙의 큰 천막 속에서 두 노인이 걸어나왔다.

"모두들 무기를 들고 대열을 갖추어라! 은검대는 앞쪽으로 모이고 그 뒤를 철검대가 맡는다! 금검대는 소장주를 보호하라! 그리고 신호탄을 쏘아 올려라! 매복을 나간 은검대와 동검대가 곧 올 것이다!"

좌측 노인의 우렁찬 외침에 우왕좌왕하던 무사들이 질서를 되찾고 각자 자기 자리로 향하기 시작했다. 그때 매복조로서 적의 기습을 알린 사내가 두 장로에게 다가왔다.

"장로님, 은검일대 이진풍(李珍豊)입니다. 적의 선봉대인 듯한 사오십 명의 산적들이 큰길 쪽으로 내려오고 있습니다. 갑작스런 기습에 신호탄을 올리지 못하고 이렇게 후퇴하였습니다. 아마도 수하들은…… 탈출하지 못한 것 같습니다."

"일단 알았으니 네 자리로 가라."

좌측 노인이 그 사내에게 지시하곤 옆의 노인을 바라보며 말했다.

"조 장로, 이거 꼴이 우습게 되었습니다. 산적에게 기습을 당하다니요. 아무튼 오늘 우리 부용검파의 힘을 보여줍시다. 내가 은검대를 이끌고 선봉을 맡을 테니 조 장로께선 소장주를 맡아주시구려."

유난히 턱이 뾰족한 우측 노인이 그 말을 받았다.

"알겠소이다. 조심하시오, 풍 장로."

풍 장로는 무사들의 대열을 한번 쭉 훑어보더니 앞쪽으로 나갔다.

그 순간 밤하늘을 가르며 수많은 화살들이 날아올랐다. 그중에는 가끔 불화살도 섞여 있었다.

슉슉!

그러자 부용검파의 은검대 중 몇몇이 앞으로 나서며 칼을 휘둘러 화살들을 튕겨내기 시작했다. 그러나 날아오는 화살은 너무 많았다. 몇 명이 화살에 부상을 당하자 풍 장로는 은검대의 대형을 조금 뒤로 물렸다.

그러자 산적들은 기다렸다는 듯 숲 속에서 모습을 드러내었다. 앞으로 나선 이백여 명의 산적들은 다시 화살을 날려대기 시작했다. 근거리의 싸움은 아무래도 불리하니 철저히 원거리 공격을 감행하고 있는 것이었다. 다시 날아온 화살에 하나둘 자꾸 부상자가 생기자 풍 장로는 갈등하였다.

이대로 대열을 갖춘 채 버티고 있어야 하는지, 아니면 조금의 희생이 따르더라도 돌격을 감행할 것인지.

'이십여 장의 거리라면 한번 해볼 만하다. 이러한 대치로는 결국 우리만 피해를 볼 수밖에 없으니.'

풍 장로가 막 돌진을 감행하려 하는 순간 갑자기 뒤쪽에서 비명 소리가 들렸다.

"으악! 뒤에도 적이다!"

깜짝 놀라 뒤를 돌아보니 벌써 몇 개의 천막에 불이 붙어 있었다.

"이놈들이? 철검대는 불을 꺼라! 은검대는 나를 따르라!"

결국 폭발한 풍 장로는 앞으로 몸을 튕겼다. 뒤이어 사십여 명의 은검대가 풍 장로를 따라 앞으로 몸을 날렸다. 그것을 본 산적들은 마지막 화살을 날리더니 우르르 숲 속으로 다시 숨어들었다.

뒤쪽으로 접근해 온 이백여 명의 산적들은 멀찍이서 계속 불화살을 날려대었다.

그들의 목적은 바로 보급품을 보관한 천막이었다.

이백여 명의 부용검파 무사들이 왔으니 자연 보급품의 양이 엄청날 터이며 이 토빌전을 성공시키기 위해 아주 중요한 것이었다. 고우채 안 노인의 계략은 바로 이 보급품을 불태워 직접적인 타격을 입히지 못한다 하여도 부용검파가 물러나도록 하자는 데 있었다.

은검대가 치고 나가자 이제 뒤쪽의 불화살을 막기 위해 금검대가 나설 수밖에 없었다. 그러나 다 막아내기엔 너무 많은 화살이었다. 그렇다고 돌진해 나갈 수도 없었다. 적의 수가 많아 산개하여 불을 지른다면 결국 보급품을 지킬 수 없을 것이기 때문이었다.

사십여 명의 철검대 대원들은 불붙은 천막에 달려들어 칼을 휘둘렀다. 천막을 찢어내어 불이 번지지 못하도록 한 것이다. 그러나 점점 더 불이 붙는 천막이 많아지고 결국은 안으로까지 불이 번져 들기 시작했다.

"불을 꺼라, 불을!"

철검대의 대주가 이리 뛰고 저리 뛰었지만 어떻게 해보기엔 역부족이었다. 불길은 점점 거세어지고 있었다.

앞쪽으로 돌진한 풍 장로는 다시 한 번 뒤를 돌아보곤 그대로 숲으로 몸을 날렸다. 일단은 한쪽의 공격을 차단해야 이 곤경에서 벗어날 수 있다는 판단에서였다.

'우리는 단순히 고우채만 생각했거늘 정말 많이도 몰려들었구나. 우리가 온다는 소리만 들어도 인근의 산적들은 모두 꼬리를 감추리라 여겼는데……. 늦지 않게 매복 나간 대원들이 돌아와야 할 텐데.'

풍 장로는 급한 마음으로 이쪽의 일이라도 빨리 매듭을 짓고자 사십여 명의 은검대원과 함께 서둘러 발을 튕겨 산적을 쫓았다. 그러나 고우산에 익숙한 산적들이었다. 잡힐 듯하면서도 부용검파의 무사들이 접근하면 교묘히 방향을 틀어 멀어지곤 하였다. 그렇게 몇 번의 방향을 틀고 나자 이제 앞쪽에 보이는 산적의 수는 채 십여 명이 되지 않았다. 방향을 틀 때마다 산개하여 달아나니 쫓는 입장으로선 난감한 일이었다.

갑자기 너무 깊이 들어왔다는 생각에 풍 장로는 걸음을 멈추었다. 그렇지 않아도 수가 부족한데 이렇게 서로 흩어진다면 힘을 쓸 수가 없으리라는 데에 생각이 미치자 본진의 일이 걱정되었다.

그곳엔 이십여 명의 금검대와 사십여 명의 철검대가 전부이고 소장주를 비롯하여 삼십여 명의 부상자까지 있지 않은가?

"모두 멈춰라!"

풍 장로는 뭔가 속은 듯한 기분에 다시 돌아가기로 결심하며 대형을 멈추었다. 한데 그들이 막 걸음을 멈춘 순간 갑자기 양 옆에서 쿵쾅거리는 소리가 들리더니 돌과 나무막대가 날아들기 시작하였다.

"침착하게 대형을 유지하라! 돌과 나무를 쳐내며 아래쪽으로 탈출하라!"

풍 장로의 외침에 은검대원들은 좁은 산길에 이열로 서서 서로 등을 맞대고 날아오는 돌과 나뭇조각들을 쳐내었다. 그렇게 수비에 전념하다가 공격이 뜸해지자 두 명이 한 조가 되어 그곳을 벗어나기 시작하였다. 그러나 산적들도 단단히 준비를 한 모양이었다. 아래쪽으로 내려오자 이미 포위를 하였는지 또다시 화살이 날아들었다.

"윽!"

“으악!”

결국 몇 사람이 화살에 맞아 대열의 움직임이 멈춰졌다. 그러자 이제는 돌과 나뭇조각, 그리고 화살들이 집중적으로 날아들었다.

“아, 내가 너무 경솔했구나. 내가 은검대를 죽음으로 몰아넣다니……”

자괴감에 이성을 잃은 풍 장로는 ‘이놈들, 숨어 있지만 말고 당당히 나서거라’ 하고 소리치며 숲 속으로 뛰어들었다. 그를 따라 아직 부상을 입지 않은 은검대의 대원들도 마주 소리치며 풍 장로를 따라 숲으로 뛰어들었다.

숲으로 뛰어든 풍 장로는 기를 최대한 끌어올려 발을 튕기며 돌이 날아오는 지점으로 다가갔다. 산적들은 풍 장로가 돌과 나뭇조각들을 쳐내며 접근하자 박도를 빼어 들고 마주 달려나왔다. 백여 명의 산적들이 앞과 좌우에서 달려들자 풍 장로는 달려가던 기세 그대로 칼을 휘둘렀다.

“윽!”

“크억!”

달려나오던 산적들 중 세 명이 풍 장로의 검에 머리와 몸통, 배가 갈라지며 차례로 쓰러졌다. 그러나 기세가 오를 대로 오른 산적이었다. 동료의 시체를 뛰어넘으며 박도를 치켜든 채 달려들었다.

다시 다섯을 더 베어 넘겼지만 이곳은 나무가 우거진 산속이었다. 풍 장로의 움직임이 제약을 받는 데다 나무에 몸을 숨기고 있다가 달려드는 산적들을 상대하기란 여간 까다로운 것이 아니었다. 결국 다리에 일도를 맞아 풍 장로의 다리가 피에 물들어갔다.

이제 움직임마저 여의치 않아 풍 장로는 제자리를 지키며 달려드는 산적을 상대해야만 했다. 전후좌우에서 동시에 달려드는 네 자루의 박도를 빙글 몸을 돌리며 쳐내고 앞의 적이 물러나기 전에 검을 휘둘러 목을 베어내는데 위에서 한 명의 산적이 뛰어내리며 박도를 내려쳐 왔다.

한 산적이 나무를 타고 올라가 기회를 엿보고 있었던 것이다.

급히 검을 회수하여 막아가는데 높은 곳에서 온 힘을 다해 내려치는 도는 튕겨내기가 만만치 않았다. 평소라면 어렵지 않게 튕겨낼 수도 있었지만 그동안 산길을 오르고 또 산적들과 싸우느라 기의 소모가 많은 까닭이었다.

챙! 끼기긱!

결국 튕겨내지 못하고 겨우 막아내는 정도였다.

검과 도가 대치한 채 어깨 어림에서 멈추자 그 기회를 산적들이 놓칠 리가 없었다. 뒤에서 한 산적이 박도를 휘둘러 풍 장로의 옆구리를 베어내었다.

"윽!"

옆구리의 상처로 휘청이는 순간 검과 대치했던 박도가 검신을 타고 죽 미끄러져 들어와 풍 장로의 목을 반쯤 베어내었다. 얼굴에 푸들푸들 경련을 일으키던 풍 장로는 앞으로 픽 고꾸라져 절명하고 말았다.

"와!"

산적들은 함성을 지르며 박도를 치켜들었다. 풍 장로를 따라 숲으로 뛰어들었던 은검대 대원들도 이미 모두 시체가 된 지 오래였다. 뒤에서 바라보고 있던 고우채의 소 채주가 앞으로 나서며 소리쳤다.

"자, 이제 놈들의 본진을 쳐부수러 가자! 우리를 잡겠다고 온 놈들이다! 누가 누구를 잡는 것인지 가서 똑똑히 보여주자! 오늘 공을 세운

자는 크게 포상을 내리겠다! 돌격!"

산적들이 흥분한 채 앞 다투어 산을 내려가기 시작했다. 중간에 다른 산적들이 가세하며 사백여 명으로 불어난 산적 떼가 부용검파의 본진을 향해 달려가기 시작했다.

금검대를 지휘하여 보급품을 지키고 있던 조 장로는 함성과 함께 산을 내려오고 있는 산적들을 보곤 가슴이 철렁하였다. 이제 본진에 남아 있는 대원이라 봐야 금검대 이십여 명에 철검대 사십여 명이 전부였다.

금방 와줄 줄 알았던 매복조들은 감감무소식이었다. 거기다 뒤에서 계속 화살을 날려대고 있던 놈들마저 앞쪽에서 몰려오는 산적과 호응하듯 갑자기 모습을 나타내더니 박도를 치켜들고 달려들기 시작하였다.

"철검대는 앞쪽을 방어해라! 금검대는 뒤의 적을 막아라!"

조 장로는 임시변통의 명령을 내리고는 소장주에게 다가갔다. 탁선웅은 상처가 가볍지 않았으나 이미 천막에서 나와 금검대원의 부축을 받으며 전장을 지켜보고 있었다.

"소장주님, 일단 피하셔야겠습니다. 자, 너희 둘은 말을 가져오너라."

두 명의 금검대원은 대답과 함께 소장주를 조 장로에게 넘기곤 말을 묶어놓은 곳으로 달려갔다. 이미 그곳에선 말들이 사납게 날뛰는 가운데 금검대와 이백여 명의 산적들이 어우러져 있었다.

금검대의 무공은 만만치 않아 여러 명의 산적들이 이미 쓰러져 있었지만 산적들은 계속해서 수로 밀어붙이고 있었다. 둘은 안타까운 시선을 마주쳤으나 일단 명령받은 대로 두 마리의 말을 끌고 소장주에게 다가갔다.

조 장로는 한 마리의 말 위에 소장주를 태우고 다른 한 마리를 금검대의 대원에게 넘겼다. 사각의 얼굴형으로 굳은 의지를 엿볼 수 있는 자였다.

"너는 끝까지 소장주님을 모시거라. 자, 빨리 타라."

말에 오른 탁선웅은 조 장로를 바라보며 말했다.

"조 장로, 이미 일은 틀렸소. 모두 같이 후퇴하도록 합시다."

"아니옵니다. 먼저 떠나시옵소서. 갈 때 가더라도 저들에게 부용검파의 무서움은 보여주어야 할 것입니다. 그리고 조금 있으면 매복조가 합류할 것입니다. 또 풍 장로와 은검대도 돌아올 것입니다."

탁선웅은 눈물 맺힌 눈으로 조 장로를 바라보았지만 아무 말도 할 수 없었다.

"자, 내가 길을 열 터이니 기회를 놓치지 마라."

이를 악물며 조 장로는 남은 금검대원과 함께 뒤쪽으로 신법을 전개해 빠르게 다가가 검을 휘두르기 시작했다. 한쪽으로 산적들을 몰아붙인 조 장로가 금검대원들에게 소리쳤다.

"삼각 대형."

그러자 그들은 조 장로를 중심으로 대형을 갖추어 전진해 나가기 시작했다. 이 삼각 대형은 포위망의 한쪽을 뚫을 때 가장 효과적인 대형이었다.

순간적으로 산적들이 우왕좌왕하는 사이 십수 명을 베어내며 길을 열자 말에 오른 금검대원은 소장주의 말고삐를 당기며 말에 박차를 가하였다.

그러나 조 장로와 금검대에 밀려 길을 내주었던 산적들이 앞쪽을 내주며 돌아 들어와 금검대를 포위하려다 달려오는 말을 보고 박도를 휘둘렀다. 결국 말의 다리가 댕강 잘려 나가며 금검대원과 탁선웅은 말에서 굴러 떨어지고 말았다.

"악!"

이미 가슴에 부상을 입은 탁선웅은 비명을 지르며 가슴을 부여잡았다.

"소장주!"

조 장로는 급히 뒤돌아와서 탁선웅을 일으켰다. 금검대도 급히 돌아와 소장주를 중심으로 원진을 형성했다. 그때 앞쪽에 있던 철검대마저 밀리고 밀려 탁선웅 일행의 곁으로 후퇴해 오자 무려 육백여 명의 산적들이 포위망을 형성했다.

"와!"

산적들은 이제 다 잡은 고기라는 듯 급히 달려들지도 않은 채 주위를 돌며 소리치고 박도를 흔들어대었다.

그러한 광경을 말이 묶여져 있는 뒤쪽의 숲 속 나무 위에서 한 사내가 내려다보고 있었다. 바로 싸움이 일어나기 직전 눈을 뜬 목영이었다.

눈을 뜨자마자 아연을 살펴본 그는 그녀의 호흡이 안정되어 있음에 안도의 한숨을 내쉬었다. 마지막에 열양기가 역류하여 걱정을 했었는데 다행히 치료가 잘된 모양이었다. 다만 아직 의식을 차리지 못하고 있었지만 이 상태라면 시간이 해결해 줄 일이었다.

그녀를 살펴본 후 목영은 눈을 감고 자신의 몸을 살펴보았다. 아연을 치료하다 열양기의 역류로 극심한 고통을 느끼며 정신을 잃었으니 어디가 잘못되도 크게 잘못되지 않았나 하는 걱정이 되어서였다.

목영은 일단 기를 일 주천시켜 보기로 하고 서서히 기를 끌어올렸다.

'혁, 이게 어찌 된 일이냐?'

유운심공을 끌어올리며 운기하던 목영은 깜짝 놀랐다. 백회혈과 회음혈이 활짝 열려져 외기와 내기가 하나가 되어 있는 것이 아닌가?

'도대체 이게 나에게 득(得)이란 말인가, 아니면 해(害)란 말인가?'

어쨌든 그 결과를 지금 당장 알 수는 없었다. 그는 일단 몸에 이상이 없자 운기를 중단하고 차차 알게 되겠지 하는 편한 마음으로 이젠 이곳을 벗어나자고 생각했다. 무엇보다도 배가 너무 고팠다. 아연도 마찬가지리라.

막 아연을 안아 들고 숲을 벗어날까 하는데 산적의 습격이 시작되었다. 소란스런 싸움 소리에 어찌 된 일인지 살펴보려 슬쩍 발을 튕겨 나무 위로 오르다 목영은 깜짝 놀랐다. 평소라면 중간에 다시 한 번 발을 튕겨야 오를 높이를 아연을 안은 채 쉽게 뛰어오른 것이다.

'흐흐' 하고 속으로 웃으며 목영은 생각했다.

'기연이로구나, 기연.'

그렇게 나무 위에 올라 목영은 지금까지 쭉 지켜보았다. 물론 자기야 양쪽과 아무런 연관도 없으니 이대로 떠나고 싶었지만 앞뒤로 산적이 득실대니 떠나지 못한 것이다.

그렇게 싸움 구경을 하다가 탁선웅이 천막에서 나와 서자 지난밤의 일에다가 아연에게 흑심을 품었다는 생각에 맹렬한 적개심이 피어올랐다. 그래서 그때부터는 마음속으로 산적들을 응원했다. 당연히 산적들의 활약에 통쾌함을 느끼다가 탁선웅이 말에서 굴러 떨어지며 고통에 비명을 지르자 측은한 생각이 들기 시작했다. 그래도 명색이 산적을 토벌하겠다고 나선 무림문파가 아닌가?

탁선웅에게 측은한 마음을 품게 되자 다른 가능성에도 생각이 미쳤다.

'지 녀석이 내기 진짜 산적인 줄 안 것 아니야?

거기다가 아연이 남궁가의 여식임을 알고 있는 것을 보니 남궁가와 친한 문파일 수도 있겠다는 생각이 들었다. 만약 친분있는 문파로서 아연을 구했는데 산적에게 다시 뺏겼다 생각했다면 탁선웅의 행동도 십분 이해가 되는 일이었다.

'나중에 마누라에게 확인을 해봐야겠구나. 일단 지금은 저 녀석을 좀 도와줘야겠다.'

무엇보다도 만에 하나 진짜 남궁가와 관계가 있는 문파라면 마누라에게 시달릴 일이 두려웠고 또 산적들이 승리를 거둔다면 자신을 상대로 산적질을 하려고 달려들 수도 있으니 나중에라도 귀찮은 일이 생기기 쉬웠다. 그리고 탁선웅이란 놈이 설사 아연에게 흑심을 품었다 해도 죽어가는 놈을 살려놓는다면 은인의 여인을 탐하진 않겠지 하는 생각도 들었다.

일단 탁선웅을 돕기로 마음을 정한 목영은 나무 위에서 뛰어내려 수풀 속에 아연을 잘 누인 다음 단숨에 숲을 벗어났다. 이어 탁선웅의 일행을 포위한 채 바깥쪽에서 빙글빙글 돌아가던 한 산적에게 십단금을 날렸다. 아예 처음부터 강수로 기를 죽여야 수백 명의 산적들을 쫓아낼 수 있겠다는 생각에서였다.

퍽!

"으악!"

한 산적이 십단금에 적중되어 쓰러졌다. 동료의 비명 소리에 두리번거리던 산적들은 목영이 부용검파의 옷을 입고 있자 대뜸 십수 명이 달려들며 소리쳤다.

"적이다! 여기에도 적이 있다!"

그런데 그 순간 목영에게 기막힌 일이 벌어졌다.

그렇지 않아도 십단금을 날리며 뭔가 허전함을 느꼈는데, 아니나 다를까, 십단금에 맞은 놈이 아직도 아픈 듯이 잔뜩 얼굴을 찌푸린 채 가슴을 쓰다듬더니 달려드는 산적의 무리들과 함께 박도를 들고 공격해 오는 것이 아닌가?

깜짝 놀란 목영은 달려드는 박도를 맞아 허공에 빙글 원을 그렸다. 당연 내려오던 박도가 모두 원 안으로 빨려들어야 맞는데 웬걸, 산적들은 조금 휘청거리더니 그대로 목영을 향해 박도를 내려치는 것이었다.

기겁을 한 목영은 일단 발끝을 튕겨 뒤로 쭉 물러나며 다섯 자루의 비도를 날렸다. 비도들은 좌우로 쭉 갈라지며 평소보다 더 빠르게 산적들에게 접근해 갔다.

"피해라!"

달려들던 산적들은 비도가 날아오자 서로 소리쳐 경고하며 박도를 휘둘러 쳐내려 하였다. 또 몇몇 놈들은 어떻게든 피해보고자 땅바닥을 구르는 놈들까지 있었다.

그러나 산적들의 의도는 모두 헛수고가 되고 말았다. 날아드는 비도는 중간에 방향을 틀어 휘두르는 박도를 교묘히 타고 넘으며 산적의 배에 박혀들었고 땅으로 구르는 놈들에게 향하던 비도는 마치 눈이라도 달린 듯이 허공에서 바닥으로 꽂히듯이 내려와 배나 허벅지에 정확히 박혀들었다.

'허, 이게 도대체 어찌 된 일이냐? 비도와 보법은 더 빨라졌는데 검과 장은 형편없이 돼버렸구나. 무슨 조화 속인가?'

목영은 비도와 보법은 더 더욱 좋아졌지만 검과 장의 힘은 현저히 떨어진 상태가 돼버린 것이 도무지 이해가 가지 않았다.

그것은 바로 백회혈과 회음혈이 타통되어 외기(外氣)와 내기(內氣)가 합쳐진 현상 때문이었다. 외기와 내기가 합쳐지자 당연 강한 내기가 약한 외기로 흘러나와 내기는 약해지고 외기는 강해진 것이다. 그 결과 내기를 이용하던 검과 장은 약해지고 외기를 이용하는 비도와 보법은 빨라지게 된 것이다.

비도는 강해진 외기를 타고 흐르니 자연 그 흐름이 더욱 빨라진 것이고 보법은 강한 외기의 반발력이 더 강해진데다 몸을 튕기고 나서도 기가 백회혈과 회음혈을 흐르니 자연 그 흐름을 타고 더 빨리 더 멀리 움직일 수 있게 된 것이다.

목영은 산적들을 향해 그 후 몇 번 더 십단금을 사용해 보았지만 그때마다 장을 맞은 놈들은 땅을 구르다 다시 일어나 달려들곤 하니 더 이상 십단금을 사용하는 것이 무의미했다.

그는 이제 산적들을 맞아 보법과 비도로 상대해야 하는 수밖에 다른 도리가 없었다.

그러나 여기에도 문제가 있었다.

이제 그에겐 다섯 자루의 소도만이 남아 있을 뿐이니 이것을 다 날리고 나면 자신은 도망만 다녀야 하는 처지였다.

'이거 큰일이로구나. 어디 소도 좀 더 없나?'

산적들은 목영의 비도가 이상한 각도로 날아오자 주춤거리며 조심스럽게 다가들었다. 그러나 한참이 지나도 목영이 다시 비도를 날리지 않고 도망만 다니자 '저놈이 소도를 다 쓴 모양이구나' 라고 짐작하곤 벌 떼처럼 달려들기 시작했다.

이리저리 도망만 다니던 그는 앞뒤로 산적들이 포위망을 좁혀오자 속이 바싹 타들었다. 워낙 많은 산적이 넓게 퍼져 달려드니 피해 다니는 것도 한계가 있을 수밖에 없었다. 다가들던 산적 중 그래도 용감한 놈인지 앞쪽에서 한 놈이 '이얏' 하고 괴성을 지르며 바싹 달려들었다.

그는 급히 칠성둔형의 보법을 밟으며 아끼던 소도 중 한 자루를 날렸다. 공간을 바람처럼 가르며 날아간 비도는 달려드는 산적의 목 줄기에 박혀들었다.

"컥!"

단말마와 함께 비도에 맞은 산적은 쿵 쓰러지며 달려오던 힘에 땅을 굴렀다. 그러자 산적들은 주춤거리며 뒤로 물러나 잔뜩 경계를 하였다.

목영은 이미 포위한 산적들을 죽 둘러보곤 좌측 방향으로 발을 옮겼다. 그러자 좌측의 산적들이 우르르 뒤로 물러났다. 다시 우측 방향으로 발을 옮기자 이번엔 우측의 산적들이 우르르 물러났다.

'풋, 재미있는 놈들일세.'

목영은 그 와중에도 자신의 발걸음에 따라 우르르 몰려다니는 산적의 행동이 우습기만 하였다. 그는 히죽 웃으며 계속해서 좌로 갔다가 우로 갔다가 뒤로 갔다 하기를 반복했다. 그때마다 산적들도 우르르 뒤로 물러났다가 다시 앞으로 나서기를 반복했다.

그렇게 몇 번을 반복하고 나자 앞쪽에서 한 놈이 나서며 소리쳤다.

"이놈이 우리를 놀리는구나! 다들 정신 차려라! 적은 한 놈뿐이다!"

그 산적은 소두목쯤 되는 놈인 모양이었다. 놈의 외침에 산적들이 제자리에서 다시 박도를 치켜들며 살기를 뿜어내기 시작했다. 그러자 앞에 나섰던 산적 놈은 목영을 노려보며 다시 소리쳤다.

"그래, 얼마나 버티는지 보자! 얘들아, 나를 따르라라!"

밀을 마침과 동시에 그 산적은 앞으로 달려나오기 시작했고, 그 뒤로 네 명의 산적이 소리치며 따라 달려나왔다.

'괜히 끼어들었구나. 그냥 가만히 숨어 있다가 모두 물러간 다음에 떠날 것을……'

그러나 이미 때늦은 후회였다. 더구나 후회만 하고 있을 겨를이 없었다. 목영은 남은 비도 네 자루를 힘껏 뿌렸다. 네 자루의 비도가 달빛에 번들거리는 검신을 드러내며 그의 의도대로 산적들을 향해 호선을 그리며 날아들었다.

"윽!"

"컥!"

앞서 있던 네 명의 산적이 쓰러졌다.

그렇지만 남은 한 놈은 단단히 결심을 한 듯 동료들이 쓰러지는데도 물러서지 않고 바싹 다가들어 목영을 향해 박도를 내려쳐 왔다.

목영은 검을 휘둘러 박도의 끝을 밀어내었다. 그러나 충분히 밀어내지 못하여 박도는 아슬아슬하게 그의 어깨를 스치며 지나갔다. 상처는 입지 않았으나 부욱 옷이 찢겨져 나갔다.

머리카락이 곤두서며 등줄기로 식은땀이 흘러내렸다.

목영은 급히 발을 튕겨 다가든 산적과 거리를 벌리며 정신이 아득해짐을 느꼈다.

'여기서 이렇게 허무하게 죽어야 한단 말인가? 겨우 마누라를 구했

는데 이제는 내가 죽게 생겼구나.'

그는 마지막 남은 두치검을 빼어 들었다.

그런데 그때 '으악' 하는 비명 소리가 울려 퍼지며 목영을 포위한 뒤쪽의 산적들 중 한 산적이 땅바닥을 굴렀다. 그의 허벅지엔 비도가 깊숙이 박혀 있었다. 목영이 얼른 주위를 둘러보니 한 부상을 입은 부용검파의 무사가 큰 상자를 옆에 끼고 앉아 연신 비도를 날리고 있었다.

그는 바로 목영에게 수면제를 얻어먹었던 사내였다.

너무 많은 양의 수면제를 먹어 이제야 겨우 눈을 뜬 것인데 정신을 차리고 보니 밖이 너무 소란스러웠다. 무슨 일인가 하고 천막 밖을 내다보니 부용검파의 사람들이 무수히 많은 산적에게 포위되어 전멸의 위기에 빠져 있는 것이 아닌가?

다행히 자신이 있는 천막을 주시하는 산적은 아무도 없었다. 아마도 산적들이 설마 천막에 아직도 사람이 있으랴 하곤 그냥 지나친 모양이었다. 더 더욱 고마운 건 그 천막이 현재 포위망 밖에 있다는 것이었다.

그는 급히 누워 있는 다른 부상자들을 깨웠으나 모두가 잠에 취해 일어날 줄을 몰랐다. 할 수 없이 혼자 돌아가는 상황을 보며 안타까워하다가 부용검파의 무사인 듯한 사내가 숲에서 뛰어나와 산적에게 달려드는 것을 보았다. 그 사내가 비도를 사용하는 것을 보곤 자신도 비도술에 일가견이 있으니 도움이 될까 싶어 살금살금 이동하여 병기를 보관해 놓은 천막에서 소도 상자를 하나 들고 나와 비도를 날리기 시작한 것이다.

그 사내의 비도에 뒤쪽에서 동요가 일어나며 포위망이 약간 흩뜨러졌다. 갑자기 뒤에서도 비도가 날아오니 산적들이 우왕좌왕하게 된 것이다.

목영은 그것을 보자마자 땅을 박차며 훌쩍 날아올라 뒤쪽의 포위망으로 다가서며 외침과 함께 허공에 손을 뿌렸다.

“비노나!”

목영의 손짓과 함께 산적들은 ‘피해라’ 하고 소리치며 좌우로 바닥을 굴렀다. 물론 목영은 왕가에서 받은 선물인 두치검을 던지기 싫어 교묘한 헛손질로 산적들을 속인 것이다. 땅을 구르다 일어난 산적들은 아무것도 날아오는 것이 없자 그제야 자신들이 속았다는 것을 알고는 이를 갈았다.

“이놈이 우리를 속였구나.”

발을 동동 굴렀지만 이미 목영은 포위망을 벗어나 비도를 날리고 있는 사내 곁으로 날아 내리고 있었다.

“하하하! 이놈들, 이제 맛 좀 봐라!”

목영은 사내 곁에 서서 소도를 집어 들고 날리기 시작하였다. 목영이 대충대충 뿌려대는 비도가 외기를 타고 쭉쭉 뻗어나가 때론 곡선으로, 때론 직선으로 산적들의 몸속에 박혀들기 시작했다.

“헉!”

“으악!”

목영을 따라 다시 돌진해 오던 산적들이 하나둘 쓰러지기 시작했다. 신이 난 그는 서너 자루의 비도를 한꺼번에 날리며 얼빠진 표정으로 눈알이 튀어나올 듯이 자신을 바라보고 있는 사내에게 말했다.

“이보시오, 소도가 더 있소? 더 있으면 얼른 가져오시오.”

사내는 목영의 말에 정신을 차리고 얼른 뒤의 천막으로 들어가 두 개의 상자를 더 날라왔다.

'나도 비도술에는 일가견이 있다 생각했거늘 이 사람은 그야말로 비도술이 신의 경지에 이르렀구나. 그런데 저런 사람이 무엇 때문에 용병을 하고 있단 말인가?'

경외감과 의아함이 동시에 머리를 스쳤지만 지금의 상황은 그런 것을 따질 계제가 아니었다. 상자를 내온 사내는 상자 하나를 목영의 옆에 놔주곤 자신도 다른 상자에서 소도를 꺼내 날리기 시작했다.

그러나 그가 던지는 비도는 열 개를 던져야 한 사람이 맞을까 말까였다. 순식간에 여러 명이 목영의 비도에 맞아 쓰러지자 이제 산적들은 뒤로 멀리 물러난 채 비도에만 정신을 집중하고 있으니 그의 비도에 맞을 턱이 없었다. 그러나 목영이 날리는 비도는 물러난 거리가 무색하게 쭉쭉 날아와 열에 여덟아홉은 명중을 시켰다. 기이한 각도로 휘어져 들어오는 비도들이 산적의 앞에서 표적을 바꾸며 날아들자 산적들은 속수무책으로 당할 수밖에 없었다.

목영은 계속 비도를 날리면서도 힐끔 사내를 돌아보며 생각했다.

'애구, 아까운 소도만 허비하는구나.'

그러다 이 사내가 날리는 비도도 자신이 조정할 수 있지 않을까라는 생각을 하게 되었다. 자신은 비도를 던지는 순간 무슨 재간을 부리는 것이 아니라 이미 날고 있는 비도에 외기를 실어 조정하는 것이지 않은가?

목영은 사내가 던진 비도에도 기를 집중시키기 시작했다. 그러자 목영의 뜻대로 사내의 비도도 휘어져 날아들기 시작했다.

'하하, 그럼 그렇지.'

목영은 속으로 쾌재를 불렀다.

이제 사내가 던진 비도마저 명중되기 시작하자 산적들은 공포에 질린 채 더욱 뒤로 물러나며 우왕좌왕하기 시작했다. 산적들이 물러나자 목영은 소도 상자를 들고 탁선웅 일행이 포위되어 근근이 버티는 곳으로 접근했다. 적당한 자리를 잡자 다시 비도를 날리기 시작했다. 사내도 목영을 따라와 한껏 상기된 표정으로 같이 비도를 날려대었다.

자신이 날리는 비도도 목영의 비도와 같이 힘차게 휘어지며 날아가자 어찌 된 영문인지도 모른 채 마냥 신이 난 것이다.

벌써 오십여 명의 산적들이 비도를 맞아 쓰러져 여기저기 널브러져 있었다. 이제 본진을 포위한 산적들에게 비도가 날아들기 시작하자 포위망의 한쪽에서 동요가 일기 시작했다.

고우채의 소(蘇) 채주가 무슨 일인가 하여 살펴보니 두 녀석이 비도를 날리는데 산적들이 쩔쩔매고 있는 것이 아닌가.

"이런 병신 같은 놈들. 부채주, 가서 저놈들을 처리하게."

거우 두 명에게 수많은 산적들이 쩔쩔매자 화가 치밀어 오른 소 채주는 부채주인 추명구를 불러 목영과 사내를 처리하라 명했다.

소 채주의 말에 추명구는 비도를 날리고 있는 두 사내를 돌아보고는 박도를 치켜들고 거리를 좁히기 시작했다. 십여 장까지 다가선 추명구는 그때부터는 갈지자로 방향을 바꾸며 달려오기 시작하였다.

역시 부채주답게 아주 적절한 대응을 하는 듯 보였다.

목영은 다가오는 추명구를 보곤 지금까지와는 다르게 바닥으로 비도를 날리기 시작하였다. 비도들은 빙글빙글 돌며 땅을 스치듯 낮게 날아갔다. 추명구는 바닥으로 낮게 깔려 날아오는 비도들을 보곤 코웃음을 흘렸다.

'흥, 내가 이리저리 방향을 바꾸니 내 눈을 한번 속여보겠다는 수작

이구나. 가소로운 놈.'

이제 오 장여까지 다가선 추명구는 다시 땅을 박차며 방향을 틀었다. 그때 갑자기 바닥으로 날아오던 비도들이 속도를 더하며 공중으로 솟아올랐다.

"헉! 으악!"

헛바람을 삼키며 깜짝 놀란 추명구가 비도를 피하려 공중에서 몸을 비틀다 큰 비명 소리와 함께 땅바닥으로 곤두박질쳤다. 허벅지와 양 옆구리에 네 자루의 비도가 깊숙이 박혀 있었다.

추명구의 비명 소리에 모든 움직임이 정지되며 전장이 쥐 죽은 듯 조용해진 가운데 모두의 시선이 목영과 옆의 사내에게 집중되었다.

"저, 저 찢어 죽일 놈들."

채주 소필호는 화가 잔뜩 나서 말까지 더듬거리다가 냅다 소리쳤다.

"뭣들 하느냐? 저놈들을 당장 잡아라!"

소 채주가 눈을 부라리며 유난히 큰 박도를 흔들어대자 이백여 명의 산적들이 '와' 하고 소리치며 포위 대형을 벗어나 목영을 향해 달려오기 시작했다.

다른 산적들도 다시 포위된 부용검파에게 달려들기 시작했다. 부용검파의 금검대는 역시 정예답게 수많은 산적의 포위 공격에도 흐트러짐없이 원진을 굳건히 지켰다.

그에 반해 산적들은 이미 오십여 명이나 여기저기 쓰러져 있었다. 다시 다가드는 산적을 향해 원진의 한 축을 이루는 조 장로는 힘차게 검을 휘두르며 힐끗 목영이 있는 쪽을 바라보았다.

'사람은 곤경에 처해야 진가를 알 수 있다더니. 허, 이번 용병대에 저런 비도술의 고수가 있는 것을 전혀 몰랐구나. 그것도 둘씩이나. 이

번에 이곳을 벗어나기만 한다면 크게 중용해야겠다.’

원진 안에서 부상 때문에 전투에 참여하지 못하고 철검대의 부축을 받으며 서 있던 탁선웅도 신기한 눈빛으로 목영과 옆의 사내를 바라보고 있었다.

목영과 사내는 이백여 명의 산적들이 뛰어오자 더 더욱 손이 바빠지기 시작했다. 이제는 휘어지고 자시고 할 것도 없었다. 워낙 많은 표적이 달려드니 힘차게 빠르게만 던지면 거의 백발백중이었다. 개중에는 박도를 이용해 비도를 쳐내는 놈들도 있었으나 튕겨진 비도는 방향을 틀어 다른 놈에게 박혀드니 신경 쓸 일이 아니었다.

그러나 이백여 명을 한 번에 맞출 수는 없는 법. 많은 산적이 쓰러졌지만 목영과 산적들의 간격은 점점 좁아지고 있었다. 벌써 옆의 사내는 비도 상자를 들고 슬금슬금 뒤로 물러나고 있었다.

목영도 어쩔 수 없이 비도 상자를 한쪽 옆구리에 끼며 뒷걸음질칠 수밖에 없었다. 그러다 보니 두 손을 사용해 던질 때보다 날아가는 비도의 수가 줄게 되었고 산적들은 더욱 빨리 거리를 좁히게 되었다.

“여, 여보시오. 어, 어떻게 좀 해보시오.”

급기야 사내는 두려움에 벌벌 떨며 목영에게 간절한 눈빛을 보냈다. 그러나 목영이라고 무슨 뾰족한 수가 있을 턱이 없었다. 목영은 가까이 다가든 산적들을 향해 비도를 날리고는 뒤돌아서며 말했다.

“튀어!”

말과 함께 발을 튕긴 목영은 이미 산자락의 숲을 향해 저만치 앞서 달리고 있었다.

“활을 쏘아라! 활을 쏘아!”

멀리 뒤쪽에서 쭉 지켜보고 있던 소 채주가 둘이 도망가는 것을 보고 소리쳤다. 지금까지는 혼전 중이어서 활을 사용할 수가 없었다. 여기저기 뒤섞여 있으니 활을 잘못 쏘면 같은 편이 맞을 가능성이 있기 때문이었다. 그러나 이제 두 사내가 산 쪽으로 달아나자 충분한 거리가 확보된 데다 그 너머는 숲일 뿐이니 활을 사용하는 데 거리낄 것이 없었다. 백여 명의 산적들이 자리에 서서 화살을 날리기 시작했다.

핑핑!

밤하늘을 가르며 두 사내를 향해 화살이 날아들었다. 목영은 더욱더 빨리 달리며 급히 검을 들어 몸을 반쯤 돌리며 허공에 둥근 원을 그렸다. 다행히 화살들은 그렇게 위력적이지 않은 듯 목영이 그린 원에 튕겨져 나갔다.

그러나 또 다른 부용검파의 사내는 목영처럼 쉽게 피할 수가 없었다. 그는 여태껏 부상으로 누워 있다가 일어난 몸이었다. 또한 무공도 보잘것없는 하급무사가 아닌가?

한참이나 뒤에 처진 그는 나름대로는 피한답시고 요리조리 방향을 틀며 달렸지만 백여 명이 쏘아대는 화살은 더 넓은 범위를 점하며 다가들었다.

"으악! 대협! 대협, 도와주시오!"

결국 오른쪽 엉덩이에 한 발의 화살을 맞은 그 사내는 소도 상자를 놓치며 땅으로 엎어졌다. 그러나 그는 벌떡 일어나 절뚝거리는 걸음으로 다시 뛰며 목영을 애타게 불렀다.

그는 지난밤에 목영이 철검대 소속으로 이번에 합류한 용병이라 알고 있기에 대협이란 호칭을 쓴 것이다. 이제 산적들은 그 사내가 화살에 맞아 절뚝거리자 박도를 빼어 들고는 함성과 함께 달려나오기 시작했다. 곧 그 사내는 산적들에게 잡힐 것만 같았다.

목영은 앞으로 달려가다 사내의 외침을 듣고 슬쩍 뒤돌아보았다.

‘아, 저놈이 화살에 맞았구나. 그러면 혼자나 죽을 것이지 물귀신처럼 나까지 끌어들이고 지랄이야. 바보 같은 놈.’

목영은 그 사내를 구하고자 하는 마음이 전혀 들지 않았다. 지금 자기도 죽을 둥 살 둥인데 다시 돌아갈 마음이 나겠는가?

“대협, 대협……!”

절뚝거리는 걸음으로 안간힘을 쓰며 그 무사는 다시 처절하게 목영을 불렀다. 그 목소리에서 목영은 잠시 전 자신이 포위망 속에서 절망에 빠졌다가 그 무사가 비도를 던짐으로 인해 자신이 살아난 것에 생각이 미쳤다.

“에이, 그래, 이건 순전히 빚 갚는 거다.”

목영은 혼자 중얼거리며 다시 오던 방향으로 발을 튕겼다. 벌써 산적들은 사내에게 거의 접근하여 도를 내려치려는 놈까지 있었다.

목영은 다가가며 세 자루의 비도를 날렸다. 비도가 완만한 곡선을 그리더니 여지없이 도를 내려쳐 오는 산적의 가슴으로 박혀들었다. 동시에 좌우에 있던 산적들까지 비도에 쓰러지자 그 뒤로 뛰어오던 몇 놈이 쓰러진 산적에게 걸려 넘어져 잠시 산적의 발걸음이 지체되었다.

“대협, 고맙소이다.”

그 사내는 희색이 만연해진 얼굴로 목영에게 감사를 표하며 계속 뛰었다. 그러나 이미 화살에 맞아 뒤뚱거리는 걸음이니 늦을 수밖에 없었다.

목영은 다시 몇 개의 비도를 날리곤 뒤돌아서 발을 튕기며 그 사내의 모습에 혀를 찼다.

‘에이, 저렇게 느려서야…….’

그는 앞선 그 사내에게 재빨리 다가가 뒷덜미를 잡아 들고 숲으로 뛰어들었다. 그의 느린 걸음에 자신까지 또 발이 묶이면 안 되니 차라리 그를 들고 뛴 것이었다.

"이놈, 게 섰지 못하겠느냐?"

"저놈 잡아라!"

산적들은 이제 화가 치밀 대로 치솟아 마구 소리치며 달려오기 시작했다. 그러나 산적들이 서란다고 이 상황에 설 사람이 있겠는가?

"흥, 놀고 있네."

목영은 콧방귀를 뀌며 서 있는 커다란 나무를 돌아 산으로 들어섰다.

"헉!"

"으악!"

"누구냐?"

그러나 나무를 돌아가자마자 나타난 일단의 무리에 목영은 피할 새도 없이 부딪치며 땅을 뒹굴고 말았다. 물론 부딪치는 순간에 옆에 들고 있던 사내를 얼른 앞쪽으로 들어 올려 위험을 방지한 것은 목영에겐 너무나도 당연한 일이었다.

『유운지천하』 제1권 끝

청 어 람 신 무 협 판 타 지 소 설

최고의 신무협 작가 『설봉』의 최신작!

다시 한번 당신을 잠 못 들게 만들
불후의 대작!

사자후(獅子吼) / 설봉 지음

깊게 깊게 빠져드는 몰입의 세계!
온몸을 전율케 하는 찌를 듯한 강렬함을 느낀다!

그에게서는 묘한 악취가 풍겼다. 그가 창을 겨눴을 때……

화염이 이글거리는 눈동자를 보았을 때……

비로소 악취의 정체를 짐작해 냈다.

피와 땀이 켜켜이 쌓여 자연스럽게 뿜어져 나오는 살인마의 냄새.

그는 허명(虛名)을 좇아 비무를 즐기는 낭인(浪人)이 아니라 야성(野性)이 살아서 꿈틀거리는 진짜 살인마였다.

투지가 끓어올라 활화산처럼 꿈틀거렸다.

그의 눈길을 정면으로 맞받으며 묘공보(妙空步)를 밟기 시작했다.

우리의 첫 만남은 그렇게 시작되었다.

- 환봉개(幻棒丐)의 회고록(回顧錄) 中에서 -

FANTASTIC
ORIENTAL
HEROES